城境之雨

Rain of the City Edge

既晴

推薦序——

樹立獨具台灣特色的「國民偵探」

金鐘編劇　王卉竺

很榮幸有機會與既晴合作將〈沉默之槍〉從短篇小說改編為影視作品，反覆閱讀文本的過程中，一次次被其精巧的謎團設置、懸念的營造折服。更讓人驚豔的是，收尾不僅抽絲剝繭，仔細梳理了先前留給讀者的謎團，卻不流於疲軟無力的流水帳解釋，反而有著充滿力道的人性辯證，更昇華主題，讀完餘韻猶存。

甚至，影視改編也無法完美轉譯既晴小說中精妙的設計與布局。他用文字經營的特殊氛圍，以及他留給觀眾的想像空間，與拍攝出來的影視作品有著不同的味道。即便看過影像，回頭再讀既晴的作品，仍會帶給觀眾截然不同的精采饗宴。

近年來，台灣影視圈轉型，開始發展多元的類型劇。依我觀察，既晴是台灣，尤其可以說是影劇圈業內，少數具有扎實推理類型劇概念以及創作經驗的作者。他不但深諳設計類型劇的亮點與模式，更走出自己的一套風格。既晴的作品有很大的影視改編潛力與價值，精采的布局與反轉，為影視作品打下良好的基礎結構，人性的探討又能為作品帶來更多層次的深度。

且既晴更是台灣少數具有ＩＰ概念的作家，經營多年的張鈞見系列作品，已經建立完整且讓人著迷的世界觀。在角色塑造上，這個與眾不同的怪奇偵探張鈞見，不若一般偵探類型劇作品都會突出偵探古怪、乖張性格，張鈞見不僅親民，甚至帶有和善的暖男特質。

在閱讀文本的過程，第一人稱的敘事模式，讓讀者貼近偵探張鈞見的所思所想，我們不再只是旁觀者，遠距離欣賞偵探如何和歹徒鬥智，而是隨著張鈞見進入謎團之中，親自體驗案件裡，每個引人好奇的懸念、出乎意料的反轉，以及隱藏在故事背後，真切的情感與人性的溫暖。

而既晴作品的精妙與厚度不僅建立在情節詭計的設計，還有背景資料蒐集的扎實與用心。每篇作品都可以感受到他對細節要求之細緻，甚至到刁鑽的程度。除了犯罪手法、法醫知識、警方辦案細節等硬知識的深入研究，他也嘗試將台灣文化、特色等軟知識融入作品中，絕不是表相上的視覺符號，而是他深入每個台灣人熟悉的街景、飲食以及生活模式中，親自挖掘出來的「台灣精神」。

既晴耕耘推理類型作品二十餘年，為台灣的推理小說打下根基，甚至為影視界注入一股全新的能量。期待張鈞見系列這個ＩＰ，可以有更多篇章在影視作品中大放異彩，樹立獨具台灣特色的「國民偵探」，也讓台灣推理劇類型作品可以更上層樓。

| Contents |

沉默之槍

The

Silent Gun

1

她走進辦公室門口時，交叉的雙臂緊緊抱著胸前的黑色提包。她全身上下的穿著，也是黑色的。也許，她之所以這麼穿，是因為不想引人注目，不過，在燈光的映照下，這一身漆黑的打扮，反而將她的雙眼襯托得更引人注目了。

其實，她的雙眼並未上妝。之所以引人注目，是因為從她驚慌的眼神中，傳達出一種腹背受敵、無路可退的窘迫，模樣像是在守護著一筆鉅額贖款，正準備與綁架犯會面。只不過，她的黑色提包並不算大，不像是裝有什麼鉅款。

秘書如紋從來不會讓客戶在門口站太久。這是她的潔癖。她總是時時刻刻都盯著門口的動靜，務使客戶一上門，就能受到最迅速的接待。我常覺得，她要是也以相同的方式來處理我的帳單就好了。不，也許其實那不是什麼潔癖，而是妄想。她生怕客戶多站個兩秒，就會打消委託的念頭，轉身離去。

「鈞見，有客人。」如紋露出甜美的笑容——我知道那是對來客，不是對我，不過，無論如何，還是很好看啦。如紋輕輕地對她說，「我先去倒杯茶。想喝什麼？」

女子沒有回答。

「茉莉綠茶，可以嗎？」等了一會，她沒回答，如紋逕自悄然退去。

其實無妨，反正泡杯茶擺桌上就對了。無論是什麼客戶，尤其是像眼前這種沒自信的，只要願意開口，最後什麼茶都多少會喝一點。

「廖氏徵信諮詢協商服務顧問中心，歡迎您。」我領著她走在廊上，打開會客室房門入內。「請往這邊。我叫張鈞見。怎麼稱呼？」

「……宋采珮。」

「宋小姐，請坐。」我看著她坐下來，她仍然緊抱著包包。「請問有什麼能幫忙的？」

「我……我本來想報警，可是……」

我喜歡「報警」這個字眼。這代表案子具有一點危險性、一點挑戰性。客戶帶來的委託，多半滿無聊的。換作幾年前，旁人可能會察覺我的眼中閃過轉瞬即逝的亮光。不過現在我是職業級的了，這時候我會稍微閉一下眼睛，彷彿略作思索、故作神秘。

廖叔提醒過我，偵探絕不能透露對案子的個人好惡，敏感的客戶容易受他人左右，進而影響到他們描述案情的用字遣詞，最後恐將導致辦案方向的誤判，得不償失。對啦，我懂他的意思，就是沒查出結果，會拿不到錢。

走進來的如紋端了兩杯茶，放在桌几上。如紋的動作總是既輕柔又俐落，絕不打擾對話。但宋采珮的話還是中斷了。果然，她對周遭環境非常敏感。

此時此刻，我只能盡量連呼吸的聲音都放輕了。等她。

待如紋離去後許久，宋采珮才將包包放在膝上，以顫抖的手指打開拉鍊。「我在我家人的房間裡，發現這個。」

她從包包裡拿出了一樣以毛巾包好的東西，雙手捧好，彷彿一件貢品，謹慎地放在桌几上，與如紋端來的茶杯保持距離。接著，她猶豫了一會，看我一眼，我立刻報以好奇、鼓勵的微笑，此時，她似乎才終於下定決心，將毛巾解開。

裡頭有一把手槍。

「我不知道這是真槍還是玩具槍。」她說，「但是很重。」

我伸出雙手，拎著毛巾的兩端，把手槍朝自己拉近。重量確實很沉。接著，我傾身向前，端詳著包著毛巾的手槍——從金屬光澤、機構設計來看，如果是玩具槍，那就是做工精良的超擬真頂級品。

「宋小姐，妳碰過這把槍嗎？」

「沒有。」

「所以毛巾是妳準備的？」

「不是。」她搖頭，「在我發現時，就已經是這樣了。」

「妳說妳本來打算報警？」

「對。只要我可以先確定這是一把真槍。」

「如果是玩具槍呢？」

「那當然就不用報警了啊！」她的語氣有些詫異。

「也不一定。」

「……什麼意思？」

「如果這是一把玩具槍，那麼，也是一把非常接近真槍的玩具槍。」我解釋，「這種非常擬真的玩具槍，通常不是只做了好看、單純拿來觀賞的而已，也能裝填ＢＢ彈，具備了一定程度的殺傷力。」

宋采珮聽了我的話，嘴脣有些顫抖。「反正，你先檢查就是了！」

「沒問題。那麼，讓我來檢查一下。」我站起身，到牆邊櫃子找了一副矽膠手套。戴妥後，我拿起手槍，開始檢查手槍的握柄、保險、彈匣、滑套等處。我對槍懂得不多，知道的都是廖叔找人教我的，不過至少一些手槍的大部分解還不成問題。

宋采珮睜大雙眼，不放過我拆解手槍的整個過程，幾乎沒有眨眼。

「貝瑞塔（Beretta）九二FS。」我將槍組裝完成後，脫了矽膠手套，說：「義大利製，重量不到一公斤，使用九釐米子彈，是美國軍方、警方長期使用的制式手槍。這把槍保養得還不錯，不過，得經過更精密的檢查，才會知道有沒有經過改造。」

「所以……這是一把真槍？」

「對。」

「確定不是玩具槍？」

「確定。不過彈夾、槍膛裡都沒有子彈。」我補充一句，「妳在房間裡有發現嗎？」

「我找過了，沒有。鞋盒裡只藏了這把槍。」

「妳整個房間都找過了？」

「大致找過了。」

「如果有子彈的話，就會變得很危險。」

「……這我知道！」

「那麼，請妳報警吧。」我將手槍包好，還給宋采珮。「因為妳手上有真槍，我可以陪妳一起過去，替妳作佐證。等一下秘書小姐會給妳一份合約，要麻煩妳簽個名。

另外，她會跟妳說明委託費用及收據的事。」

「等一等……我……」

「怎麼了？」

「我還不能報警。」

「但妳剛剛說妳會報警。」

「沒錯，我是說我一定會去。」宋采珮的語氣憂慮，眼神再度出現猶豫。「可是，至少我必須先知道，這把槍是怎麼來的。」

「妳想知道，妳的家人為什麼會取得這把槍。」

「對。」

「宋小姐，我得聲明一點——依據本社規定，調查不得涉及刑事案件。」

「為什麼這樣規定？」

廖叔規定的。但我沒有這樣回答。

「徵信社也是正當職業，必須遵守法律。」我平心靜氣地發表違心之論。「所以，一旦在調查中發現妳的家人確實涉及犯罪，調查就立刻終止。可以嗎？」

「當然！」她表現出一副理所當然的態度，儘管說服力不太夠。「真的有犯罪的可能性，我也不可能裝作沒看見的。」

「明白了。」我點點頭，「那麼，請談談妳的家人吧。」

「其實，就是我的兒子。」

「妳的……兒子？」

「他叫宋家豪，今年高二……」我想，提起他兒子的年齡，或許她經常感受他人目光中的疑惑，連忙解釋：「我的外表看不出來已經三十五了，對吧？當時，我還是個商專的學生。家豪出生前，他爸爸就離開我了。可是，我從來沒後悔過。真的！」

一談到往事，宋采珮的情緒激動起來，臉頰上紅暈微泛。

「家豪自小就是個很懂事的孩子，他很體貼，從沒讓我操過心。總之，他是不可能跟犯罪、槍枝扯上關係的……」

沒錯，很多媽媽都這麼說。理由是「交了壞朋友」。

「我知道你不相信我！」

不知道是我神情不小心透露了內心想法，還是她敏感過頭，她立刻出言強調。

「相不相信，要看你兒子怎麼解釋。」

我的語氣平靜。

「不行！你不可以直接找我兒子談。」宋采珮的焦急溢於言表，「……我跟他約定過，要跟他當一輩子的好友，無話不談，給他充分的信任。所以，我不會偷拆他的信、檢查他的書包，干涉他的交友。我們說好，彼此互相尊重，保有各自的隱私。他也不會再追問他爸爸的事。可是，我畢竟不是他的好友，而是他的母親。」

「好吧。」

確實。父母本來就不可能跟兒女做朋友。那只是一種哄小孩、卸除對方心防的藉口。還沒出過社會的小孩，怎麼可能知道成人世界的朋友，也不存在「無話不談」這檔事？又或許，其實這是父母的一種自我催眠，說服自己要當個開明理性、成熟圓融的父母。小孩或自己，反正選一個來哄。
「我不能讓他知道我發現了這把槍。所以，我還得馬上把槍放回他的房間。」
「這很危險。」我說，「我們並不知道，他的手上到底有沒有子彈。」
「我知道！可是我相信家豪！」
她的眼中泛著淚光。
我默不作聲，沒打算爭辯。徵信社這種地方，終究不是討論相不相信孩子的諮詢處，而是有多少證據、拿多少錢的交易所。一張照片、一段錄音，行情值多少，絕非高興喊個數字便罷，而是要交出真鈔的。行事作風，說不定比警察局、法院更現實、決絕。
我暫且將目光移開，注視著靜置在桌几上的那把手槍。一把被悉心保養、妥善藏匿在高中生房內的貝瑞塔。那槍身的光澤，宛如黑洞般闃暗，深邃得彷彿要將周遭的亮光盡數吸入。這把貝瑞塔的背後有什麼故事？我不得不承認，實在讓人非常好奇。
「既然妳要把槍放回去，」於是，我站起身來，打斷她的焦躁。「那麼，不介意我跟妳走一趟，順便查查他的房間吧？」

2

途中，宋采珮沉默寡言，繼續抱著黑色提包不放，應該說，抱得比來訪前更緊了。顯然，是因為她的疑慮變成了真實。我問了她一些問題，但她情緒相當低落，只是禮貌性地打起精神，簡短地回答了幾句。

也許是因為我問起宋家豪的事，而這類的問題刺傷了她。這似乎一再提醒她，其實她完全不瞭解自己的兒子。她不論講他多少好話，他的房裡藏了一把真槍，這些好話終竟變成一種反證，代表他自始至終都在瞞騙自己的母親。

宋采珮是一家電子廠的作業員，在新店租了一間沒有電梯的小公寓，與兒子同住，沒有其他親人。這間公寓已經有好些年紀，沒有管理員，也沒有監視器。沿著樓梯往上走，一路上牆角斑駁、壁癌四處，看來飽受溼氣之苦且缺乏照料。這個居家環境的優點，大概僅是租金便宜、地近捷運吧。

不過，當宋采珮掏出鑰匙，打開了家門後，公寓內外卻是兩個截然不同的世界。公寓裡的坪數並不大，但布置得頗為別緻，桌椅、窗簾、家電、擺飾品，整體配色予人溫潤、柔和的感覺，看得出來，宋采珮非常重視家庭，投注了極可觀的心神在這個小小的居家空間裡。

玄關一側，掛有一幅手工裁剪、軟木製的布告欄，上頭貼滿了宋采珮與宋家豪十多年來日積月累的生活紀錄。滿月、入學、畢業、出遊、聚餐……每一張相片均依照年代順序排列，都是僅有他們兩人的合照。想必，她對自己的兒子既珍視又自傲。

「他很帥。」

「……謝謝。」

宋采珮見我盯著這些照片，不好意思地笑了笑。

廖叔沒說錯。稱讚兒子，就可以獲得母親的信任。話很貼心，但一切都是為了辦案。

「家豪的房間在這。」她打開客廳旁的房門，「我這幾天上大夜，白天休假。槍是在他床底下的鞋盒發現的。」

門後的牆上，也掛了一幅與玄關處樣式類似的軟木製的布告欄，上面貼了宋家豪跟一群同學穿著同樣款式的T恤、與幾個老人一起在野外烤肉的照片。在照片中，宋家豪笑得很陽光、很有朝氣。

「怎麼會注意到他床底的鞋盒？」

「前天上午，我上過大夜班回到家，已經很疲倦了，但卻睡不著。於是，我起床打掃家裡。當然，那時家豪不在家，他在學校上課。」說到這裡，她似乎對自己的話有些沒把握，但仍繼續說：「我發現家豪的房門半掩。其實，他的生活習慣很好，東西使用過一定會收好，門一定會關上，房間也都是自己整理的。他不會讓我煩心。」

宋采珮蹲下身來，從床底拿出一只球鞋的鞋盒。

「我感覺有點意外，便推了門進去。家豪的房間有點凌亂，好像是趕著上課。真的很怪，他總是很早起床、從容地準時上學的。不過，那時我沒有特別擔心，畢竟小孩子嘛。我順手幫他整理了房間，然後……就發現這個鞋盒了。」

「這是他的鞋盒？」

「不是。」宋采珮憂慮地搖了搖頭。「他從來沒跟我說過。」

「也許這個鞋盒是他撿到的，剛好裡頭藏了把槍。」我聳聳肩，語氣故作輕鬆。

「讓我們把槍放回原位。」

宋采珮的情緒並未平復，一逕打開鞋盒。我從公事包取出包了手槍的毛巾，放進盒內。宋采珮小心翼翼地調整了毛巾擺放的位置，讓毛巾依據她的記憶，準確地陷入盒內緩衝用的紙質絲團之間，才關上鞋盒，放回床底。

於此同時，我環顧了一會房內四壁，牆上掛了幾張社福機構致贈給他的感謝狀。此外，房裡的家具不太多。左側有一張單人床、靠著一個不織布包覆的簡易衣櫥。右側只有一張書桌及一張椅子。

書桌上有一台連著網路線、看起來型號有點年代了的筆記型電腦，還有一個以三夾板組裝成的兩層式置物櫃，不過，書架上一本教科書也沒放，卻擺滿了超級英雄（superhero）的原版漫畫書、電影ＤＶＤ及人物公仔，東西滿多的，卻整理得井然有序。為了這個小型展示櫃，宋家豪還真是煞費苦心。跟他母親一樣有整理癖。

書桌下有個活動抽屜櫃，學校教科書則被堆在抽屜櫃旁的陰暗處。

在這一整排ＤＶＤ裡，有一片排得不太整齊，位於伸手可達、舉目易及之處。知名的超級英雄很多，但我完全沒聽過這一位。這位超級英雄，似乎在宋家豪心裡占有某種地位——當然，也許只是多心，但偵探的工作就是多心。我抽出來看，是一片叫《魔俠震天雷》（Darkman）的電影。

「這是他的興趣。家豪不愛唸書，只喜歡這些漫畫裡的英雄。」宋采珮在一旁解釋，「他常說，這些英雄之所以被尊敬，是因為他們樂於助人，充滿正義感，面對惡勢力無畏無懼，而不是他們多會唸書。社會上，有更多書讀得多卻為非作歹的人，比起那些人，他更想花時間在幫助別人。的確，唸書不能勉強……」

「我懂。我也不愛唸書。」

宋采珮笑了。「我也不愛唸書。」

我將《魔俠震天雷》放回置物櫃。不知道是不是受到宋采珮的感染，我讓腦中浮現先前取出DVD的記憶，設法準確地調整成它原先的樣貌。

「所以，他參加了服務性的社團？」

「你是說這些獎狀嗎？」她點點頭，「他一上高中，就加入校內的春暉社。每個週末都到育幼院、老人之家辦活動。寒暑假一到，還會參加去台東、南投的服務隊。他還說，買那些原版漫畫，至少可以把英文學好，將來有一天到非洲去當國際志工……」

「這是非常了不起的志願。」

「我瞭解他，也支持他想做的事。所以，我根本不相信家豪會……」

宋采珮語氣有些哽咽，不過，現在並不是感傷的時刻。

「我可以使用他的電腦嗎？」我立刻轉移話題。

「這……」

「也許在電腦裡，能找到什麼線索。」

「嗯。」

我開啟電腦電源，等待開機。未久，螢幕上顯示著密碼輸入畫面。

「可是，我不知道他的密碼……」

「不要緊。」辦案時遇到這種狀況，司空見慣。我從公事包取出一支內建了鍵盤模擬程式的特殊USB裝置，接上宋家豪的筆電。不消一分鐘，USB裝置即已尋得密碼「peggy0426」，彈出在螢幕上。

「是我的英文名字……和生日。」宋采珮低聲說。

也許，這代表宋家豪也很在乎母親吧。或者，這只是一種不必多作聯想的習慣。

我開始操作滑鼠，檢查了Outlook、近期開啟文件等。電子郵件都是跟社團活動的事務討論有關，宋家豪在社團似乎是負責聯絡工作，檔案夾裡有許多活動人員名單的文件。

不過，有一件值得注意的事。這些郵件與檔案，最晚的編輯時間都在兩個月以前。這可能意味著宋家豪已有兩個月沒有參與社團活動。

「看起來沒有異狀。」在確定猜測以前，我不想增加宋采珮的煩惱。「家豪的生活重心都在社團。我想，應該先跟社團的同學問看看。」

「這樣做……真的沒問題嗎？」

「我不會讓家豪知道我在調查他的。」我回答，「另外，我還想再檢查一次，確認他的房間裡是不是真的沒有子彈。家豪回家前，我們還有多少時間？」

「大概……兩個小時？」她看了看錶。

我思索了一陣。「嗯，夠了。」

「但我找過了，沒有發現子彈啊。」

「我知道妳找過一次，不過，偵探的找法比較不一樣。」

我請宋采珮站到一旁，再拿出手機，在房內的各個角落、依各種角度，逐一拍下照片，確認沒有遺漏。接著，我開始搬移書桌、單人床、不織布衣櫥、感謝狀到房間外，淨空整個室內。宋采珮顯然相當意外我居然會這麼做。

我先檢查了壁面、電源接口、牆角等畸零空間。然後，我依序搬回不織布衣櫥，檢查每一件衣服的口袋、內襯；搬回單人床，仔細翻找床單、被套、枕頭；下一步，是搬回書桌，拉出所有抽屜，以小型手電筒仔細檢查書桌內外空間。最後，翻開每一本教科書，確認內頁是否被挖空來藏東西。整個過程，都沒有發現子彈。

恢復原狀後，我打開手機相簿，檢查家具擺設、感謝狀的掛置，與先前的紀錄一模一樣。我在宋采珮面前這麼做，有兩個目的——讓她安心，房裡確實沒子彈；搜查過程中，我沒有私藏任何東西。這兩者，都有助於建立客戶的信任。

回到我一開始接上的USB裝置，此時也早已完成了筆電資料的複製。

離開宋家前，宋采珮的情緒似乎已經緩和許多。我答應她，每天都會給她進度報告。

「如紋。」走出老公寓，我隨即打了通電話回公司，「幫我一個忙。」

「不要。」如紋立即回答。

「喂，我都還沒說耶！」我不等她接話，「電影《魔俠震天雷》的DVD。幫我弄到手。」

「那是禁片什麼的嗎？」

「不是。只是老片。」

我聽到她打字的聲音。「……九〇年代的？」

「對。」

此時，一個穿著高中制服的男孩子，朝我迎面而來。

我登時靜默，不等如紋還有什麼抱怨，直接掛了電話。我們的談話不能被聽到。

他與我擦身而過，進了公寓。
瞬間，我們對望了一眼。
——宋家豪。

3

回到辦公室，果然，如紋對我的態度變得非常冷淡。她說，她這輩子從來沒被掛過電話，而且還發生在討論一部沒人會看的老片時。我回答，也不見得，宋家豪今年才十七歲，比那部電影的年紀還小，他就看啊！她聽了不太開心，說她會弄到《魔俠震天雷》，然後在我面前把DVD折斷。她的語氣很認真，我希望她是開玩笑的。

我回座位，插上USB，開始解析宋家豪電腦裡的資料。

硬碟裡的資料，大致上分成幾類。首先是社團活動，包括團員們的聯絡資料、活動企劃案、活動影像紀錄。幾乎每個禮拜都有活動，他也寫了許多參加後的心得，可說是非常投入，也得到團員們的高度信任。

其次是超級英雄，包括一些網路購物、拍賣紀錄、電影情報，同好之間的討論。相對於社團活動，這部分雖然也相當熱中，但他只是個影迷，並未在網路上特別積極、活躍，不曾在網路上與人發生論戰，也沒發生過買賣之間的爭議。

接著是英文學習，他有收聽國外線上廣播、Podcast的習慣，以及在YouTube頻道瀏覽一些國際志工的經驗談。他也報名了一些英文檢定的考試，成績不差。看得出來，他是很嚮往前往一個未知的國度去貢獻心力、體驗人生的。

其餘也有一些學校作業、報告的文件。對照他的課表，這部分倒沒有什麼異常。

不過，正如我在宋家初步檢查過他電腦時發現的狀況一樣，宋家豪在兩個月以前，就突然暫停了社團活動。而這也包含了超級英雄的興趣、英文學習的習慣。若僅從電腦裡的資料來看，幾乎會誤以為他在兩個月前突然逝世了。

當然，他還活得好好的。

換句話說，自兩個月前，他使用電腦的習慣突然改變了。他不是停止使用電腦了。而是，每當他使用過電腦後，他就會將自己的上網紀錄、存檔紀錄，全都刪得一乾二淨。沒錯，他正在進行一項計畫，而他希望，沒有人能從他的電腦裡發現任何端倪。

——為什麼他要這樣做？

他將自己近兩個月的「電子足跡」盡數抹除了。因此，單純從他的電腦中，我沒有辦法再找到更多的蛛絲馬跡了。那麼，接下來，只能從他的人際關係下手。

翻開他的社團聯絡資料，我打了一通電話給王俊成，春暉社的前社長。

就我所知，春暉社是教育部推動「春暉專案」，防治藥物濫用、菸害、愛滋病等校園問題，而在各高中、大學成立的公益性社團，當然，除了這些例行宣導以外，也有關懷獨居老人、失怙兒童的服務活動。

我讀高職時，也有幾個春暉社的朋友。他們雖然是為了找女朋友才去的，但也確實做了一些善事。不過，從電腦紀錄裡，是看不到宋家豪在社團交了女友。王俊成則是他的日記中最常提及的名字。在他擔任社長期間，宋家豪是他最得力的助手。

王俊成今年高三，原本以為夏季將近，他應該忙著準備指考，結果打了電話，才知道他已經通過繁星計畫的推薦甄選，提早開始大學新鮮人的生活。我自稱報社記者，想製作一些高中參與社區服務的專題報導，從親戚的小孩問到幾個名字，最後拿到他的電話號碼。宋家豪的聯絡文件有很多名字，我隨口提了幾個。他沒起疑。

兩天後，我們約在中山捷運站附近的一家集客茶館見面。這裡空間寬敞、消費低廉，點杯飲料就可以久坐長談，所以有很多年輕客人，室內雖然是吵了點，但對王俊成來說，反而應該不會感覺拘束吧。

來到店裡的王俊成，一身休閒，穿著已經不再像高中生了。

「你好。」

「抱歉，」隨便點了杯綠茶後，我對王俊成說：「其實我並不是記者。」

「……那你是？」

「我是偵探。」

我給了他一張名片。

「偵探？」他端詳著名片，眉宇之間浮現一片狐疑。「像是福爾摩斯？」

「那也是偵探的一種。」

「我不知道還有很多種。」

「沒關係。」

看來他聽到我不是記者，倒顯得很鎮靜，並未特別提高警覺。也許，他參加服務性社團時間久了，辦過許多活動，對人變得比較寬容。

「那找我有什麼事？」

「我約你出來，是想問你學校春暉社一位同學的事。」

王俊成聽了，眉頭皺了一下，沉默了好一會兒。

「……是家豪的事嗎？」

「對！」我有點訝異，「你怎麼會知道？」

「直覺。」他扶了扶眼鏡。「不，也不能說是直覺啦，應該說是預感吧……」

「預感？」

「很多學弟告訴我，家豪忽然不來社團了。」

「就我所知，他非常熱中社團活動。」

「是啊。我覺得超級不可思議的。因為，他是我見過最積極、最熱心、最讓人信賴的夥伴，跟他一起辦活動，你絕對會被他豐沛、無窮的熱情打動……」

「知道他突然不再參加的原因嗎？」

「不知道。」他猶豫了一會兒，「我曾經找過他，想當面問清楚，但他只說現在有更重要的事要做，沒時間參加社團。」

「更重要的事？」

「我繼續追問，他就什麼都不說了。然後，他開始迴避我。我準備推甄忙到最近才結束，也沒辦法分心。」

突然之間，他陷入苦思。

「你想起什麼了嗎？」

「我先強調。這只是謠言。」

「嗯。」謠言大多不可信，應當止於智者。說是這樣說，但人們一聽到謠言，腦中的第一個反應，總認為那絕非空穴來風。

「聽說，他現在好像在混幫派……」

「是嗎？」

「好幾個人看到過，他跟幾個不良少年在一起。但我實在很難想像家豪會誤入歧途，所以我猜想，他是不是遇上什麼麻煩，才不得不加入幫派……總之啦，我的心裡出現一種預感，某天說不定會有校外人士來找我，像現在這樣……」

「原來如此。」

「難道說，他真的有麻煩了？」

「還不知道。家豪的母親覺得他最近的行為有點反常，很擔心。」我省略了手槍的事。「所以拜託我調查。」

「原來是這樣。」王俊成憂心地問，「宋媽媽該不會……知道他在混幫派？」

「還不知道。」我搖頭。

「還好。」他鬆了一口氣，「這件事可不能讓宋媽媽知道！」

「你也見過宋媽媽幾次吧？」

「嗯，她對我們很好。家豪常說，她是個很愛操心的人。」王俊成吐了吐舌頭。

「不過，只因為家豪兩個月沒來社團，就找了偵探來調查，這操心的程度也太超乎尋常了吧？」

「受人之託，忠人之事嘛。」我聳聳肩，無奈地笑了笑。「母親的直覺，總是很敏銳的。」

「你說得對。」他笑了笑，「我媽也是很厲害。」

「我想請你幫我問問社團的人，家豪究竟加入哪個幫派。」

「好，沒問題。」王俊成回答得很乾脆，「有什麼想知道的，請儘管說，我一定會幫忙。再過一陣子，我就要離開學校了，在此之前，只希望家豪沒事。」

「但是，我得提醒你。萬一家豪真的加入幫派……他就很有可能會惹上大麻煩。別說是他，就連他身邊的朋友，恐怕都會有危險。所以，為了保護他，這件事一定要請你們保密，不能讓他或幫派分子知道我在調查他。」

王俊成的表情凝重起來，慢慢地點了點頭。

持有槍械的確非同小可，雖然他房裡並沒有找到子彈，也許還不致構成立即性的危險，但把話說得誇張一點，總是比較安全。

「另外，我在家豪的房間裡發現這個。」

我拿出《魔俠震天雷》的ＤＶＤ，遞給王俊成。如紋透過網購買到，今天早上剛送到公司，我就搶先一步攔截了，沒讓如紋接到貨。我立刻把這部電影看完，一個半小時，不長。等待王俊成的空檔，也上網找了點資料。

故事講的是一個為了協助燒燙傷病患復原、專攻人造皮膚的科學家，偶然被捲入一場地產開發案的陰謀中，遭到犯罪集團的鎖定，他不但被凌虐，實驗室也被炸毀了。最後，他雖然死裡逃生，但臉孔被毀，全身的皮膚更是嚴重灼傷，痛失原本平靜的生活。

由於身體慘遭摧殘，他的生理、心理狀態，都發生了激烈的變化。他再也感受不到痛覺，情緒也變得易怒、充滿暴力傾向。於是，他決定利用自己研發的人造皮膚來遮掩傷痕，並偽裝成不同的人物，展開一連串的復仇行動。

這部電影由連恩．尼遜（Liam Neeson）主演。導演則是後來拍攝《蜘蛛人》（Spiderman）的山姆．雷米（Sam Raimi）。當然，這是一部超級英雄電影。不過，風格非常晦暗、暴力，恐怕不是能得到大眾廣泛接受的表現方式。

「你聽他提起過這部電影嗎？」

「家豪很喜歡超級英雄，這件事社團裡的人都知道。」他看了看DVD，「他借過我這片，也跟我說過他的感想。」

「他的想法是？」

「他覺得，魔俠震天雷和其他的超級英雄，有一個根本性的差異。」

「怎麼說？」

「像蜘蛛人、蝙蝠俠這樣的超級英雄，之所以戴面具，是為了『隱藏』現實生活的身分。只有在城市的犯罪橫行、需要有人出手時，他們才會以超級英雄的姿態現身。」

「嗯。」

「但是，魔俠震天雷不同。我記得，他遭到犯罪集團襲擊，身受重傷後，所有人都以為他已經死在爆炸案裡了。在現實生活中，他已經死了——他現實生活的身分已經消滅了。換句話說，他之所以戴面具，是為了『製造』現實生活的身分。」

「你認為呢？」

「老實說，當時我聽不太懂他在講什麼。」王俊成嘆了一口氣。「我只覺得……家豪講那些分析時，他突然變得有點超齡。我從他高一入學時，就認識他了。我們籌備活動時，整天都膩在一起呢。他本來就喜歡超級英雄，每次講到超人啦、鋼鐵人啦，都很開心。但那是第一次，我看到他出現那麼怪異、讓人無法參透的表情。」

我懂。宋家豪必然是從《魔俠震天雷》中，見到了行事迥異的超級英雄。這個以牙還牙、以眼還眼的黑暗英雄，靠仇恨解決了仰賴法律、仰賴正義、仰賴良善也無法解決的罪惡。這也許給了他某種啟發。

「我在想……說不定，以前參加春暉社的家豪，就是那個科學家原本的模樣。那名科學家，本來也擁有一個積極、正向的目標，要造福那些皮膚嚴重受損的燒燙傷患者啊，不是嗎？就跟家豪的狀況一模一樣啊。家豪也常常在說，他要出國去當國際志工，為公益貢獻心力，向世界各個角落的弱勢者伸出援手——他真的很努力，我相信他一定做得到的。」

我回想起宋家豪電腦裡那些社團活動的紀錄。那並不是單純的流水帳，而是考慮周全、切實可行的計畫。只要是他想做的，恐怕，他的確一定做得到。

王俊成眼前的布丁檸檬紅茶，即將飲盡。

「可是，是不是後來他出了什麼事？就像是……魔俠震天雷一樣，被毀了容。當然，我不是說電影裡那種殘酷的生理傷害。而是心理上的。所以，他才會決定離開社團，加入幫派，變成他的新身分。」

我幾乎可以猜得出來，王俊成接下來會說什麼。

「因為……他打算以暴制暴。」

4

我開始跟蹤宋家豪。

暫且不論宋家豪加入幫派的原因，到底與《魔俠震天雷》的「以暴制暴」有沒有關係，王俊成至少說對了一點，宋家豪離開春暉社兩個月，這件事宋采珮完全被蒙在鼓裡，一直以為他還是心目中原來的好孩子——他戴著某種面具。

若非宋采珮偶然發現藏在他房內床底的貝瑞塔，他的偽裝可說是完美無缺的。不過，對我而言，她發現貝瑞塔的這項「偶然」，也滿值得探討的。根據宋采珮的說法，宋家豪的生活作息很嚴謹，發現槍的那一天，他突然匆忙離家，來不及整理房間、關好房門，到底是為了什麼事？

我不免聯想，此事與他近兩個月來突然變得異常的行為有關。

每天早上，宋家豪就像尋常的高中生一樣，準時從家裡出發。步行四分鐘，等候五分鐘的公車，搭乘二十幾分鐘，在學校最近的站牌下車，再走路三分鐘入校。他每天搭乘的公車都是同一班，搭乘這班公車的學生，也有幾位是與他同校的，不過，等車時他並不與他們打招呼，縱使他們顯然是認識的。或許，他們曾經相熟，但在他加入幫派後，他們的關係就變了。

宋家豪上了車，也是一個人靜靜的，面無表情，不打瞌睡，甚至不將目光投向窗外，與他參加社團活動時所拍照片的笑容宛若二人。他彷彿築起一道無形的城牆，不容他人接近，將自己區隔在這個世界之外。

大部分的時間，他會待在學校上課，但也偶爾會蹺課，跟幾個看起來不是什麼善類的學生，成群在街頭鬼混。坦白說，他與那些人的氣質，形成了強烈的對比，不過，他似乎擁有一種特殊的適應能力，就像是一個演員，無論是神情、動作，他惟妙惟肖地模仿了那群人的說話方式、小動作，在這個「同步化」的過程中，他輕易地變成那群人的一分子，讓自己不像是個剛加入的菜鳥。我想，在公益服務活動的領域裡，他憑藉的也是這份天賦吧。

這群人的熟面孔有六個人，常混跡飲料店、夾娃娃店內一陣後，就到長安東路二段附近一家叫做「煌金世界」的電子遊藝場去。這似乎是他們幫派的聚會場所之一。我也跟進去過兩次，觀察他們的互動。管理這家店的，是一個被大家尊稱為旺哥的小混混，年紀不到三十，跟這群學生處得很好，會特別找角落幾個機台讓大家玩，避免影響到其他來打發時間的客人。

帶頭的學生叫阿楷，染著一頭帶藍的金髮，常叼著菸，看起來熟門熟路，超八、百家樂、滿天星等機台的規則，都由他親自授課。他喜歡在現場炒熱氣氛，有人玩得好，就吆喝大家來看、來鼓掌，玩得不好，就吐槽、酸個幾句，逗大家開心。他自己倒玩得不多。冷場時就向開分小姐搭訕，講一些黃色笑話，沒話找話聊，塑造一種優越的氛圍，硬撐自己已經進了成人世界了。宋家豪也會跟著大家起鬨，看起來頗能融入其中。

晚餐時間前，他們大多會往速食店跑，點幾道分享餐，大家一起吃。偶爾也會去吃麵，或在便利商店解決。速食店當然是比充斥著電子音樂遊藝場要安靜多了，他們或許也不想引人側目，言行舉止都變得收斂，就像是一群提早下課、正準備去看電影、玩樂的學生那樣。

他們離開速食店前，會陸續到廁所換裝，從學生制服換成另一種樣式類似服務生的制服，並特地用髮膠重新梳整過頭髮，乍看之下，他們的外表年齡增加了三歲。原本的書包，也換成休閒背包。這顯然都是事先準備好的。

改頭換面後，他們一夥人出手闊綽起來，叫了兩輛計程車，往林森北路去，停在一家叫「夢中芬芳」的酒店。不過，這時還沒到酒店開始營業的時間。當然，他們都是未成年的學生，他們之所以上酒店，並不是去當顧客，而是去打工，當小弟打打雜、賺點外快的。

在遊藝場玩樂時，他們偶爾會提到酒店的事。其實，旺哥也知道酒店的事，他們能去打工，似乎就是旺哥安排的。不過，旺哥不太喜歡他們在店內聊這個，也許是怕會被閒雜人等聽到，擔心惹上麻煩。

觀察了幾天，宋家豪每天的行動相當固定。

下午蹺課，在「煌金世界」賭博，一到傍晚就去「夢中芬芳」報到，一直到夜間十點才離開。到了週末，更是不到凌晨三點不出現。

不過，他顯然會根據宋采珮在電子廠輪班的行事曆，來調整自己的行程。一旦宋采珮輪休在家，他一定不會跟那群不良少年提早離校，而是準時回家，與宋采珮共進晚餐。亦即，在退出社團、加入黑幫的同時，他也極小心地，不讓母親知道自己的另一面。

一心想當個現代好母親的宋采珮，電子廠不甚符合生理時鐘規律、時早時晚的輪班工作，已經使她疲憊不堪了，為了徹底遵循與兒子的承諾，她還堅持非抱著絕不干涉兒子自由的教育方針不可，因此，想要掌握自己兒子的行蹤，根本力有未逮。

「如紋，幫我一個忙。」

「不要。」

「我知道現在是下班時間。」在酒店外盯梢的空檔，我撥了通電話給如紋。

「你每次都這樣。我又不是便利商店。」

「只有妳能幫我了。」

這個時候，就要低聲下氣，順著她一下。她不喜歡被當成隨傳隨到的跑腿（誰喜歡？），所以得讓她感覺自己不可或缺。

「……好啦！」她滿倔強的，但只要她一點頭，就會瞬間變得很有活力。我喜歡被我說服那一瞬間的她，儘管這總得費上我一番力氣，儘管只有一瞬間，但這一瞬間她可愛極了。

「有沒有信得過的酒店經紀？」

「什麼？」她的聲音有點訝異。

「酒店經紀。」

「為什麼？」

「我在跟蹤宋家豪。」我解釋，「他最近在一家名叫『夢中芬芳』的酒店打工。我想探聽一下裡頭的情況。」

「那就好。我以為是你有需要。」

「我像是那種人嗎？」

「是不像。」如紋回，「但我剛剛不開心，讓我酸一下不可以嗎？」

掛了電話後，我繼續監視著酒店門口。如紋答應，一有消息，就傳對方的聯絡方式給我。酒店經紀，其實就是酒店小姐的經紀人，負責根據旗下酒店小姐的素質、條件，給予培訓，並安排到等級合適的酒店去上班，為她們爭取福利、保障，再依據小姐的工作天數，向店方抽得佣金。因此，厲害的酒店經紀，必然擁有足夠的人脈，能夠建立起一張情報網，以便充分掌握各店家的概況。

我需要的，是一位在「夢中芬芳」內上班的工作人員。這個人必須能告訴我，與宋家豪總是膩在一起的那位酒店小姐，叫什麼名字。然而，我並不想就這麼直接進酒店調查。在宋家門外，我曾與宋家豪打過照面。當時，他的眼神非常銳利，充滿警戒。我不確定他是否已經記住了我的臉。

再者，調查行動的請款，得填寫支出項目，依宋采珮對兒子的憂心程度，一旦發現我進了酒店調查，不知道會不會整個人崩潰？總之，在案情尚未清晰以前，還是別徒增困擾吧。

沒錯。宋家豪雖然經常跟那一夥不良少年鬼混，但離開酒店時，卻從不與他們同行，而是有一名固定的酒店小姐伴著。不，應該反過來說，是他伴著這位酒店小姐。

這位酒店小姐，身材十分苗條，剪了一頭俏麗的短髮，有張玲瓏有致的瓜子臉。在濃妝豔抹的掩飾下，不容易看出她真實的年齡，只能先暫時推測，大約二十出頭。

她並不是每天到班，當然，宋家豪也不是每天來。若一方未到，另一人就獨自回家。不過，觀察了兩週，他們總是湊在一起。這已經夠明顯了。從酒店下班後，他們會一起到附近的永和豆漿吃消夜，然後由宋家豪送她回住處。她住在中山北路一段，一條小巷弄內的舊公寓裡。

儘管，她每天下班時的髮型、打扮、穿著都不盡相同，但她舉手投足、顰眉笑目，展現女性嫵媚氣質的熟練技巧，以及嬌、蠻、甜、傲的各種組合，手段倒是相當一致，用來用去，其實也就只有固定幾招。只要距離遠一點、冷靜點看，就會看得很清楚了——好啦，我承認，另一個原因是我沒喝酒。

然而，宋家豪畢竟不是我。他似乎並未看穿這點。也許因為距離近，也許因為喝了酒。這位小姐慣用酒醉失態的偽裝，來進行欲迎還拒、七擒七縱的表演。有時，她假意失去意識，即將跌臥在地，宋家豪立刻去扶她，不讓她摔落階梯；就這樣，她整個人撲倒在他身上，想必一定是軟玉溫香，抱得滿懷；接著，她不高興他攙扶，罵他偷吃豆腐，鬧脾氣甩他耳光，他則一逕陪笑、道歉，逆來順受；然後，她見宋家豪臣服了，便開心地大笑起來，心情好轉，又突然主動想要擁抱他，他則熱切地回應著迷戀、崇慕的眼神。

我想，這是一場表演。原因是，這位小姐總是要先藉酒裝瘋，吵鬧、喧譁一陣後，吸引了酒店門口前酒客、泊車小弟、路人的注意——鎂光燈聚焦後，才正式進入主戲。對這位小姐來說，每個晚上在酒店門口前這樣玩，彷彿是一種測試，對宋家豪的忠誠與耐心的測試。

酒店門口就是她的舞台，酒客、泊車小弟、路人是她的觀眾。這不但是一場表演，也是一場遊戲、一場樂趣。她當然是第一女主角。而宋家豪，則有如拜倒公主裙下的奴僕，他盡其所能地取悅她，甚至不惜犧牲自尊，讓自己變得更渺小、更毫不起眼。

5

——聽過「墮天使」嗎？

據考證，成書於西元前二世紀的基督教偽經《以諾書》（Book of Enoch），共有三書。其中《以諾一書》記載，有一群天使被派遣到地球上，稱為古利格利（Grigori）的「守護天使」，負責監視被逐離伊甸園的人類，以確保人類不再繼續犯罪。

但是，當他們見到了人類女性的容貌後，旋即深深著迷，就在慾望的驅使下，他們決定背叛神的命令，秘密教導人類先進的知識、技術，例如武器、化妝品、占星術等，以博取人類女性的歡心。

這群天使共有兩百名，以大天使阿薩茲勒（Azazel）為首。他們秘密集會、立下血誓，承諾為叛變一事守密，終得與人類女性結合，育其子嗣，則是稱為「拿非利人」

（Nephilim）的巨人族。他們的身長高達三千尺，吞噬了所有的糧食、資源，在地球上四處殺戮、掠奪，攻擊人類、動物，導致地球瀕臨毀滅。神得知後，大為震怒，決定施以嚴厲的懲罰，降下大洪水，清洗、消滅一切的邪惡。在此之前，神向世界上唯一的義人挪亞（Noah）一家示警，他建立了巨大的方舟，及時保留萬物，最終，連續四十日的大洪水，淹沒了整個世界。

而，這群叛變的天使，則失去了神的恩寵，被逐出天堂，貶為惡靈。神將他們的手腳綑綁，棄於沙漠的深處幽禁，並以巨大的石頭鎮壓，等待最終審判日的火刑，永世不得回歸。自此，他們成了墮天使。

也許，這即是宋家豪之所以徹底改變的真正原因。

調查至此，案情的輪廓也逐漸清晰起來。宋家豪為了接近「夢中芬芳」的酒店小姐，才離開春暉社，主動加入幫派，而他房間裡的槍枝，極可能就是這樣拿到的。故事很簡單——一個為愛情捨棄信念的男孩。

就像是被人類女性美貌迷惑的墮天使。

其實，要是這麼單純就好了。坦白說，我沒辦法輕易接受這個答案。

僅有兩個月的時間，宋家豪足以取得幫派的信任，有權保管一把貝瑞塔嗎？

還有，宋家豪與酒店小姐，兩人的生活圈完全搭不上線。他們究竟是怎麼認識的？

也許是這樣。那名酒店小姐，曾經到學校去找過阿楷他們，宋家豪碰巧邂逅了她，對她一見鍾情。當偵探當了這麼久，這種事並不罕見。人類的情感，是很難以邏輯去解析的。只不過，在這段跟蹤期間內，酒店小姐的活動範圍，與宋家豪的學校毫無交集，而她和阿楷那群人，從來沒有同行過，並不像是熟識的。

這個案子，恐怕還有得查。

我暫時壓下宋家豪在酒店打工的調查紀錄，僅向宋采珮提出他離開了服務性社團、開始與一群不良少年鬼混、蹺課在遊藝場晃蕩的報告。宋采珮看了報告裡的跟拍照片，驚訝得不能自已。她沒辦法接受自己的兒子居然真的誤入歧途。

「……那我該怎麼辦？」她的聲音顫抖，思緒顯然陷入一團混亂。

「把槍交給警察，請他們處理。」

我知道，我說的話沒什麼用，無非只是善盡告知的義務，避免發生事端後被追究責任。就像是飛機起飛前機內廣播的安全說明，乘客沒人在聽，但還是該講。

「還不行。」她問，「沒有別的辦法了嗎？」

「當然，我可以繼續監控他的行動，盡可能維護他的安全。」

宋采珮陷入沉思。

「可是，妳必須理解本社的規定，不能涉及刑案。」我以較為強硬的語氣解釋，「妳必須答應我一件事，密切注意他是否取得子彈。如果他拿到子彈，我們就必須報警。妳同意嗎？」

「這……」她帶著一絲的不情願，考慮了半晌才勉強同意。「我知道了。」

現階段，只有槍、沒有子彈，至少不是最危險的狀況。

不過，一旦兩者兼具，事態就嚴重了。

原本以為，接下來只要繼續監視宋家豪的行動、注意子彈是否出現即可。然而，就在一個星期四午後，宋家豪的行動出現了新的模式。

那天下午，宋家豪離校的時間，提早了一個小時。而且，是單獨一人。起初，他的行動路線並未改變，同樣前往中山區，但是，他的目的地並不是「煌金世界」或「夢中芬芳」。

在穿過新生高架橋以後，他走進另一邊吉林路的巷弄裡。

其實我有點始料未及。這一段路，他的步姿絲毫沒有任何差異。這裡的房舍低矮老舊、道路狹窄，我們一前一後地轉進這條巷弄內，彷彿產生一種距離突然拉進的錯覺，令我不得不迅速放慢腳步，與他保持更遠的間隔。

我連續跟蹤了他兩個多禮拜，即使每天喬裝成不同的打扮，被發現的風險仍然持續提高。他轉了幾個彎，來到中原街，經過一家便利商店，在一家自助餐旁的公寓門前停下腳步。

此時，他的身體陡地繃緊，彷彿周邊突然升起了一張心理的偵測網。這是一種出於無意識的自我防衛機制。無論怎麼佯裝，人類是不可能完全控制自己的生理機制的。我知道，他接下來所做的事情，是不希望被發現的。我迅速往後退，閃進騎樓的水泥柱後方。

他的目光向左右掃視了一會兒，確定無人注意，才按了按門鈴，跟對講機說了幾句話，靜待鐵門的電子鎖開啟，隨即入內。

見此，我立即走向前，打算趁鐵門尚未完全關閉時跟上去，假裝是公寓住戶，但此時的宋家豪帶有相當強的警戒心，一進屋內就立刻回頭將鐵門關妥，任何一絲縫隙都不留。這使我不得不退回原處。

我抬頭觀察，這棟老公寓四層樓高，入口上去的階梯設有邊窗，我看見宋家豪上了三樓，走進右側住戶。老公寓的鐵門一旁，設有幾排綠色信箱，我依照宋家豪進入的住家位置，找到了那一戶的信箱，不過，信箱裡頭是空的。

不知道宋家豪一個人來這裡做什麼，也不知道他會待多久。因此，只能等他出來了。

我決定趁這個空檔，進行一點調查。然而，在尚未搞清楚他的行為模式之前，我也沒辦法跑太遠，只能在公寓附近繞個幾圈了。這樣的舊社區，依照過去的經驗，住在這裡的老居民大家都熟，街坊鄰居有任何動靜，總會互相關照，對彼此的八卦傳聞也不太設防，想要取得一些關於老公寓三樓住戶的情報，大致上並不困難。

我自稱是都市更新計畫的考察人員，代表某家建商，以探詢房價的方式開啟話題，花了點時間跟彩券行、機車行、小吃店、傳統藥房老闆聊天。談到錢嘛，台灣人總是很樂意開口。

可是，沒想到，這些老居民全都不想談三樓住戶。一開始只簡短提及，他是個中年男子，去年才搬來，不知道在做什麼工作，也很少看到他出門，跟街坊們毫無互動。

不過，我從他們措辭、語氣之間，感覺到他們並不歡迎這名男子成為他們的鄰居，只是礙於房東的情面，不方便講什麼。

箇中原因，縱未明言，我的腦中仍立即浮現了幾種可能。

打聽消息告一個段落後，我看到宋家豪從老公寓走出來，幫一個中年男子開門。這當然就是那位不受鄰居歡迎的主角了。他外貌年近五十，個頭很高、身形卻非常削瘦，戴著粗框眼鏡，茶色鏡片，背了一個帆布包。

宋家豪表現得相當殷勤，宛如一名關係密切的晚輩。兩人並肩步行，不時提醒他留意路邊亂停的機車、地上的坑疤，一直走到新生北路上。

我一邊尾隨，一邊在眼底比較兩人的容貌。要說他們是父子，坦白說相當牽強。他們停下來等候巴士，我也若無其事地看手錶、在候車亭左顧右盼，迴避宋家豪的視線，盡可能靠近他們。他們原本有一些輕聲交談，一注意到有人稍微接近，便默契十足地沉默下來。他們的防備心真重。

未久，他們等的公車來了，宋家豪扶著中年男子上車，我也隨後搭上。

兩人在車上都沒再說話。公車上相當擁擠，已經沒有空位了，一個學生年紀的女孩子，見中年男子經過，便好意讓座給他，但他卻冷漠地沒有領情，甚至完全不正眼看她一下，直接往公車最尾端快步過去。那位善心的女孩子見狀，感到有些錯愕。跟在他身後的宋家豪，也是逕自走過去，看都不看那女孩一眼。

宋家豪站在中年男子身邊，但兩人沒有再說半句話，眼神也不交會，彷彿兩人只是剛好從同一站搭上同一班公車。我想，他們非常刻意地避免被看到兩人是認識的。

既然他們的舉動如此，我也不需要一直偷偷觀察他們的動靜，剛好與他們保持安全距離，趁機休息一下。反正他們不會跳車。

——你要的酒店經紀找到了，後面自己想辦法吧。如紋。

搭乘公車途中，如紋捎來一則簡訊給我，附上了酒店經紀的聯絡方式，對方綽號武哥。我先跟如紋回了封道謝訊息（她很在乎這個），再發了訊息給武哥，問他底下有沒有在「夢中芬芳」上班的人，想請他安排一下，碰個面。不過，他沒有馬上回我，也許正在忙。

公車一路往北開，經過士林、芝山，一直開到天母。

此時，我注意到他們按了下車鈴，便打算早一步往車門卡位，搶先下車，不讓他們發現我在跟蹤。不過，我多慮了，這一站有很多人下車，原本坐在座位上的人陸續起身，全擠在走道上排隊，兩人根本沒發覺到我就是跟他們一起上車的人。

——台北榮民總醫院。

司機上方的電子儀表板，顯示著公車站牌的名稱。下車的乘客，多數是中老年人。

原來如此。

其實，我見到中年男子的第一眼，早該注意到了。

他戴著茶色鏡片的粗框眼鏡，其實是想掩飾混濁、發黃的眼睛——典型的黃疸症狀。這通常源於肝臟、膽道相關疾病，或是惡性腫瘤。他的腳步平穩、行速正常，這表示疾病尚未損及其運動機能。

我想起宋采珮發現他忘了關上自己房門、匆忙出門的那個上午。距離今天，恰好是兩週。也許，是那位中年男子突然病發，使宋家豪心慌意亂，不得不趕緊去送他就醫。

宋家豪今天蹺課，卻不與阿楷那群人同行，其實是為了帶中年男子回診？

他在宋采珮面前，是獨立自主、不需要母親操心的乖孩子；在酒店小姐面前，是言聽計從、迷戀得無可自拔的小鮮肉。然而，在這名神秘的中年男子面前，他卻又搖身一變，恢復王俊成口中那個熱心公益、獻身服務的好學弟。

——超級英雄的重度粉絲。

——身心俱殘、以暴制暴的復仇者，魔俠震天雷。

看來他不只有兩張面具，還有第三張面具。

6

幾天後，王俊成又跟我聯絡過一次，說他調查宋家豪的在校狀況，有一些初步進展。

我們約在同樣的地方碰面，我點了杯綠茶，他點了杯布丁檸檬紅茶，都跟上次一樣。他的臉色有點難看。其實很容易想像，與別人談好友的墮落實況，終究令人難堪。

正如同先前我請求的，他調查了宋家豪加入幫派的過程。他說，兩個月前，宋家豪開始主動接觸校內某個安非他命的流通管道，四處打聽聯絡人是誰，還表示願意幫忙，頻頻示好。

但是，宋家豪原本是以反毒為訴求的春暉社的社員，平常在校內也相當活躍，這樣的人突然性格大變，管道的聯絡人當然不可能那麼容易相信，把他當成校方或警方派來的臥底。結果，宋家豪立刻離開春暉社，然後又花費不少工夫，才總算取得聯絡人的信任。

這名聯絡人叫游銘楷，目前高三，是學校重點輔導對象——沒錯，就是那個帶頭的阿楷。至於宋家豪究竟是怎麼取得阿楷信任的，王俊成則無法確定。只是有人謠傳，宋家豪暗中給了阿楷一大筆錢，買單他們的遊樂開銷，給阿楷擺闊、做面子。

「可是我不太相信。」王俊成說：「家豪平常專心玩社團，也沒在打工，怎麼可能拿得出這麼多錢？」

「沒關係。這我來查。」

也許，這筆錢與那名神秘的中年男子有關。

中年男子付錢給宋家豪，作為私人看護費用；或者，宋家豪是從中年男子那邊偷的。當然，再舉出更不堪的猜測，也不是難事。

此外，聽說學校裡的安毒流通管道，屬於以中山區為地盤的牛埔幫旗下一個分支。當然，宋家豪常去的「煌金世界」跟「夢中芬芳」，都是這個分支在背後操控。換句話說，宋家豪已經是幫派的基層成員了。

王俊成一邊說明，語氣難掩失落。他說，他愈查證，就得到愈多明確的事實。他簡直認不得現在的宋家豪了。正如同當初對春暉社的積極參與，宋家豪現在對幫派也採取了同樣的態度。道別前，我跟他聊了一會兒他即將到來的大學生活，他心情才變得雀躍了些。

次日，我以顧客的身分進「夢中芬芳」消費。

跟蹤宋家豪與中年男子到榮總後的深夜，酒店經紀武哥回了我。他告訴我，有個在「夢中芬芳」上班的小姐，名叫雪兒，願意跟我碰面，看我想問什麼都行。不過，她希望我可以去現場點檯。所謂點檯，就是入店後直接指名小姐。這是得另外加錢的。

字面上聽起來，這很像一種勸誘顧客來店、在店裡被小姐剝皮的詐騙手法。但是，為了探查真相，有時偵探也不得不「犧牲小我」。比較困難的，則是這筆帳要怎樣才能順利報支，才能從如紋手上拿到錢。

其實，偵探上酒店查案，倒不是什麼新鮮事。許多有錢的太太們，擔心自己的老公應酬時暈船、亂來，會要求偵探到現場「蒐證」。當然，在這種情況下，太太們多半都已經有心理準備，也願意花大錢買證據。不過，本案狀況不同，宋家豪還是個高中生。

總之，我向武哥要了雪兒的照片。並不是跟宋家豪膩在一起的那位。我再確認了她晚班的時間會在，就這麼談定了。這晚宋采珮輪休，所以宋家豪得待在家裡，當個好孩子。

武哥已經事先替我打過招呼，我一個人進酒店，並未引來什麼異樣目光。

酒店裡的娛樂，無非就是熱鬧一點、喝酒、玩遊戲的ＫＴＶ，並趁著酒酣耳熱之際，藉機與同行的友人達成某種利益交換的共識。至於酒店小姐，只不過是漂亮、迷人的陪襯。因此，在一般情況下，沒有人會單獨來這種地方。

「謝謝你。你真的來了！」

雪兒是個長髮披肩的女孩，穿著極短的迷你裙，展露出修長的美腿。她熟練地坐在我的身邊，雙腿交疊，以稜角分明的高跟鞋尖輕輕觸碰了我，為我倒了杯酒。

「先生，請問怎麼稱呼？」

「叫我鈞見就好。」

「……鈞見哥是偵探？」我們刻意放大了音樂的聲量，以掩飾接下來的話題。當她附在我的耳邊說話時，自然而然地，我聞到一股芬芳襲來。不能否認，這是偵探工作裡令人稍感愉快的一部分。

「嗯。」

「你的工作一定很有趣吧？」

「妳的工作比較有趣。」這裡的消費不低，照鐘點數在跑的，我最好趕快進入正題。「妳認識這位小姐嗎？」

我拿出最近在酒店外拍攝的照片，遞給雪兒。

「這就Yoona啊！」雪兒只看了一眼。

「知道她的本名嗎？」

「不知道耶。」雪兒搖頭，喝了一口酒。「不過，她有上過電視節目。」

「哦？」

「談話性節目啦，我是沒去。兩個多月以前的事了。聽說就是找幾個做八大的，去聊特種行業的甘苦談。」

我打開手機，跟雪兒上YouTube找了一下，很快就找到當時的錄影。節目名稱叫《今夜有新事》。確實是她。

「知道她的本名嗎？」
「不知道。」
「可以幫我查一下嗎？」
「好啊。」她向我伸出右手小指，面露狡黠。「下次來點我，我再告訴你。」
「沒問題。」我跟她打勾勾。不過，其實我不必問她。我可以自己查。
雪兒拿起了桌上的點歌單，「我們來唱歌好不好？」
「我還沒問完呢。」
「好吧！」
「聊一下妳知道的Yoona，什麼都可以。她是個怎樣的人？我常看她在酒店門外發酒瘋？」我先開了個頭，這是讓對方瞭解談話尺度、放下心防的慣用手法。
「哈。那全是她演出來的啦。」雪兒說：「她的酒量好得很，假裝容易喝醉，可以讓客人以為有機可乘、吃點豆腐，才會常來找她。而且，她這麼做，還可以明目張膽地向客人要禮物，跟其他小姐搶客人，反正如果有人不爽，她再推說自己喝醉、忘光光就好了。」
「這招有效嗎？」
「對新來的客人，有效啊。」雪兒笑了笑。「我們是很不齒啦。」
「那妳呢？妳通常怎麼做？」
「你可以親自試試啊。多開兩瓶酒給我。」
「好啊。」

「謝謝你，鈞見哥！」

「不過，妳自己一個人喝就好。我還在工作。」

「噢，這樣好無聊！」

「聽起來，」我沒理會她的抱怨。「Yoona跟大家的關係不太好？」

「她喜歡男人為她爭風吃醋。她可能以為，這樣可以表現她的身價，而且她很誇張，還會偷偷跟客人挑撥離間，講一些有的沒的。很討厭。可是，我們也沒辦法治她。」

「我以為酒店小姐的手腕都很高明。」

「因為去年她一來店裡，就跟了侯哥。好聰明。」

「侯哥？」

「保鏢啦。」雪兒放下酒杯，「侯哥很兇狠哦，只要客人不守規矩，不管是誰，他立刻會把他們打一頓，再丟到馬路上去。聽說啊，他至少把三個人打成植物人。如果當場有人敢勸架，他照揍不誤，不管男的女的。」

「因為Yoona有侯哥保護？」

「嗯。大家都怕啊。上個月有個市議員的兒子，好像是為了Yoona的事，帶了一群人來店裡鬧。侯哥一打十耶。而且，過沒幾天，那個人被開槍打死了。」

雪兒的話引起了我的興趣。然而，我繼續保持鎮定，不打斷她的話興。

「案發後，侯哥也失蹤了。警方有來查案，對Yoona還問得特別久。可是Yoona說，她也不知道侯哥跑去哪了。其實啊，大家都偷偷在講，人是侯哥幹掉的。」

「既然侯哥不在了，那Yoona應該會收斂點吧？」

「也沒有。Yoona已經找好備胎了啊。」

「備胎？」

「他現在有個跟班，叫做小宋。年紀很輕，長得不高，但Yoona說，他有在練拳擊。」

我想，雪兒講的就是宋家豪。

至於練拳擊什麼的，想必是Yoona在唬人、讓大家對她有所忌憚的謊言。

「小宋大概是……兩個月前來店裡的小弟。工作時很勤快，平常話不多，不過，他好像很迷Yoona，只要侯哥一不在，小宋就會溜去找Yoona說話。好啦，現在侯哥閃人，沒人看著Yoona了，她倒也樂得輕鬆，開始跟小宋大剌剌地出雙入對。」

「妳覺得，他們在談戀愛嗎？」

「哈。誰知道？」雪兒聳聳肩。「這裡的愛情哪，只是一種商品。想擁有多少，就看你願意出多少錢囉。錢花光了，就得回到現實。Yoona只是怕我們翻臉，才拉著小宋不放。她只是在利用小宋，一定不愛他的。」

「那小宋呢？」

「該怎麼說呢？」

雪兒將杯中的酒液一飲而盡，露出甜美的笑容。

「不知道耶，女生的第六感啦。我有一種感覺，小宋表現出來的樣子，完全就是Yoona喜歡的那種男奴。對她畢恭畢敬、百依百順，無論她講什麼鬼話，都照單全收。

認識Yoona到現在，我是從來沒有見過有人能忍受得了Yoona啦，說姿色嘛，她又不是店裡最漂亮的，可是，個性卻是我認識的人裡最難搞的。好怪，為什麼小宋辦得到？難道，這就是傳說中的跟鬼一樣，只有聽過、從沒看過的『真愛』嗎？」

如果宋家豪是演的，也許就辦得到。他在每個人面前，都扮演了不同的角色，每個人都以為自己看到的，是真實的宋家豪。

「鈞見哥，」雪兒拉著我的手臂撒嬌。「到底問完了沒啦？」

「問完了。」我拾起酒杯。「來，我敬妳。」

7

「為什麼約這裡？」

「沒辦法。」呂益強聳聳肩，「現在隊上很忙，沒別的地方可以聊了。」

我走進這間熟悉的偵訊室裡。與記憶中的模樣沒有任何差別，只擺了一張鐵桌、兩張鐵椅，冰冷的室溫予人一股心寒透頂的涼意，整個房間空蕩蕩的，絲毫感受不到人情味。那當然了。通常有辦法被「請」來到這裡的，已經不會只是個案件關係人，而是涉嫌重大，非奸即盜，警方也沒什麼好客氣的。

在我剛入行、涉世未深的時候，曾經因為一樁名為「臉孔辨識失能症」的案子，被警方懷疑是嫌疑人，不得不進到這間偵訊室裡。對。我確定是同一間。當時承辦此案的刑警，正是同一名刑警，眼前的呂益強。

後來，我又陸續因為其他案件，進進出出過這裡好幾次，都是他負責「接待」的。例如，有件網路殺人魔的連續殺人案，以及……算了，記得這些，並不是什麼值得自豪的事。廖叔曾經安慰我，所謂「久病成良醫」嘛，依我的遭遇，樂觀來說，也可以「久嫌成神探」。

總之，在我當了多次嫌犯後，不知不覺，跟呂益強逐漸建立起某種微妙、不可言喻的交情。偶爾，他會非官方地向我探聽案件的傳聞；偶爾，我也會非正式地向他詢問警方的情報。不過，我們兩人，就僅止於這樣的交情而已。真的沒別的了。

「坐啊。」

呂益強的語氣平靜。他一板一眼、勤奮刻苦的態度，一直沒有改變過。我想，這是他長年立足警界、不斷被賦予重任的原因吧。然而，身處於警察這麼一個巨大、複雜的組織裡，若非如此堅毅、強韌的個性，恐怕也無法生存吧。

我坐下來，等待大腿慢慢適應鐵椅傳來的寒意。我不自覺看了牆邊的單面鏡一眼。光是坐下來這個動作，就已經讓人備感壓力了。

呂益強在我對面坐下來，一派輕鬆。廢話——他是警察。

他放下手上的文件夾，擱置在桌面上。檔案的名稱是「**徐睿青槍擊案**」。

那正是我想要的。

「最近案子很多？」

「倒也不是。」呂益強眉間微微皺了一下，「也不知道是不是因為推理小說、推理劇愈來愈普及了，網友啦、媒體啦，都比以往更關注警方動向。其實案子的數量是差不多的，可是，偵辦過程的細節，長官的要求愈來愈精確了。一點誤差都不能發生啊。」

「原來如此。」

「實際的辦案過程，是很無趣的。大部分都是文書工作。不過，既然民眾有興趣，警察也得作點調整，在媒體前適度表現一下。警察的形象有所提升，民眾才會安心。」

「偵探也一樣。」

是的。調查行動的規劃，也得配合客戶期望。一些看起來速效、制壓性高的偵查手段，超高解析度的照片、立體聲的錄音檔案，可以讓客戶感覺「賓至如歸」，好像砸錢在拍電影，進而大方地簽收請款單。在這種趨勢下，徵信社只得在設備上不斷升級影音的規格了。

我們繼續不著邊際、漫無方向地提及一些彼此的近況。未久，我們終於確定話題已經乾到猶如日月潭九蛙全露、聊無可聊以後，呂益強才決定進入今天碰面的目的。對於無聊的事情，他總是特別有耐心。

「上個月六號清晨，一名拾荒老人，在一個廢棄的貨櫃內，發現了一具男屍。」

呂益強一邊解釋，一邊翻開警方的調查報告，向我展示了裡頭幾頁的犯罪現場的鑑識照片。他說明案情時，不喜歡作太多的主觀判斷。不認識他的人，還以為他只會照本宣科，毫無自己的想法。很多嫌犯會有這種錯覺。不是這樣。當呂益強提出自己的想法時，通常那些人會發現，自己已經被戴上手銬了。

「現場是一塊產業用的空地，被拿來當成附近工廠的停車場，也堆置了一些大型機具。那幾天剛好下了大雨，導致現場泥濘不堪，找不到兇手出入的線索。唯一慶幸的是，受害者是陳屍在貨櫃內，沒有淋到雨，犯罪現場保存得很完整。

「男屍頭部、胸口中彈，一共四槍。現場血跡噴濺的狀況顯示，兇手殺人後並未移屍。驗屍結果顯示，四槍全都是致命傷，死者當場斃命，身上沒有因為掙扎而造成的外傷，體內也沒有中毒或使用藥物的跡象。兇手的手段非常兇殘、非常俐落，是一種行刑式的槍殺。這表示，兇手可能是職業殺手，或是慣用槍枝的人。」

呂益強讓我接過調查報告，給我自行瀏覽。

「死者身上沒有證件，但這沒有困擾我們太久。距離廢棄貨櫃大約一百公尺處，有一輛隨意停放的跑車。我們檢查過跑車的門把、方向盤，比對死者的指紋，確定兩者相同。接著，再查詢車牌號碼，我們很快就確認了他的身分。」

「徐睿青？」

「嗯。二十五歲，市議員徐慶賢的獨生子，目前在他父親的辦事處當特助。但其實這並不重要，因為他只有掛名、領乾薪，幾乎不進辦公室。」

「那他在做什麼？」

「跑趴、玩女人，到處惹是生非。不可否認，他長得相當帥氣，出手又闊綽，一直很有女人緣。他大學讀大眾傳播系，因為家裡有錢，大學就開始創業了。我們調查過，他開了一家經紀公司，找了幾個小模，打算拍攝網路短片，培育網紅、直播主。不過，自這三年來，公司沒什麼具體的進帳，但這對他來說根本無所謂。這只是他把妹、討女人歡心的藉口。」

「你的意思是，這就是他被謀殺的原因？」

「嗯。在徐睿青的認知中，所謂的網紅經紀工作——根據他的所作所為——恐怕就是到處跟人搶女人。外拍小模、網美、酒店小姐……哪裡有美女，他就往哪裡去。我們徹查跟徐睿青有過節的人，他在一家『夢中芬芳』的酒店認識了一個花名Yoona的小姐，對她很著迷，一直想說服她簽約，還曾經安排她上電視。」

雪兒曾提到的談話性節目《今夜有新事》，原來是徐睿青安排的。

「Yoona，二十歲，本名溫欣敏。」呂益強見我翻到溫欣敏的偵訊紀錄，繼續說：「原籍新竹。她高中畢業後，沒有繼續升學，在學姊的介紹下開始當酒店小姐，目前已入行一年多。徐睿青是在陪老爸上酒店談事情時，認識溫欣敏的。」

我把調查報告還給呂益強。該知道的事情，都差不多知道了。縱使沒有寫在調查報告裡，也很容易想像得到。不過，我還是想聽聽呂益強的說法。

「溫欣敏有個男友叫侯孟元，三十歲，屬牛埔幫白堂的旗下，道上尊稱他侯哥，現在替幫內開設的地下錢莊處理債務糾紛，曾經有兩次傷害前科，去年出獄。侯孟元的性格陰狠，喜怒不形於色，下手絕不留情。據『夢中芬芳』的媽媽桑說，在案發前一週，徐睿青曾帶了一夥人到店裡圍堵侯孟元，打了一架。我們推測，徐睿青對溫欣敏糾纏不清，引起了侯孟元的不滿。」

「警方認為，侯孟元是徐睿青槍擊案的嫌犯？」

「幾乎可以說，他就是唯一嫌犯了。」呂益強很乾脆地點了點頭。「首先，案發後，侯孟元就失蹤了。根據我們的線報指出，時間很巧合，他是在徐睿青槍擊身亡的隔天上午離開台灣的，溫欣敏告訴我們，侯孟元曾聯絡過她，他好像正準備潛逃到中國大陸。不過，除此之外，我們也問不出其他有用的線索了。再者，溫欣敏有明確的不在場證明，確實，她是本案的始作俑者，但應該不是共犯。」

呂益強將調查報告收回，站起身來。這表示他想講的都講完了。

「等等……我還有幾個問題。」

他看了看錶，「最多兩個。」

這個刑警真討厭。

「剛才你說──現在隊上很忙。難道，警方現在忙的，就是徐睿青的槍擊案？」

呂益強的臉上，頓時浮起了極輕、極微的笑意。

「徐慶賢已經召開記者會好幾次，在電視上哭喊著黑道占領台北市，市民再也沒辦法安心外出，警方得為此負全責。不過，這種說法，只是一種煙霧彈，因為他本身就是黑道。

「他緊盯著警方不放的真正原因──是他認為這個案子沒有那麼單純，絕對不是警方目前調查的結果顯示那樣，只是兩個年輕人為了女人爭風吃醋，發生意外。他私下向我們堅稱，牛埔幫是為了報復他去年主導、核定的土地開發案。也就是說，他們之間有龐大的利益糾紛。我們長官……有點頭痛。」

依我對呂益強的瞭解，所謂的「有點」，是非常委婉的說法。

「好。第二個問題──侯孟元殺害徐睿青的兇槍，是一把貝瑞塔嗎？」

呂益強聽了，目光瞬間轉為銳利。

「調查報告裡並沒寫到這件事。你是怎麼知道的？」

我笑了笑。

「我總是得知道一點什麼，才敢來找你啊！」

「沒錯。」呂益強忖度了一陣。「殘留在徐睿青身上的，是九釐米子彈。我們調查過，侯孟元出獄後，弄到了一把貝瑞塔九二FS作為防身用。他討債時，也經常亮出這把槍威嚇對方。一切都很吻合。」

「那警方有找到那把槍了嗎？」

「張鈞見，你已經問了三個問題了。」

我裝傻般地聳聳肩，眼睛正視著呂益強。

「……算了。」我相當確定，他對我手上的情報頗感興趣。「我們搜過侯孟元的住處，沒有找到那把貝瑞塔。」

「哦。」

「你要幫我找嗎？」

「好啊，」我並沒有刻意故弄玄虛。「……找得到的話。」

8

這個週六，我起了個大早，跟宋家豪學校的春暉社一起前往「長青之家」。

「長青之家」坐落在板橋區近郊，交通其實不太方便，才能製造出一種世外桃源、遠離塵囂的錯覺。出於隱私的考量，那裡平常是謝絕一般訪客的，只有家屬能取得許可入內——以及，學校服務性社團的活動。也許，這是為了製造另一種錯覺，讓那些長輩們排遣孤單，享受一點含飴弄孫之樂。

因此，為了探查更進一步的線索，只好作點偽裝了。

其實，這是王俊成提議、居中協調的。就如同當初我以記者身分、聲稱要撰寫高中生服務性社團的專題報導、與他聯絡的做法一樣，由他穿針引線，向他的學弟妹們介紹我是個記者，要撰寫高中生服務性社團的專題報導，順利地得以參與他們的活動。

同行者，除了王俊成之外，社團的同學來了八位。

為了不啟人疑竇，在前往「長青之家」的途中，我依照事先擬好的問題，煞有其事地請教社團裡的同學，錄音、拍照、做筆記，全套做足。總之，這樣的做法很有效，大家馬上就把我當成是真正的記者了。

我沒有多問宋家豪的事情，倒是當中有人不慎說溜嘴，尷尬地被其他社員制止。果然，宋家豪離開社團、加入幫派，已經成了他們的不可提及的禁忌。

這段時間，我請王俊成回社團，繼續替我蒐集線索。宋家豪的電腦裡，缺佚了長達兩個月的使用紀錄。這必然是他刻意刪除的——目的是為了消除某項證據，無論是關於他與溫欣敏之間，抑或他與神秘的中年男子之間。

後來，王俊成整理出一疊春暉社的社團紀錄，一整個學期的活動時間、地點、行程，一應俱全。也許是為了學校社團評鑑，他們保留了許多照片、錄影檔案。我們花了兩個晚上進行了詳細的比對，才終於發現，那名神秘的中年男子，是「長青之家」的清潔工。

——沒錯，這必定是宋家豪與中年男子的接點。

根據王俊成對學弟妹們的旁敲側擊，逐漸描繪出兩人相識的輪廓。

幾個月前，春暉社在「長青之家」辦活動，那名清潔工突然昏厥，緊急送往醫院。當時，跟著上了救護車、全程陪同的，正是宋家豪。然而，因為只有他一個人上了救護車，沒有人知道在車上究竟發生了什麼事。

大家只知道，宋家豪那天很晚才回到家。他只簡短地提到，那名清潔工沒事。當時所有人都不以為意，因為，這只是一個偶發事件。

然而，那名清潔工，沒多久卻離職了。

這裡出現了一個巧合。他們上救護車的當晚，酒店小姐溫欣敏上的談話性節目，在電視上播出。無論透過電視頻道或網路平台，宋家豪當然有機會看到這個節目。

接著，就是我們略有所知的事了——宋家豪離開社團，加入黑幫，成為溫欣敏的奴僕。同一時間，他也定期地與中年男子暗中會面。

但，那名清潔工的真實身分為何？我們仍不得而知。我曾經多次探訪那名男子所居住的地點，卻依舊找不到任何線索。街坊鄰居，沒有人願意談他。

——前往「長青之家」，這恐怕是最後的辦法了。

我們準時抵達。記者造訪的事情，事先已經知會過院方了。院長姓王，是個約莫五十歲的婦人，親自在入口迎接，與我交換名片。我曾經被千叮萬囑，只能拍攝學生舉辦活動的照片，她見了我，溫和而堅定地再度提醒了一次。

她恐怕沒想到吧。我對院內的長輩們沒有什麼興趣。我找的是她。

今天上午的活動，一如既往。朗讀短篇小說給長輩們聽、賓果猜謎遊戲，以及活動筋骨的帶動唱。不過，重點也並非有什麼活動，長輩們見到高中生來訪，欣喜之情溢於言表。

王院長見活動進行順利，也就不再陪伴在旁了，回到辦公室處理公務。

我自然不會放過她落單的機會，隨後跟上。

「張先生，」王院長對我的到來略感詫異，但還是維持她一貫的溫和。「怎麼了嗎？」

「謝謝妳願意見我。」

「這沒什麼。同學們都很努力，應該讓更多人知道。」

「不。我有事想跟妳請教。」

「……什麼事？」我可以感覺到，她開始變得警戒。

我知道她在擔心什麼——不管跟宋采珮的委託有沒有直接關係，我總會多調查一些。事實上，這家院所位處的土地產權有些爭議。不過，我對這件事不感興趣。

「王院長，妳記得一位叫做宋家豪的同學吧？」

「哦，記得啊！」她鬆了一口氣，「他是個令人印象非常深刻的孩子，在我們這裡辦活動，設想總是很周到、很貼心。大家都很喜歡他。」

「兩個月前，他退社了。」

「對啊。同學們跟我說，他轉學了。」

「我想，那應該是善意的謊言。」

「真的嗎？」王院長下意識地蹙起眉頭，「那家豪到底……」

「很抱歉，我無法直接透露他到底怎麼了。」我盡可能表現出語氣的嚴肅感。

「我只能說，他最近捲入了某件事端，現在的處境恐怕相當危險。」

「怎麼可能……」

「為了宋同學的安全，我必須請妳協助我！」

「……張先生，」好不容易，這時她才忽然想起：「你到底是什麼人？」

「不好意思，其實我不是記者——我是個偵探。」

「偵探？」

「宋同學的母親，發現他最近的行為異常。於是，她委託我來調查。」

「那……為什麼調查到這裡來？」王院長的眼神變得閃爍游移。「我哪能幫什麼忙？」

我走近她，從口袋裡掏出幾張照片。那是春暉社在這裡舉辦社團活動時的側拍，那名中年男子也入鏡了。不過，原來的照片不甚清晰，我做了一點影像處理。

「王院長。我想知道他的名字。」

從王院長緊抿嘴脣的表情，不難想像，她知道他是誰。

「……我一直想保護他。」王院長嘆了一口氣，「陪他走完人生的最後一哩路。」

「他到底是誰？」

「他是我的一位老朋友，名叫馬國航。我們從大學認識到現在，已經超過三十年了。」

「這位馬國航發生了什麼事？」

「他原本是新竹一所私立高中的老師，教數學。」她的語氣幽微、哀戚，彷彿在描述一場自己的親身體驗。「三年前，他涉嫌一樁性侵案，遭到同校一名女高中生指控，他多次強暴她。不過，這場官司為時不長，很快就落幕了，檢察官判不起訴，原因是那名學生誣告。不過，傷害已經造成了。訴訟期間內，他不但被學校革職，妻子也帶著女兒走了。真令人遺憾——儘管，法律已經還他清白，但仍然有很多人不相信證據。證據很無聊，對吧？

「原本，他是個對教學充滿熱誠的老師，深受家長、學生的信任。但萬萬沒想到，這件事發生後，所有人都離他遠去，這導致他意志消沉、一蹶不振。法律沒辦法倒轉時光，讓他的人生回到原來的樣子。他一度開始酗酒，甚至想要輕生。這個世界，不公平的事情確實很多啊。但是，我仍然希望他對這個世界能保有一絲樂觀。

「我跟他談，找他來這裡，幫忙處理院內的雜務，讓他遠離人群，有點事做。這裡很清靜，對吧？我相信，我這麼做是對的。後來，他的身體狀況變得愈來愈糟，去了醫院診斷，他罹患了肝癌，已經是第二期了。好幾回，我勸他積極治療，但沒有用。他告訴我，他已經是個沒有未來的行屍走肉。我只能退而求其次，讓他在離開世間之前，至少還有一個朋友作伴。」

王院長小心翼翼地將照片還給我。

顯然，她對馬國航懷著深厚的感情。但她只是眼眶泛紅，並未落淚。

「幾個月前，他原本陪著院內的老人們在交誼廳看電視。當時，春暉社的同學們也在。不知為何，聽說突然情緒激動、全身顫抖，然後就昏過去了。」

——這很容易聯想。

三年前，馬國航涉入的性侵案，指控他的人，想必就是溫欣敏吧。其後，事隔多年，原本兩人已經不再有交集。沒想到，溫欣敏居然出現在電視上。那些被冤枉、那些被誤解的過去，一瞬間全都湧上心頭。終於，馬國航脆弱的精神再也承受不住，因而猝倒。

送馬國航去醫院的，則是宋家豪——在這個偶然下，他得知了馬國航的過去。

但是，也有可能，宋家豪早已認識溫欣敏，對她迷戀極深。畢竟，這不是溫欣敏第一次出現在媒體上，徐睿青替她安排過很多曝光機會。而，哪一件事情為先，對真相的判斷至關重大。

「所幸，馬國航只是單純昏倒，沒什麼大礙。」王院長繼續說：「可是，馬國航決定離開這裡。他說，他不想再造成我的困擾。後來，我再也聯絡不上他了，只知道他搬去台北市。」

「他現在過得很好。宋家豪陪著他定期就醫。」

聽我這麼說，王院長垂下雙肩，似乎鬆了一口氣。

「太好了！……可是，你剛剛說，宋同學現在的處境很危險？」

「嗯。」

「他到底怎麼了？跟國航有什麼關係嗎？」

「看起來有。」我盡量保持平靜，「但是，現在還有幾件事無法確定。所以，很抱歉。我暫時得有些保留，不能什麼都告訴妳。我會負責把這一切都查清楚。」

9

過了幾天，雪兒主動跟我聯絡。

她幫我查到了溫欣敏在入行當酒店小姐之前的事，也就是她的高中時代。馬國航曾經在新竹一所私立高中當數學老師。溫欣敏是新竹人。比對王院長、雪兒給我的高中名稱，果然沒錯，的確是同一所。

我決定親自跑新竹一趟，拜訪溫欣敏以前的導師。結果，雪兒說，她也要陪我去。也好。有個年輕的女性在旁，這次的會面感覺比較不那麼嚴肅。太過公事公辦，會給人一種距離感。

不過，雪兒又補充，她得請假一天，對經紀人武哥不好意思，能不能算小框的錢給武哥？她可真會敲詐。

總之，我們談定後，雪兒依約在高鐵站與我碰面。與先前在酒店裡惹火、曲線畢露的職業裝扮截然不同，私底下的她竟然相當清純，有一種天使與惡魔的反差感。她察覺到了我注視著她的眼神，還開心得很，問我是不是愛上她了？我只是禮貌地笑了笑。看看宋家豪就知道了——世界上還有什麼事情，會比愛上酒店小姐更慘的嗎？

抵達新竹後，一出了站，我們立刻跟溫欣敏以前的導師聯絡。她已經在出站處等候。雪兒自然而然地挽著我的手臂——從對方的反應來看，她還真的以為我們是情侶。此前，雪兒似乎編了一個故事，說自己是溫欣敏在台北的好朋友。

站內有家Starbucks，人不多，我們便找了一個適合談話的角落坐下。

「欣敏那孩子，原本不是那樣的。」導師姓趙，穿著一身樸素的套裝，未施淡妝，感覺是個認真平實的教學工作者。「她長得相當漂亮，朋友也不少。不過，她的心思很單純的。她的父親早逝，母親有個小麵攤，平常下了課就回家幫忙看店。

「後來，記得是她高三的時候吧？她懷了男友的孩子。男友不見蹤影，而欣敏也不肯透露那到底是誰。她不想來學校，怎麼勸都沒用。馬老師很關心她，希望她可以完成學業，還主動到她家輔導課業。

「我想，這就是錯誤的起點吧……馬老師是個有家庭的人。他熱心的教學態度，學校裡的同事自然都很清楚，可是，並不是所有人看待這件事，都是善意的。過了一陣子，開始出現一些不好聽的傳言，我怪我自己，太後知後覺了。假使我可以早點注意到的話……後來的那些事，就不會發生在馬老師身上了……

「我還是認為，那不全然是欣敏的錯——她的年紀還太小了，她只是想保護自己、維繫自己的尊嚴。記得嗎？她的父親早逝。我想，她可能把馬老師當作一個移情的對象，以替代那個從未存在的父親角色了。但對馬老師來說，欣敏的身分很單純，就只是一個需要輔導、需要扶助的學生。而，這個認知上的巨大落差，讓欣敏更受傷了。欣敏曾經告訴我，她很好，不用老師多管閒事——我知道她在逞強。」

整場談話，都是雪兒在主導。我只是在一旁品嘗著咖啡，靜靜地聆聽著趙老師也許可稱之為某種意義的自我反省，一份倖存者的告白。最終，兩位老師都很關心溫欣敏，但僅僅由於一項差異——性別，出事的只有馬國航。

回程時，雪兒突然陷入沉默，一句話都沒說。我猜，她現在已經明白酒店小姐與偵探之間有什麼差別了。趙老師談的是馬國航、是溫欣敏的真實人生，不是酒店席上的談笑、吹噓。在聆聽了別人的秘密以後，自己的心底也從此多了一份承載。

在精神上，這是有重量的。秘密聽得愈多，種種的承載，在心底就沉澱得愈多。

在台北站下車，雪兒擁抱了我。這一次，沒有那種生冷、疏離的職業感了。

當然，我們不會再見面了。

知道這些後，就差不多可以直接找溫欣敏談了。

這是到達真相前的最後一個步驟。

只要溫欣敏在酒店上班時有宋家豪陪伴，她就會比較敢玩。以前跟監的時候，會認為那只是她的一場表演，現在再看一次，卻給我一種感覺，她的笑容，裡頭也許有幾分真實。

趙老師說，檢察官開始進行調查的期間，溫欣敏的母親非常相信自己的女兒。但，不起訴的判決結果，卻狠狠地打了她一巴掌。她無法相信女兒會說謊，把她趕出家門。時至今日，溫欣敏沒有再回過新竹。

這天夜裡，溫欣敏與宋家豪一如往常，離開酒店後去吃宵夜。兩人一邊吃、一邊悄聲談笑，就如同我與雪兒一樣，彷彿真的是一對情侶。過了一個小時，溫欣敏說她累了，宋家豪結了帳，送她回住處。

溫欣敏偶爾會邀他進房間，看她心情。宋家豪都不會拒絕。

不過，今晚他們在巷口就道別了。

正合我意。

等到兩人分手，我立刻上前攔住她。這個時間，這條巷道不會有路人。

「喂，你這人幹嘛擋路？」她的酒膽似乎還在，口氣很不好。

「溫欣敏，妳給我聽好。」我將她押到牆邊，這可不是浪漫的壁咚。這種時候不必囉唆，比她更兇就對了。「幫裡請我來找妳問一個人。」

「……什麼人？」她的臉色一下子變得蒼白，根本沒膽子質疑我是不是黑道。

看她的反應就知道，我沒猜錯。

「妳說呢？」

「我……我不懂你在說什麼！」她一邊敷衍、一邊想閃過我的手臂，我立刻抓住她的肩頭。「好痛！放開我！」

「妳知道我在找誰。」

「你要找誰，我怎麼會知道！」

「妳一定知道。」我加強了抓握的力道，「快說！」

「好啦！好啦！我說啦！」溫欣敏的眼眶充滿淚水，「侯哥……上個禮拜有打電話給我，說他人在屏東，要我找時間送東西過去。放開我啦……」

「大家都說他潛逃到大陸去了。怎麼回事？」

「他叫我跟條子說的。」

「那他的槍呢？」我沒有鬆手。

「那把槍……我給了家豪，請他保管。就是那個來沒多久的小弟。」

「什麼時候給妳的？」

「離開台北的早上。那一天他來家裡找我，很慌張，全身都是酒味。他說他跟人吵起來，結果一時衝動開了四槍，把對方打死了。那人的爸爸是個議員，也是黑道。他很怕被報復，所以要我幫他把槍藏好，他要逃到南部去避避風頭。」

看來這個侯孟元，縱使手段兇殘，也不是毫無心思。

「放開我好不好……」

「還不行！溫欣敏。我問妳，」我沒有理會她的哀求。「為什麼把槍給宋家豪？」

「放在我身邊不安全，警察會查。」

「妳最好說實話！槍擊案發生那晚，妳有不在場證明，警方只把妳當作重要關係人。」

溫欣敏的眼睛陡地瞪大。她應該想不透我為什麼知道那麼多吧。

「我說的是實話啦。」

「不。妳在說謊。要不要我給妳一個提示？」

「我說的都是真的！」

「馬國航。」

溫欣敏的表情變得驚恐至極，眼眶幾乎要溢出淚水。

「你……到底是誰？」

「妳不必管。妳把槍交給宋家豪，跟馬國航有關。對吧？」

她的聲音顫抖：「我想報仇。」

「什麼仇？」

「馬國航曾經強暴我。」溫欣敏回答：「檢察官將他提起公訴，但最後居然不起訴。人家說台灣司法已死，果然沒錯。家豪知道我的處境，說要幫我報仇，我才把槍給他。」

「那個案子，妳明明就是在說謊。」

「我沒有！」

「有好幾個證人，目擊到妳在百貨公司逛街。那剛好就是妳指控馬國航施暴的時間點。」

「那一切都是騙局！馬國航跟他們串通的！」

談到馬國航，她的情緒登時激動萬分，也顧不得淚水將她的妝容整個暈開。

「馬國航在學校裡整天囉哩叭唆，只會說教，煩都煩死了。還自以為是聖人！他啊，明明就是在覬覦我的身體，卻假藉課後輔導啦、家庭訪問啦的理由，常常跑來找我。說得好聽！這種偽君子，真是噁心透頂！假惺惺的爛人，我早就看他不爽很久了！大家全都被他騙了，他根本是衣冠禽獸！什麼師鐸獎、什麼優良教師，那只不過是虛偽、沒意義的頭銜，居然也能當證據！我恨死他了！」

她有如連珠炮般地咒罵著，罵得全身發抖。

「他毀了我的人生。我會變成這樣，都是因為他。我永遠不會原諒他。我一定要報仇。」溫欣敏憤怒地說：「侯哥有一把槍。他曾經用槍把一個人打成殘廢。對，我知道，只要我拿得到那把槍，我就有機會報仇了。」

「不要再演了！」我甩了她一個耳光。「性侵案是妳捏造的。」

這場胡鬧的獨角戲終於結束。

「就算是我……捏造的又怎樣？」

她隨意擦了擦眼淚，表情倨傲，毫無愧色。

「馬國航不配來找我。他自己有老婆、有女兒，家庭美滿，但這干我屁事？聊幾個小時，就想改變我十幾年的人生？浪費時間！給他一個教訓，只是剛好。」

「妳想報仇，也不必拖宋家豪下水。」

「那是他自願的。他聽到我的遭遇，很替我打抱不平。我說我不懂槍，他便安慰我，說他會去研究清楚，替我報仇。他還說，要打工賺大錢，替我贖身。他最嚮往美國的超級英雄了，要學他們幫助別人、拯救世界。馬國航是個垃圾、是個人渣，給他一槍，這個社會才會變好。」

——這就是王俊成所推測的「以暴制暴」嗎？

「如果他知道妳在說謊，他還會幫妳嗎？」

「當然！他只相信我一個人。就算知道我說謊，他也會幫我。早就有好多人跟他說過我的壞話了，多了這一件，會有什麼差別嗎？我們的關係沒有那麼脆弱。他跟我一樣，從小就沒有父親了，我們的處境很像，他完全能體會。我們彼此相愛！」

溫欣敏不斷推打我的胸膛。我的胸膛並不痛，但不知為何，我心裡的某處卻隱隱作痛。

「哼，我警告你，你要是敢動我，他也會替我報仇！管你是誰。槍還在他手上。你別以為他年輕好欺負，他可狠得哩！」

我放開溫欣敏的手——沒有必要繼續浪費時間在她身上了。

溫欣敏冷笑著，她還以為她的恫嚇奏效了。

10

我再度來到中原街。這件委託案，即將來到終點。

不——事實上，案子早就超過終點。宋采珮要我做的事情，僅止於查出宋家豪手上那把槍是怎麼來的。嚴格來說，在呂益強借我瞄了幾眼「徐睿青槍擊案」的調查報告之際，答案已呼之欲出。宋家豪手上的槍，正是槍擊案的兇槍，是侯孟元逃離台北前，交給他女友溫欣敏，溫欣敏再交給宋家豪保管的。而，溫欣敏把槍交給宋家豪，則是希望他可以替她報仇，槍殺她的高中老師馬國航。

——假使宋家豪真的愛她的話。

在這個階段，我可以直接把槍交給呂益強，同時阻止宋家豪為了盲目的愛情鑄下大錯。但我並沒有這麼做。我愈是觀察宋家豪，就愈感覺到他的言行舉止，比我想像中複雜太多。

我必須當面問他。因此，在此之前，我得作好因應措施，查出所有的事情，否則，他什麼都不會說的。

我知道他今天會單獨行動。

所以，我並沒有跟在他的身後，而是直接到馬國航的家門前等他。

果然，一如以往，他一樣蹺了課過來，準時在下午出現。

當我站在宋家豪面前時，他才終於注意到我的存在。不過，也許應該說得更精確，其實他早就感覺到我的存在了，只是直到此時才發現，有人跟蹤他很久了。當然，當他看到我的時候，心裡應該也明白，他已經隱瞞不了自己的計畫。

「我想跟你談談，可以嗎？」

「談什麼？」

「你書包裡的東西。」

「書包裡的東西？只有教科書而已啊。」

「那把貝瑞塔。」

「你想要拿回去？」

他甚至不問我是誰，從哪來的。也許這無關緊要；也許他早知道。

不知道他是否因為加入了黑幫、每天在酒店裡打工的緣故，面對陌生人的銳利質問，他顯得毫不畏懼，完全不像是個高中生；又或許，是他嚮往超級英雄已久；甚而，只是他天性如此。

「我沒這麼想。」我聳聳肩。「只是想聊聊。」

「好。等我一下，」他很乾脆地點點頭，沒有任何遲疑。「我打個電話……給馬老師。」

宋家豪從書包裡拿出手機，按了幾個鍵，低聲與馬國航說話。

「……老師，不好意思。今天我會晚點到……對……請別擔心……」

我注視著他平靜的臉，等他把話說完。

他把手機掛上。

「你想知道那把貝瑞塔從哪裡弄來的？」

「這部分，我已經知道了。」我回答：「酒店小姐溫欣敏給你的。」

「那你也知道溫欣敏從哪弄來的囉？」

「知道。他男友侯孟元給的。侯孟元用那把槍，殺了一個市議員的獨生子。」

「你知道的好多。」宋家豪輕輕地笑了笑，「那不就全都知道了？還要我說什麼？」

「你為什麼一直保管著這把槍？」

「……哦！」

一瞬間，宋家豪的眼神變了。他的目光不再那麼輕佻。因為，這才是最重要的問題。

——為什麼。

「先從哪裡開始講起好呢……」他看著天空，思索了一陣子。「你知道《魔俠震天雷》這部電影嗎？一部舊片。」

「知道。最近剛看過。」

「真的嗎？」他有些訝異。

「是啊。」

「裡頭的主角，是一個很另類的超級英雄。嚴格來說，他恐怕不能稱為超級英雄。因為，他鏟奸除惡的目的並不是為了正義，而是為了報仇，只不過，他報仇的對象剛好都是大壞蛋，而且法律剛好沒辦法制裁他們，由他來動手解決，對大家都好。」

「嗯。」

「我沒有看過這種形態的超級英雄。真的很酷！怎麼說呢？看完這部電影以後，我得到一些啟發。社會上確實有一些壞蛋，是可以逃過法律制裁的。我一直都很熱中參加服務性社團，這一類的事情聽了很多很多——有個爺爺，房子被子女擅自侵占過戶；好心壓低租金的房東，被房客縱火燒屋；為了搶幾百塊把人砍成重傷，再以思覺失調脫罪。大家都知道這是錯誤的，正義根本沒有實現，但縱使恨得牙癢癢的，卻依然無可奈何。」

「所以，大家才會期待超級英雄，來負責處理這種人。」

「很多人都是這麼想的。包括我自己。」宋家豪忖度了一會兒，「……只不過，要分辨誰是壞蛋，需要動點腦筋。」

「我想，你所指的壞蛋，應該就是溫欣敏吧？」

「呵。」他沒承認，也沒否認。

「至於魔俠震天雷——並不是你自己，而是馬國航，對吧？」

「你的思考角度……真是敏銳。」

「你不需要變成魔俠震天雷。」

「對，我不需要。我有一位很溫柔的媽媽、一個很酷的社團、一群很棒的朋友。等我畢業以後，我會出國，去追逐我的夢想。我不可能變成魔俠震天雷。我想，我只是嚮往……嚮往那種距離我非常遙遠的世界。」

「這時候，你偶然遇見了馬國航，知道了他的過去。馬國航原本是教學認真的好老師，但他卻因為被溫欣敏誣賴為性侵犯，導致身敗名裂。就算檢察官很快地還他清白，但他原本的人生再也無法挽回。他是有復仇的好理由。」

「原來你真的都知道！」

「你之所以接近溫欣敏，其實是受了馬國航的指示。」

「我們是在長青之家的活動認識的。他在那裡當清潔工、搬運工，總之是一些雜務。當時我注意到，老師的身體狀況很糟。不過，他沒理我，也不願意談起自己的過去。我心想，一個失去求生意志、一心自毀的人，一定存在著某種理由，讓他對這個世界失去了希望。

「我想救他，因為我是個志工。這是我的使命。當然，也有另一種可能——其實，我把他當成父親的投射了。我從小就沒有父親。」

宋家豪的語氣變得有些落寞，但他仍正眼凝視著我。

「有一天，他在長青之家突然昏倒了。我一起上了救護車，陪了他全程。那時在車內，他可能以為自己快要死了，才決定對我說出一切。原來，他以前是高中老師，卻被自己的學生陷害為性侵犯。最後，他只能孤獨地躲在沒有人知道的地方。沒想到，他在電視上看到溫欣敏，那段痛苦、不堪回首的記憶，再度出現在他的眼前。

「那天，我們聊了很久。老師告訴我，其實他對人性還抱有一絲期望。他相信，溫欣敏不是故意的。電視上她所講的，那些價值觀扭曲的話，只是節目效果。她只是太年輕，很多事沒辦法想清楚。他說，在臨死以前，他想知道溫欣敏的現況。如果她悔改了，那他就會安然離開這個世界，不帶任何怨恨。

「醫院檢查的結果，老師得了肝癌，恐怕沒多久可活了。因此，我必須立即採取行動。我想達成老師最後的心願。這是我唯一能做的。我用老師給我的錢——那是他賣掉房子，本來想拿來打官司的錢——調查了一段時間，總算查到溫欣敏的下落。她在中山北路的一家酒店上班。然後，我想了很久、很久，終於下定決心，退出春暉社，加入幫派。只有這樣，才能接近她、取得她的信任。我希望，在溫欣敏把我當成朋友——就算讓她以為我愛上她，也沒關係——以後，我可以說服她與老師見面，親自向老師道歉。」

「可惜你的努力，最後令人失望了。」

「我以為我的計畫可以成功的。然而，讓我想不到的是，溫欣敏竟然給我一把槍，要我證明我的真心，去槍殺老師。溫欣敏曾在法院上丟過臉，謊言被法官識破，她一直視為奇恥大辱。確實，她從來沒有忘記過老師。但那根本不是愧疚，而是憎恨。

「老師整個人崩潰了。他終於看清，原來世界上有一種邪惡，是與生俱來的。因此，他決定復仇，也讓溫欣敏嘗嘗人生被奪走的滋味。我告訴老師，要參加他擬定的計畫，雖然他一開始不同意，但他病了，一個人確實做不到。我這才發現，失去身分、無法在現實社會立足，一心想要復仇的人，就是老師——老師，成了魔俠震天雷。」

「於是，你反過來打算利用這把槍，來協助馬國航，讓他可以報仇。這把貝瑞塔，是侯孟元作過案的兇槍，而侯孟元已經行蹤不明，你們用這把槍來殺害溫欣敏，不會有任何嫌疑。」

我說侯孟元行蹤不明，並不是實話。

溫欣敏說他藏匿在屏東，而我把這個情報交給呂益強了。

很可能，侯孟元就快被逮捕了。

「沒錯，這就是老師的計畫。知道兇槍下落的，只有兩個人。殺了一個人、害怕被尋仇的兇手侯孟元，以及受託保管兇槍的溫欣敏——未來的被害者。很完美。不過，就算被警方逮捕，老師也覺得無所謂。因為他已經是個將死之人，有沒有罪，已經沒有差別了。然而，他之所以得設法擺脫嫌疑，其實是為了我。畢竟槍是我弄到的。」

「原來如此。」

「他是想報仇沒錯，但他必須將整個計畫做得像是一個人能夠完成的。他在乎我，說我還有很長遠的未來，不能害我成為共犯，被警方盯上。」

「對你來說，你得在計畫執行前，確保槍彈的安全。」我接口說：「於是，你將子彈交給馬國航保管。因為，萬一計畫在執行前被幫派、或被侯孟元發現槍在你手上，槍彈分離，至少不會造成立即性的致命危險。

「不過，你最擔心的，也不是你自己吧，而是你的母親——這就是彈匣裡沒有子彈的原因。總之，一旦尋得適當的時機，你們就會槍彈會合、一起動手。」
聽我這麼說，宋家豪搖搖頭。
「不，不對。」他早熟地笑了笑，「前面你講的都對，但最後的結論錯了哦。」
「是嗎？」
我很少錯，但這次我確實希望我錯了。
「老師執行這項計畫，不想拖累長青之家的院長。那是他多年的好友。所以他離開了那裡，秘密地搬到這個地方來。他對待街坊鄰居非常冷淡，不跟任何人來往。確實，他成了沒有姓名、無人聞問的魔俠震天雷。當他作出決定，他突然變得很冷靜、很謹慎，只為了完成他的復仇。我在旁邊，看得一清二楚。
「事實上，《魔俠震天雷》這部電影，還有另一個啟示——復仇的欲望，可以激發人的求生意志。」他以不期望別人能夠理解的語氣說道：「為了完成復仇，人必須努力活下去。我配合老師的計畫，說要陪他一起執行他的犯罪，其實那全是幌子。我是一個志工，我只想救人。我真正的目的，並不是為了幫他報仇，而是要讓老師願意活下去，戰勝病魔。」
眼前的高中生，看起來是個普通的男孩子。
但，他的心思卻超乎常人想像。
「難道說……槍彈並不是分離的？」我問。
「當然不是。侯孟元殺人，只開了四槍而已。彈匣裡的子彈還多著呢。溫欣敏不懂槍，我就跟她說，那些子彈已經受潮，沒辦法使用了。我答應她，等我在幫裡混得更熟了，會想辦法弄到子彈，請她不必心急。

「其實，一拿到槍，我就把子彈丟掉了。我欺騙了老師，說槍裡沒有子彈，等我在幫裡混得更熟了，會想辦法弄到子彈。說詞一模一樣。現在的我，只需要做兩件事。繼續酒店的打工，讓溫欣敏安心，這樣她就不會過問槍的事情；固定兩週一次、陪老師到醫院時，把槍拿來給老師，讓老師以為計畫照舊。就在這裡。」

他輕拍自己的書包。聽不到書本的聲音，不過，卻是比書本更有魄力的聲音。

「原本，我以為槍只能殺人，但當我看著老師雙手緊握著那把貝瑞塔、閉著雙眼默誦復仇的決心時，我卻可以清晰地感覺到，他的全身充滿力量。他一定能活下去的。這時我才相信，原來槍也能救人——只要那是一把沒有子彈、無法擊發的槍。」

「你考慮過你媽媽的心情嗎？」

「嗯。但她終究得瞭解，她的兒子已經長大了，總有一天會獨立自主。不對。並不是總有一天，而是現在——我有屬於我自己的價值觀，有我認為正確的事情要做。」

「那麼，你能夠騙馬國航多久？」

「我也不知道能騙多久，反正先等老師撐過化療再說吧。」

然後，他走向老公寓的門口，按了三樓門鈴。

疫魔之火

Plague Demon's Fire

1

一大早就登門拜訪的客戶，我幾乎沒遇過。

我猜想，或許是報章雜誌只要一提到徵信社，多半都不是什麼好事。至少，我不曾讀過徵信社調查員拾金不昧、見義勇為、捨己救人的新聞。亂七八糟的消息，記者倒是樂得大肆宣傳。這種刻板印象，大概會讓人在夜裡輾轉反側，直到天色漸明，縱使腦袋裡有再多煩惱，一想到一天的起點就從徵信社開始，心裡多少還是有些抗拒吧？一日之計在於晨嘛。

尤其是自年初至今，肺炎疫情未歇——人人自危、動輒得咎的這段時期。

疫情爆發以來，案子少了很多。徵信業的收入，是源自於人的問題。這麼說雖然有點抱歉，也有點唯恐天下不亂，但人的問題愈多，我們的案子愈多。然而，在保持社交距離、居家活動已成生活日常的現在，人際接觸的機會少得可憐，沒什麼複雜的問題可以發生。客戶自然沒有上門的必要。

當然，現在並不是完全沒案子可接。在秘書如紋的建議下，我們開始了「遠距委託」的服務——idea是她提的，而伺服器是我架的。好棒的分工。總之，透過網路，客戶一樣能聯繫我們，案子也變簡單了，我們只需要替客戶裝一下監控程式，做一些網路封包的分析即可。

單從工作內容來看，我們甚至連辦公室都不必來，Work From Home。不。徵信社是人的職業，客戶是帶著煩惱來的。我們必須讓他們看到，我們一直都在。We Never

Sleep的精神嘛。廖叔說的。

我並不喜歡這種靜態的工作方式。我曾經在某家旅館前守候了一整天；曾經徹夜整理了近千張照片，好讓調查報告可以準時寄出；也曾經剛陪了客戶，和他的情人談判談了三天。那才是我喜歡的。

現在還多了一個缺點——我跟如紋必須沉默對望一整天，因為廖叔經常不在。我有時很希望，她若只是個漂亮的花瓶，那就太好了。很可惜她不是。漂亮，但不是花瓶，而且現在戴了口罩。其實，我很想買個花瓶擺在我跟她之間，擋一下她不耐煩的視線，但我知道這樣做太有諷刺意味，她一定會把報帳費用塞進花瓶裡，讓我拿不出來。

「請坐。」我盡可能抓準社交距離，拿捏安全而誠摯的分寸。「妳好，我叫張鈞見。」

會客室的沙發上，坐著一個顯然睡眠不足的女孩子。然而，從她的穿著來看，樸素得跟工廠作業員差不多，身上也聞不到酒味，沒有夜生活的氣息。想必她很煩惱、很著急，徵信社的營業時間一到，就上門來了。

如紋替她量過額溫、噴過防疫酒精後，她立刻疲倦地坐下。

「我叫朱宜映。」她低頭看了看我遞過去的名片，聲音沙啞地說。

如紋在此時進了會客室，將一杯熱茶放在桌几上。她的動作不但安靜，而且還非常優雅。就我所知，她應該沒養貓。她也不像是會看Animal Planet或Discovery Wild頻道的人。不知道跟誰學的。我常有種錯覺，每到這個時候，我們的一舉一動好像總是在比賽，看誰能先卸下客戶的心防。

「朱小姐，請問需要我們做哪方面的協助？」

「我……想要找一個人。」

「那麼，妳有這個人的姓名，或其他可以幫忙我們找到對方的資料嗎？」

「只有這個。」她搖頭。

朱宜映從她的提包裡拿出一個信封袋。

我接過這個信封袋。上面只寫了幾個字。

——致朱宜慶先生

「這個信封袋，妳是怎麼收到的？」

「直接丟在我家店裡的信箱。昨天上午的事。」

「朱宜慶是妳的家人？」

「是我哥。」她的聲音忽然哽咽起來，「他一個月前過世了。」

客戶一談起委託的原因，情緒往往會劇烈起伏。我已經很習慣了。但我一點都不喜歡習慣這種事。廖叔曾對我耳提面命，說這時你必須流露同情，但又不失專業態度。

「這個信封袋，跟妳哥的過世有關？」

朱宜映的雙肩緩和，點了點頭。

「我哥和我在饒河街夜市有個店面，是爸媽兩年前留給我們的。他們都有肺癌，一下子就走了。這是一定的，他們都是菸槍嘛。原本，爸媽是做紫微斗數的，但我哥不會，所以他改開流行精品店。其實，就是批一些皮包、飾品、禮品、玩具進來賣。店面都是我哥在處理，我只要幫他做網頁、經營臉書粉專就好了。人潮有變多，但是常常要清庫存，所以利潤很低。有時真的清不掉，只能直接回收了。」

講起生意上的事，朱宜映稍微變得有精神了些。

「一個月前，那天凌晨一點，夜市發生火災，起火點就在店裡。那週剛好我陪丞哥、輔哥他們去了宜蘭幾天。他們都是我哥的好朋友。那天半夜，警察一打電話給我，我就馬上取消行程，立刻趕回來了……」

「他不幸在這場火災過世？」

「嗯。」朱宜映停了好一會兒，才低聲繼續說，「我哥是這場火災唯一的死者，另外還有兩位鄰居被嗆傷。警察告訴我，火災的原因很單純，是電線走火造成的，經過詳細的調查，可以排除人為縱火。他們都確認過了。他們還說，我哥可能是那天晚上睡前喝了酒，醒不過來，才會逃生不及。」

「警方的說法對嗎？」

「他們說得沒錯。我哥有睡前喝酒的習慣。尤其是接了店面後，壓力太大時，喝得特別多。喝完就不省人事——現在又有疫情，生意很差，他心情非常低落，常叫我不要去店裡煩他。我只好聽他的話。有開店的晚上，我哥不會回家，打烊後就睡在二樓房間，兼作辦公室、臥室。警察說，起火點在一樓倉庫，他臥室的床頭櫃上，有兩個空的高粱酒瓶。冰箱裡也找到好幾瓶酒。」

接著，朱宜映拿起桌上的信封袋，打開取出一張信紙。

「這一個月以來，我對我哥的死因沒有疑問。辦完葬禮後，我以為我會漸漸忘記這場悲劇，生活慢慢回到正軌。但是，我卻收到這封信。」

我接過她的信紙。A４大小，內文是用印表機印的。

「這封信是一封道歉信。除了一張信紙，裡頭還有一萬元。」她的語氣苦澀。「寫信的人，在一個月前到過我哥的店裡，趁我哥忙著跟送貨員搬貨的時候，順手牽羊了一片口罩。平常我跟我哥的口罩都很省著用，領了以後會放在店內的一個紙盒子裡。」

老闆，您好：

很抱歉。我犯了一個大錯，在您的店裡偷了一片口罩。

那天晚上我心情很糟，一個人在夜市閒逛，偶然看到了您的店裡，發現桌上有一盒口罩。我看您在外面忙，於是溜進去想拿走。沒想到，您這時剛好進來，我不得不馬上躲進倉庫裡。我待了很久，一直等到您打烊、上樓睡覺，才打算離開。店門已經鎖上了。我聽到您在樓上打呼的聲音，確定您睡得很熟，才大膽拉開鐵門逃走。

我只偷了您一片口罩。但是，做了這件事後，我卻整晚睡不著。我很對不起您，每天都感到良心不安，我想了很久，決定寫下這封信，並奉上一萬元的補償，希望能得到您的原諒。

金家凌　敬上

信件不是手寫，沒辦法從筆跡上看出寄件人的特徵——這倒也不一定。即使是列印的，仍可以看得出來，這個人的心思細膩。他重視排版、留白與字體大小的平衡。這封信，並非電腦文書系統的預設格式。

此外，僅僅偷走一片口罩，就奉上現金一萬元。

口罩是珍貴的防疫物資沒錯，但一片一萬，這良心也太過不安。

「張先生，你知道嗎？」朱宜映激動了起來。「那個人用了假名，金家凌！這是『今日確診加零』的諧音梗，剛好就是火災發生當天在網路上開始流傳的……那天在宜蘭，我還拿這個梗跟丞哥、輔哥在開玩笑，所以記得很清楚。

「我問過那個送貨員，他說那天我哥為了處理退貨的事情，花了一整個晚上……但他沒有注意到店裡有沒有什麼奇怪的人。不管怎樣，這位金家凌，不但偷走了一片口罩，還在起火點待了好幾個小時！」

原來如此。所以她才要找金家凌。

不過，倘若金家凌偷了東西又縱了火，他決不會在一個月後寫信給朱宜慶，為順手牽羊的行為道歉。這樣一定會引來警方追查。

從信上的描述，金家凌並未提及火災一事。這並不符合縱火犯的特質。縱火犯在放火後，一定會關注火災的後續發展。

「朱小姐。妳是不是認為，那場火災的起因並不單純，而一直待在倉庫的金家凌，很可能是縱火案的目擊者？」

「對。」她用力點頭。「我問過丞哥、輔哥的意見。他們研究了這封信以後，都認為應該想辦法找到這個金家凌。」

「可是，警方已經做過調查，證明這是一樁意外。」

「我知道。」朱宜映的態度堅定，與初來之時截然不同。「火災是店內電線起火造成的，這我知道。可是，為什麼電線會起火？那段時間，我一直在忙葬禮、忙火災險理賠……根本沒有心思追問。所以，我昨天收到信後，立刻去找了那時承辦的警察詢問。他告訴我，從鑑識結果來看，應該是線路太過老舊，已經不堪使用造成的。」

「嗯。」

「可是，這不可能！我說過，流行精品店是兩年前才開的。整個店面都重新翻修過了。如果告訴我，我哥接太多延長線，把電線燒壞了，那我可以接受。為了讓店面看起來更明亮，他會從倉庫多拉幾條延長線，接上燈光。他還曾經因為心情不好，關上店門後就上去喝悶酒，喝到醉，燈忘了關，就開了一整晚。」

朱宜映的眼神變得非常認真。

「因為電線走火而發生火災，我當然完全相信。他的生活習慣真的不好。可是，無論如何，原因絕對不可能是線路本身太過老舊。」

「妳懷疑，火災當晚有人縱火，並且偽裝成電線走火？」

「我不知道我在多心什麼。也許警方的調查完全沒問題。我只想知道，那場火災到底是怎麼發生的？就算真的是意外，我也要查清楚。我想知道所有的真相。所以，請你一定要幫我找到金家凌。」

2

朱宜映離去前，給了我承辦員警的聯絡方式——盧進瞻，松山分局偵查隊。我直接打了他的手機，說明來意。由於朱宜映昨天才剛找過他，他很快就反應過來，不過，當我問他什麼時候方便見面，他依然在電話裡沉默了一陣子。

一個月前的火災，一死二傷，是一場悲劇沒錯，但談不上是多嚴重的案件，正是進入遺忘模式、讓它沉入檔案室黑洞的最佳時機。他的沉默，也許是正在計算這件事還會花他多少時間吧。最後，他還是同意抽個空和我聊一下。

在敲定的時間前五分鐘，我抵達八德路，到分局前台請值班員警找他。

「您好，張鈞見先生嗎？」盧進瞻的態度客氣，「請進。」

他找了間會客室，請我坐下。桌上已經放了一份文件夾，上頭的標籤寫著——**饒河街「桃寶寶流行精品」火災調查報告。**

盧進瞻在我對面坐下，說：「這是當時的調查報告。請您看一下。」

「謝謝。」

這份文件，分為三個部分。第一部分，是火災發生時間前後的目擊者證詞。主要的內容，是釐清起火前後，是否有人發現任何可疑事物，偵訊的對象都是鄰近居民。不過，因為起火時間在凌晨一點，住戶大多入睡，周遭商家也全都打烊了，大部分的證詞，只提及聞到煙味或燒焦味、聽見外頭的警笛聲而被吵醒。

第一個發現火苗的，則是一位開車穿過饒河街的計程車司機。他正載著一名酒醉的客人回家。他本來在台北車站外頭排班，久候無客，車行無線電通知他去林森北路的酒店載客，說是有一場酒會剛散。而司機之所以行經饒河街，是導航系統建議的。

司機在報案後，即停車留在原地等待消防車、警車抵達現場，配合偵訊。至於醉客，則由他聯絡同事代為接送離去。

總之，車行的通聯紀錄、行車紀錄，都證實這當中沒有任何詭計。

至於夜市休息之前，警方也問不出什麼來。畢竟遊客不多，店家也沒生意。沒有人在那段時間特地停留在朱宜慶的店前。結論，沒有任何異常狀況。

——朱宜映的想法有其道理。確實，金家凌是唯一一個最有力的目擊者。

第二部分，是火災發生後，警方清查了朱宜慶、其他兩名傷者的周邊人際關係，也就是確定是否存在著人為縱火的犯罪動機。這兩名生還者是一對母女，就住在「桃寶寶流行精品」隔壁的二樓，都只有輕微嗆傷，送往附近醫院治療、觀察後，皆能正常接受偵訊。

從這對母女的描述得知，這場火勢並不大，她們被濃煙嗆醒後，隨即下樓逃出。事實上，若非朱宜慶喝酒過量、醉得不省人事，他應該也能順利逃生。

由於起火點位於精品店一樓倉庫，因此，若真有人為縱火的犯罪動機，焦點必然鎖定在朱宜慶身上。

根據調查，朱宜慶身邊有兩個死黨，是從小一起長大、讀書的好友，都住在松山區。一個叫孫宇丞，一個叫王庭輔，顯然就是朱宜映口中說的丞哥、輔哥。孫宇丞是「風華．饒河」社區營造文創協會的召集人，簡單來說，就是個文史工作者；王庭輔則是一個攝影師。

近來受到疫情影響，夜市人潮大受影響，大家都很悶，常聚在一起喝酒。火災前兩日，孫宇丞提議，陪他到宜蘭去找朋友、交流當地社區營造的經驗，王庭輔、朱宜映都答應了，但朱宜慶說要開店，詎料發生悲劇。

附近商家也說，朱宜慶除了愛喝酒，平日待人溫和，最近也沒有和客人發生糾紛。

總之，從人際關係來看，找不到縱火動機。

第三部分，則是朱宜慶的驗屍報告，以及現場鑑識報告。

死者朱宜慶，在火災尚未撲滅以前，即由消防員林博哲（第三救災救護大隊）衝入火場二樓救出。然而，此時朱宜慶早已沒有生命跡象。

根據法醫化驗，死者是在火災發生之後才死亡的。

死者口、鼻周圍有黏稠性泡沫，皮膚有面積約15％的二度灼傷，灼傷嚴重處均出現水泡，並呈現櫻桃紅色。雙眼緊閉，鼻根處有密集的短橫紋，這顯示死者在生前曾經用力瞇住雙眼。此外，他的四肢姿勢蜷曲、雙手握拳，代表火災發生時筋肉有收縮反應。

經過解剖，由於火場燃燒所產生的一氧化碳，死者吸入後導致毒血症，其COHb（一氧化碳血紅素）濃度達40％。在氣管、支氣管處，可檢測出大量碳粒，亦有氣管黏膜的出血現象，表示死者的一氧化碳中毒，確實係因吸入火煙而造成。

其次，死者的血液酒精濃度（ＢＡＣ）高達0.32mg/L，已屬於喪失行為能力的程度，可推測在火災發生之時，死者全然失去意識而無法逃生。

最後，死者腦部出現熱血腫，係因頭部受熱，導致硬腦膜外動脈撕裂出血；其胸腔、腹腔均有破裂傷痕，此乃胸腹受熱，內壓過高所致；肝臟、腎臟有雲霧狀腫脹，是受熱硬化的結果。種種跡象可證，死者死於火災發生之後。

除此之外，死者全身沒有其他內、外傷，所以，死者生前遭到毆打致使昏迷不醒，而有他人縱火故布疑陣的可能性，也可以完全排除。

法醫的驗屍報告，與警方的現場鑑識報告，兩者之間並未發現邏輯矛盾之處。

根據林博哲的證言，他是在火場二樓臥室裡找到朱宜慶的。當時，他側臥在床上，一動也不動，全身只著內褲。林博哲出聲喚他，他也沒有反應。此時，火勢已經開始對臥室造成威脅，於是，林博哲迅速將他抱離火場。

火災撲滅後，偵查員盧進瞻（松山分局偵查隊）進行現場勘驗，在臥室的床頭櫃上，找到了兩只破裂、焦黑的空酒瓶，由燒殘的瓶身可判斷，兩瓶皆為高粱酒。臥室裡有一台除溼機，電源開啟，但由於遭到火勢的破壞，已經無法使用。不過，除溼機並非起火點。

真正的起火點，位於一樓倉庫，剛好在二樓臥室的正下方。盧進瞻在林博哲的陪同下，找到起火的源頭，是在倉庫內靠近門口的一處插座，延長線已經毀損得極為嚴重。倉庫裡堆置了許多紙箱、保麗龍、衣服、布偶等易燃物，才造成火勢迅速竄燒。

不過，除了延長線外，倉庫內並未找到其他起火點，也沒有揮發性液體的殘跡。其後，將延長線送檢，也確認是線路老舊、不堪負載所致。

然而，由於火災燒毀了「桃寶寶流行精品」等兩戶，也嚴重破壞了出入口的監視系統，因此無法從監視錄影紀錄來確認案發當時，是否有可疑人物出入，只能從狀況證據來推斷，這起火災應是單純的電線走火意外，人為縱火的可能性極低。

「有幫助嗎？」盧進瞻問。

雖然問得客氣，但語調裡卻隱隱帶著一種「事情早就過了，何必再查」的弦外之音。

「讀完這份報告，我才瞭解，表面上看起來再怎麼微不足道的案件，要合情合理地重建它的來龍去脈，也是要費上不少工夫的。」

「謝謝。這是我們應該做的。」

「不過……朱小姐告訴我，她哥的店兩年前才重新裝潢過，設備全都更新了。她知道火災起因是電線走火，但卻不太能接受『線路老舊』這樣的理由。」

「我懂。」盧進瞻輕輕點頭，「這也是人之常情。」

「關於這點，警方有什麼看法嗎？」

「張先生，相信您也知道，饒河街是條老街，平均屋齡超過四十年，而且夜市商家的密度非常高。這種住商混合的區域，尤其夜市，每隔一段時間就會發生火災。您不妨自己去查。我也在這一區服務很久了，印象所及，可以說平均一季一小火，一年一大火，一點都不誇張。受災戶常來局裡把案情問清楚，我們處理過很多這類case。朱小姐並不是第一位。

「線路老舊，跟什麼時候開始使用，其實關係不大。再新的電線，只要用電負載過大，就會加速折舊、老化，提早到達使用年限。我們確認過死者的店面，他的用電習慣有很大的問題。所以，鑑識報告才會有這樣的結論。」

「原來如此。」我繼續追問，「在現場鑑識報告裡，有一位消防員林博哲先生陪同勘驗。所以說，消防局也認為線路老舊是主要原因了？」

「沒錯。其實，火場鑑識是以消防局的結論為主。他們才是對火場分析最有經驗的單位。警方反而只是站在輔助立場，配合做周邊調查，確認結論無誤。」

「那麼，我可以去請教這位林先生嗎？」

「火場鑑識的細節嗎？」

「對。」

「可以啊。只是，我不認為結論會有任何改變。」

盧進瞻的語氣不置可否。

「說到周邊調查……報告裡寫著，警方不能百分之百確認案發當時無人出入現場。」

「對。監視器被燒毀了。」

「那麼，檢查過商店的鐵捲門嗎？」在金家凌的道歉信裡，提到過他拉開鐵捲門逃逸。「鐵門有沒有上鎖？」

「我想應該有鎖吧。」
「可是，鑑識報告裡並沒有寫到這一點。」
「沒有嗎？我看看……」盧進瞻拿回文件夾，來回翻了一陣。「上頭沒寫，表示有鎖。理所當然的事，不會特別寫在鑑識報告裡。」
「原來如此。」我笑了笑，凝視著盧進瞻。
「有時候，火場狀況非常混亂，救火出入通道的各種物品都很容易遭到破壞。所以，災後勘驗也變得非常困難，幾乎沒辦法完全還原案發現場。」
「我懂。」
「就算沒鎖，對案情也不會有任何影響。」
「是這樣嗎？」
「筆錄裡寫得很清楚。」盧進瞻冷冷地說：「附近鄰居都說，朱宜慶是個粗心大意的人。有時會發現他忘了關掉店裡的燈，亮了一整晚。忘了鎖門，也不是什麼大不了的事。儘管如此，他的店也從未遭過小偷——這裡沒有他的報案紀錄，畢竟，整條街都裝了監視器啊。」
「明白、明白。」
「——張先生，您還有什麼疑問嗎？」
「沒有了。」

3

次日，我來到八德路上，到台北市消防局第三救護大隊找林博哲。

這裡離饒河街不遠，車程不到十分鐘。

林博哲隸屬於松山中隊的八德分隊，昨天休假。如紋留言給他，今天一早他就回電了。那時，我剛好也在辦公室——我說過，最近幾個月客戶少之又少——如紋馬上把電話轉給我。

從電話裡聽起來，林博哲的聲音很有活力。他很乾脆地答應見面，說只要消防車沒出動，他接下來的兩天，會一直在分隊待命。這叫二勤一休。

八德分隊位於八德路四段和東寧路交叉口，對面是京華城百貨。這座曾號稱全球最大球體建築物的購物中心，十八年來，由於長年營運狀況不佳，已於去年十一月底結束營業，今年二月開始進行拆除改建工程，以三百七十二億的天價換手經營，幾年後，將以商辦大樓的姿態重回台北市。

如今，此處已搭起極高的鷹架，拉起銀色圍籬，有一種華麗逝去的寂寥感。它象徵了整個八德商圈從繁盛走向沒落的城街史。

這個消防局的門面不大，入口僅容一輛消防車停靠。據說，一旦發生較嚴重的火災，光靠一個消防分隊的救火設備是不夠的，必須出動多個分隊。到這裡親眼一看，應該是真的。致朱宜慶一死的火災並不劇烈，但我在警方的火災調查報告裡，確實讀到了其他分隊趕來救援的紀錄。

我穿過停著消防車的黃黑交錯的樓柱之間，馬上就遇到一位搬著洗衣籃、裡頭盛了許多毛布的男子。他的身材魁梧，但臉上藏不住一股稚氣。看起來像是入隊不久的打火兄弟。

「先生，請問找誰？」他說。

「我找林博哲先生。」

「在裡面。」他轉頭，對著走廊上距離我們最近的一扇門喊道：「博哲學長，粉絲外找！」

「謝了。他粉絲很多？」

「人氣爆表，自己上網找影片啊！」對方比了個讚。

「張先生？」我還沒進門，辦公室裡就出現了一個明亮的聲音。

「是。」我問，「林博哲先生嗎？」

辦公室的門打開，一位身材高壯、相貌俊俏的年輕人出現在我的眼前。

「我就是。」他的態度親切，「請進。」

一進辦公室門，眼前是一個簡單大方的客廳，有張矮桌擺在中央，上頭放了茶具、報紙、棋盤，圍繞著兩張沙發木椅。林博哲請我就坐。「要不要喝杯茶？」

辦公室裡人不多，鄰近有兩排辦公桌，三名打火兄弟都盯著電腦螢幕，看似忙著打報告。一派平和景致，跟電影裡見到的消防隊救火時的緊迫畫面截然不同。不過，應該不會有人希望消防隊每天都過著密集出勤的繁忙日子吧——也許，那位縱火殺害朱宜慶的兇手除外——如果，所謂的兇手確實存在。

「好啊。」

林博哲走回自己座位，從桌上一個米黃色的背包裡，取出一罐茶葉。

「剛買的。」

他回客廳坐定，慢條斯理地開始沖了茶葉，我也有了一些端詳林博哲的空檔。他鼻梁高挺、輪廓深邃，加上身材壯碩，散發出混血的西方氣質，雖然有張娃娃臉，但眉宇之間有一種深沉的成熟感，混合了天真和穩重。我不確定，原因是否來自這個行業見到的生離死別特別多。

「請。」他將冒著熱氣的茶杯緩緩推到我面前。他的手很大，指尖的繭也相當厚。

「謝謝。」

「張先生，你是要問一個月前饒河街的火災，沒錯吧？」

「對。」我將膝上的提包打開，拿出從松山分局那兒拿到的資料，翻出火場鑑識報告。「我在報告裡讀到，林先生，你是第一個發現罹難者朱宜慶的人。」

「是啊。」

「可以說明一下當時的情況嗎？」

「沒問題。不過，麻煩你等我一下。」

他站起結實的身軀，往牆邊一隅的鐵櫃走去，尋找了一陣，拿回一個文件夾。

「那場火災是四月發生的。四月十一日，凌晨一點。」

我留意到，他還沒有把檔案打開。

「你的記性很好。」

「沒這回事。隔天剛好是我女朋友的生日，我們約好了我一下班就去慶祝。本來特別訂了餐廳，也是在饒河夜市附近，可是被疫情攪局啊，最後決定叫Uber Eats在家吃了。很可惜，結果也被那場火災破壞了。打完火以後，不但要幫忙做災後現場勘查，還有一堆報告要寫。結果她整整一個禮拜不理我。」

「真是辛苦。」

「沒辦法，消防隊就是這種工作啊。」林博哲的語氣開朗，一副甘之如飴的模樣。「一接到火災通報，我馬上跟值班學長們一起出動。饒河街距離分局不遠，三更半夜路上沒有車潮，夜市也休息了，三分鐘左右就抵達火場了。」

「好快！」

「平常訓練的要求啊。」他透露出一股自豪，一邊翻閱檔案夾，一邊說：「根據當天的搶救出動紀錄，那時天氣多雲，溼氣較重、無風。運氣不錯，這種天氣並不會助長火勢蔓延。趕到現場後，我看到『桃寶寶流行精品』的一、二樓冒出濃煙，還連帶竄入隔壁窗內，大致上可以確定起火點應該在商店一樓，只是不能確定屋內火勢。

「由於起火時間是在深夜，報案稍微晚了點，整棟樓瀰漫著火煙。我救過饒河街好幾次火，這種商店發生火災，情況通常不太樂觀。店裡總是堆滿易燃物，就跟倉庫一樣，火勢很容易一發不可收拾。」

林博哲將資料遞給我，自己則捧起茶杯，輕輕啜了一口。

「我是搭先鋒車到的，一停定就馬上建立水帶布線，準備滅火。第一梯次的其他兩個分隊、義消也都趕到了。這時，學長詢問到一名圍觀的中年人，是住附近的街坊鄰居，得知火場隔壁二樓的一對母女已經逃出來了，可能有嗆傷，需要救護車送醫治療，不過，店裡可能還有一名男子尚未逃出來。」

「也就是死者朱宜慶吧。」

「對。那時候，我們聽說店主在打烊後常會睡在二樓，但無法完全確定。保險起見，必須上二樓確認才行。於是，我和兩個學長一起提著噴水槍往商店門口跑。一開始我們想確認鐵門的狀況，當然，三更半夜，鐵門上鎖的機率很高。不過，因為以往也曾發生過火災戶忘記鎖門的情況，甚至外人入侵縱火、早就將門破壞，還是會想先試一下。」

「鐵門是上鎖的嗎？」我打斷他，謹慎地再次確認。

「是啊。」

「可以百分之百確定嗎？」

「災後鑑識的結果，起火點雖然在後方的倉庫，但當時進行灌救以前，火舌早就吞噬前方的店面了。鐵門受高熱影響會導致變形，所以我們從外面打不開——即使沒有上鎖。不過，災後勘查現場時，為了確認是否有人為縱火的可能，我們調查過鐵門，雖然在救災過程中被破壞了，不能確定是從室內上拴，還是從室外使用鑰匙，但可以確定是上鎖的。既然只有死者才有鑰匙——他妹妹人在宜蘭，而他人又在室內，答案再明顯不過了。」

「但是，我在警方的鑑識報告裡沒看到這些描述。」

「除非警方不排除人為縱火的可能，不然是不會要求我們特別記載的。我想，他們應該是調查過死者的人際關係後所下的判斷吧。不過，我自己負責的火場，我是都會特別注意這一點，以防後來警方又來問。」

「你真細心。」

「總之，不管是真的上鎖，或高溫使鐵門變形，當時鐵門是打不開的。於是，學長立刻拿了鐵剪過來，盡快把鐵門切開……這個過程也花了不少時間。紀錄上有寫。」

「瞭解。」

「接下來，我們等指揮官通知，在建築物後方設置好排煙出口的人力後，才開始加大鐵門的開口。如果貿然把鐵門整個破開，會使火場吸入大量新鮮空氣，反而讓火勢瞬間擴大，發生爆燃（backdraft）現象，就像著火而悶燒的鍋蓋被打開一樣，瞬間衝出一道火舌——不常見，但非常致命。幾年前，桃園有六個學長……就這樣過世了。

「你必須學會讀懂，火煙長怎麼樣，代表了什麼意義。接著，在打通救火入口時，必須先以水幕來阻擋空氣，等火勢達到有效控制，我們才能進入火場。不過，到了這個時候，其實能燒的都已經燒得差不多了，說真的，只是在收拾殘局而已，也沒有辦法期待能救出什麼人來。」

「所以，你不能等那麼久。」我讀著搶救出動紀錄，說。

「我們控制火舌不致衝出救火入口後，我注意到往二樓的樓梯口，也設有一道門。而這道門是關上的。發生火災的常識是，如果找不到逃生路線，那就只能設法將火隔絕在自己所處的空間之外，等待救援。任意冒火逃生，一定會被高溫的火煙灼傷、嗆死的。」

「換句話說，這道門關著的意思是，若朱宜慶人在二樓，他是有可能還活著的。」

「對。於是，我請學長支援，以水幕掩護我前往樓梯口，讓我可以到二樓救人。一樓完全被濃煙籠罩，學長指揮排煙、以瞄子噴霧射水，讓我摸索到樓梯的方向。同時，第二個小組也進了火場，朝倉庫後方去圍攻起火點，我推斷，火勢應該是得到控制了。學長跟在我後面，跟我一起確認二樓房門的狀況。我們透過門縫，確認了二樓的臥房尚未被火焰吞噬，但情況很危急，隨時都有可能發生閃燃（flashover），臥房很快就會陷入火海。

「這是抉擇的時刻。」林博哲沉靜的語氣，彷彿火災是教科書上的歷史案例。「長官們都告誡我們，救人第一，我們自己也是人，絕不能衝動，要先顧及自身安全。但一進到現場，到處都是煙，要怎麼保持冷靜？能不能把人救出來，可能就只相隔一秒。我們跟受困者，可能只相隔一扇門。

「不管作幾次選擇，我一定會衝進去救人。不管幾次。運氣好，運氣不好都一樣。沒有一個火場是一樣的，但我的選擇都會是一樣的。我向學長打pass，他同意了，然後我們射水排煙，抑制火勢後再衝進臥室裡。」

林博哲闔上文件夾，嘆了一聲。

「後面的事，新聞都報導過了——朱宜慶躺在臥室床上，我本想拿出共生面罩幫他，但靠近一探，才發現他已經沒有生命氣息。應該是被火煙嗆死的。我們搜尋了主臥室的浴廁，沒有發現其他人。於是，我在學長的掩護下，抱起朱宜慶撤退。」

稍早，我在網路上已經讀過那則新聞。這是林博哲第三度奮不顧身地衝入火場救人。照片拍得很好。在兩年多的消防隊生涯中，他總共救出十個人。底下許多網友留言，對他敬佩得無以復加。他的學弟說他人氣爆表，並沒有說錯。

「離開火場後不久，無線電通報說，已經聯絡上了朱宜映，她人還在宜蘭。」

「你知道當時朱宜映是誰聯絡上的嗎？」

「她哥朋友的家人。她跟她哥的兩個朋友去了宜蘭。他們天還沒亮就趕回來了。」

聽林博哲談了他的救災經歷，目前應該可以確定，鐵門是上鎖的——縱使因為火災的破壞，無法百分之百復原現場。此外，在整個救災過程中，消防隊在店內也僅發現了朱宜慶一人。也就是說，那封道歉信中「大膽拉開鐵門逃走」的宣稱，是無法成立的。

饒河夜市的打烊時間是凌晨零時，而火災通報時間是凌晨一點。精品店打烊後，朱宜慶收妥陳設後才上樓睡覺，直到火災通報之間，中間已不足一個小時。金家凌等到他熟睡才離去，應該非常接近起火時間。

除非，在金家凌離開精品店後，又有其他人潛入。

若金家凌並未放火，緊接著金家凌身後進店的這個「其他人」X——假使真的存在——會是縱火者嗎？那麼，金家凌是否目擊了這個X？

而，這個X潛入精品店後，將鐵門上鎖。此時，朱宜慶仍然還在二樓臥室熟睡著。不久，精品店一樓倉庫隨即起火。然而，鐵門已經自內上鎖，那X又該如何脫逃？

倘若上述情境均成立，這個縱火殺人的現場，將是一個密室。

「在救災的過程中，有沒有發生什麼特別的事情？」

「特別的事情？應該沒有吧……剛剛說的，就是那天全部的事了。」

「什麼事都可以。」

「想不起來了。」

「對了，」我回想他的整場談話，逐一思索。「你一開始提到，原本為了慶祝女友的生日，特別訂了餐廳，但後來改了Uber Eats。」

「那個喔……」林博哲露齒一笑，「也沒什麼。當天下午，有個居家檢疫者被通報說聯絡不上，我的警消群組裡有人在聊，說這名個案跑到松山區了，還很可能到過饒河夜市。我女友擔心被感染，要求我取消預約。結果，為了救火，我還是來了饒河夜市。還能說什麼呢？火德星君非叫我來不可呀，哈哈。」

「那你知道後來那名個案什麼時候被找到的嗎？」

「知道啊。兩天後，他在松山車站的一家小旅館被找到。聽說旅館被害得立即關閉消毒，強制停業兩個禮拜，真是太慘了。」

4

離開消防局之前，林博哲向我解釋了火場鑑識的結論。

他與我一起看了火災原因調查報告書，裡頭包括火災跡證鑑定、火場勘查人員紀錄、火災現場平面及物品配置圖，及其現場照片。在火勢撲滅、確認火場安全後，消防人員的射水灌救行動就必須立即停止，開始進行殘火處理，盡可能保持現場燃燒狀況的完整，避免破壞，以確保事故或犯罪跡證得以保留。

首先，是起火點的判斷。這可從燒毀狀況的嚴重程度來進行判斷。經過綜合比較，可確認起火點位於一樓倉庫門附近壁面的插座。

貨架的骨架是金屬製，但置物面則是木製夾板。靠近起火點的置物面均已嚴重碳化，塑膠商品則均軟化、燒失。以焚盡的插座為起點，牆面殘留著一片三角扇般的V形燒灼痕跡，代表火源是從此處向上延燒。

火流一度被倉庫的門所阻擋，最後發生閃燃，倉庫的空間爆炸，將門燒穿，火流才進一步往二樓流竄延燒。火流往橫向蔓延的速度較慢。約莫在同一時間，消防隊已經趕到，高壓射水不斷壓制火流，使店面前場、二樓焚毀、受創的狀況較為輕微，但大量的火煙依然燻焦了整片牆壁、天花板。

「那麼，怎麼證明這是一場意外，而不是一樁犯罪？」我問。

「起火點在插座上，」林博哲說明：「插頭的絕緣體已經燒失，熔斷的線路截面成圓球狀，這表示電線是因短路燒毀，稱為短路痕。用顯微鏡看，可以發現圓球處曾急速凝固，金屬在熔化時所吸收的氧氣，來不及與金屬反應、逸出，因此在熔珠金相組織裡，留下許多孔洞。」

林博哲翻出幾頁照片，讓我看看電線熔斷處的顯微特寫。

因此，結論就是——老舊、積汙的延長線插頭，因為與插座發生積汙導電，電流負載變大，導致包覆插頭的絕緣體產生高熱，起火後開始燃燒，波及鄰近靠牆的貨架。貨架上堆滿布偶類、塑膠類的易燃類物品，接觸火苗，進而引發大火。

一般的配電迴路會有過電流保護裝置，在連接超量負載時啟動斷路，保護電路。但折舊、老化的電路往往在過電流裝置啟動前，就發生聚氯乙烯的絕緣體高溫剝落，導致短路、燃燒。

更重要的是，起火點只有這一個，倉庫內沒有發現汽油，或其他促燃劑的殘跡。此外，現場起火前是個鐵門自內上鎖的密室，沒有人能在縱火後離開。無論如何，都只能判定這場火災必然是一件意外事故了。

與林博哲道別後，我約了朱宜映見面，向她報告調查進度。

朱宜映聽了目前的狀況，電話中的語氣相當失落。

「不過，我有找到一個線索。」

「什麼線索？」

「我們見面再談。我需要妳的幫忙。」我一邊通話，一邊打開記事本。「我聽警方說，妳哥有兩個好友，一位叫孫宇丞，一位叫王庭輔。是嗎？」

「嗯。」

「可以安排我跟他們兩位見面嗎？」

「其實……我現在就在輔哥的工作室裡。你要直接過來嗎？」

「好。」

「我馬上聯絡丞哥，他也會到。」朱宜映的語氣急促，「大家都很關心我哥的案子。」

朱宜映告訴我王庭輔的工作室地址後，我們掛了電話。我查了地圖，距離並不遠，二十分鐘內可以到。

不過，出發之前，還有一件事得處理。我撥回辦公室。

「喂。」

「如紋嗎？我是鈞見。」

「幹嘛？」

「如紋，幫我一個忙。」

「我不要。聽你的聲音，一定又想叫我幫你奇怪的忙。」

「別這樣嘛。」

「你每次辦案子都愛亂查一通，最後都會出事。」

「很重要的事嘛。四月十日，松山區有個居家檢疫者違反規定，離開住處，四月十二日才被找到。幫忙查一下到底是誰？」

「……這很難吧？居家檢疫的人那麼多。」

「那個違反規定的人，在松山車站附近的旅館躲了兩天。旅館方得知此事後，消毒、歇業了兩個禮拜。妳先查出那段時間在那附近曾經歇業的旅館，再設法弄到住客名單。然後……」

「疫情期間，住客一定很少，因此可以隨便捏造一個理由，一個一個聯絡、過濾。這樣就能找出那個違反規定的人了。」

「對！妳真聰明！」

「知道了。」如紋掛上電話。

很好。希望她查出那人身分的速度，跟她掛電話的速度一樣快。

我立刻動身，王庭輔的工作室在八德路四段、接近光復南路的巷弄內，位於一棟舊公寓的二樓。入口處有個看板，看起來似乎是個攝影棚。爬上一段階梯，按了門口電鈴，打開門的是朱宜映，今天看起來氣色不錯。

「張先生。」她替我開了門。

在她身後的是一名年輕的長髮男子，戴著黑色粗框眼鏡，蓄著一撮小鬍子，眼神有些憂鬱，看起來像是個性格倔強、充滿個人理念的藝術家。

「替你介紹一下，他就是輔哥。」

「你好。丞哥再五分鐘就到。」王庭輔領我進來。「這段時間，小映麻煩你了。」

「別客氣。」看來這位藝術家滿社會化的。

一走進客廳，在裝潢極簡、帶有工業風格的牆面上，掛了幾幅風格鮮明的黑白照，全是饒河夜市的街景。最大的一幅是一位算命老先生，低頭翻閱著一本古籍，像是正在為客人測字。老先生的神情沉著、專注，並且自得其樂。我不由得把目光停留其上。

「我爸。」朱宜映在我身後說。「他過世前一年拍的。」

「拍得真棒。」

「輔哥是一位攝影師，替饒河街做了許多影像紀錄。他的作品不但常上攝影雜誌，還曾經在東京展出過哦！」

盧進瞻告訴我，王庭輔是朱宜慶一起長大的死黨。顯然，也是朱宜映的青梅竹馬了。

王庭輔像是還在忙他手邊的工作，只在一旁聆聽我們的談話，並未搭腔。

「輔哥從小就愛玩相機，他有我從小到大的照片呢！」

這句話，聽起來別有含義。

隨即，電鈴又響。朱宜映立刻去開了門，來人是個身形頗為高壯、年紀稍長的男子。

「小映，張先生嗎？」

「對啊。」

他必然是朱宜映的另一位青梅竹馬了。

「你好，我叫孫宇丞。」他給人的第一印象，是個行事積極、充滿自信的領導型人物，像是隨時都在尋找主控場面的機會。「其實是我建議小映找徵信社的。」

「哦，是嗎？」

「我絕對不能接受，有某個人在暗中破壞我們的街道。」

聽盧進瞻說過，孫宇丞是「風華．饒河」社區營造文創協會的召集人。這番話有如日劇台詞，講起來真是正氣凜然、理想滿懷。

「你認為，這個某人真的存在？」

「當然！」孫宇丞的態度嚴正，與沉默、疏離的王庭輔形成對比。「饒河街的老房子很多。最近這兩年，天海盟、四合會一直在設法插手都市更新。可是，現在疫情不止，很多店家都難以為繼。阿慶過世後，也有人一直在找小映，我都擋下來了。」

「我目前的調查，還沒有看到涉及土地利益的線索。」

「張先生，我非常肯定，這場火災絕對是有心人士在操弄。你一定要查清楚阿慶的死因！幫大家找出明確的證據。」

「丞哥……」朱宜映面露憂慮地凝視著孫宇丞。孫宇丞朝她自信地點了點頭。

先撇開孫宇丞的論點不談，我注意到王庭輔的眼神變了，似乎有些不以為然。他原本忙碌於電腦前的動作也停了。他果然很在乎朱宜映。

——三角關係，是嗎？

「對了，張先生。」朱宜映驀地想起，「你說有事要找丞哥、輔哥？」

「是。」

本來，我並沒有想要那麼快轉入這個正題。我還希望他們三人的互動能多點。但顯然朱宜映自己都感覺尷尬了。

「關於孫先生的疑慮，我會著手調查。不過，今天與各位碰面，主要是想請各位幫忙。王先生，可以借一下電腦嗎？我帶了行動硬碟。」

「好。」

王庭輔從辦公桌拾起來他的筆電，與我們一起在沙發區坐下。

我立刻拿出行動硬碟，接上他的筆電。硬碟裡只有一個目錄，大約有二十幾部影片。

「也許，各位都聽過一件事，兇手在犯案後會重回犯罪現場。」我見三人以不很肯定的表情點了點頭。大家都不看推理劇——好，也沒關係。「尤其是縱火犯。因此，我花了一些時間，盡可能蒐集了那場火災每一台的新聞畫面。

「我與負責此案的盧刑警討論過。他徹查過朱宜慶的人際關係，但找不到與他結仇的人。不過，正如孫先生所說的，也許警方的徹查，並不如各位都是在饒河街長大的人，對此事有更深的理解。所以，我希望各位可以幫我，檢查每一段新聞畫面裡出現的每一個人，設法記錄每個人的姓名。」

「可是……現場人那麼多，」孫宇丞面有難色。「根本大海撈針吧？」

「我知道這件事情不容易。看熱鬧的群眾們，很多人都戴了口罩。因此，也只有你們，才有辦法從他們的身形、站姿，來判斷出他們的身分。我們必須重建火災現場，清點現場的每個人，他們出現的理由是否合理？其中是否有不應該出現的人物？——也就是基於縱火犯會重回現場的理論。」

王庭輔也露出苦惱的表情，與孫宇丞互望一眼。

然而，朱宜映卻向前站出一步，神情堅毅。「張先生，我願意幫忙。」

5

於是，我們立刻著手進行新聞畫面的分析工作。

首先是建立火災現場的平面圖，這個平面圖並不是靜態的，而是隨著救災過程不斷地在變化的。因此，必須加上時間軸的相對關係。火勢在半小時左右被完全撲滅，其後，人群就散去了。因此，我們決定以兩分鐘為一個單位，一共繪製十五張圖。

接著，是在這十五張空白的平面圖上，根據每一則新聞畫面所拍攝到的圍觀群眾，將群眾的位置標示在平面圖上。當然，光看新聞畫面，是沒辦法判斷拍攝時間的。得聯絡當時在現場採訪的記者，從原始的拍攝帶中找到精確的時間。

原本這是警察的工作，記者們一定得配合。然而，警方已經判定這場火災只是單純的意外，早就結案歸檔，不可能協助我們。我們必須自行聯絡，請求對方幫忙。所幸，所有的媒體都願意提供相關資料。事實上，他們如此友善的原因，恐怕也是嗅到了獨家的氣味。

這份分析工作，自然不是馬上就能完成的。我們暫定了兩週的時程，分配了一下工作，大家都願意每天到王庭輔工作室集合，撥出晚間四個小時來處理。後續，自然就是一大堆繁雜而單調的資料過濾、緩慢推進案情理解的例行公事。

對饒河街住民知之甚詳的人，就是朱宜映、孫宇丞、王庭輔三個，他們才是真正負責辨識現場圍觀群眾的人。我只能在一旁進行記錄。一旦有畫面過於模糊、無法清楚判斷的狀況，也是由孫宇丞出面聯繫，打電話詢問、確認當事人在那個時間是否真的來過現場。然而，事發至今已經將近兩個月，大家一定會記得自己曾到過火災現場圍觀，但要明確說出自己是什麼時間在場，印象就相當模糊了。

「張先生，天海盟、四合會那條線，你是否已經開始著手調查？」

孫宇丞真是固執。他認為這場火災與黑幫爭奪都更開發利益高度相關。

「新聞畫面的檢查進度，」我回答，「目前已經將近百分之八十，可是，還沒有發現兩個幫派的成員來過現場。」

「兇手犯案後會回到現場，那只是犯罪行為模式的其中一種。」孫宇丞反駁，

「不一定每次都會成立。」

「你說得沒錯。不一定成立。」

「那麼，你到底查了沒有？」

「我查了。」王庭輔、朱宜映也停下手邊工作，往我這邊看過來。經過了分析工作毫無間斷的一個星期，想必大家已是強弩之末。適時轉移焦點，也許對士氣有幫助。

「今年二月，天海盟找過朱宜慶。那時，全球剛出現前所未見的新種病毒，對病毒的特性幾乎一無所知，風聲鶴唳，疫情非常不穩定。最近幾年，天海盟的勢力擴展到八德路三到四段，以及東興路等區域，與長期盤據松山車站周邊的四合會，開始發生利益衝突。比較嚴重的衝突，近一年來共有三起，造成兩人死亡、八人受傷。」

「天海盟是經營地下賭場起家的。行事非常囂張。」孫宇丞的語氣憤怒。「有謠傳指出，他們與某幾位退休的高階警官關係良好。占領了八德商圈後，下一步就是饒河夜市了。」

「四合會原本也控制了一部分的饒河夜市。」我補充，「以松山區市議員徐慶賢為首，以及同黨民意代表的支持下，強力主導饒河街的都市更新。」

「徐慶賢也不是什麼好東西。他跟『雄翼建設』的潘雄飛合作，推了一個水岸饒河的商鎮改造計畫。潘雄飛以前正是四合會的幹部，他的建設公司現在還負責洗白四合會的資金。這兩人沆瀣一氣，目的只是要破壞整個饒河老街。」

孫宇丞說的是事實。但他的價值觀判斷，對案情沒什麼幫助。

「當時，天海盟判斷，」我說明這個禮拜查到的線索，「疫情會對饒河夜市的經濟生態造成巨大的衝擊，對收購地產有利。於是，他們開始積極斡旋饒河街的地主。朱宜慶的店面，是從父親手上繼承來的，現在經營的精品店，由於疫情擴散，很可能就此被網路購物擊垮。他們認為，朱宜慶賣掉地產的機會很大。」

「不可能！」朱宜映用力搖頭，「我哥不可能把我爸的房子賣掉。」

「天海盟與朱宜慶交涉過幾次。朱宜慶只說，疫情席捲而來，但危機就是轉機，他絕對有辦法度過這次的疫情，拒絕了天海盟的交易。不過，天海盟偷偷做過來客調查，朱宜慶應該只是逞強。另外一種可能是，四合會從中作梗。」

「你看，我就說吧！」孫宇丞轉向朱宜映，「小映，妳告訴張先生那件事。」

朱宜映露出勉強的表情。

「張先生，我哥告別式時，天海盟、四合會都有派人來上香。他們都提到，願意協助我哥那棟房子的重建。但我拒絕了。」

「一定是他們其中一方，先暗中把阿慶的店燒了。」孫宇丞接著說，「再虛情假意地伸出援手，重建房子後據為己有。」

「我寧可永遠把房子空在那裡！」

整段推論都很合理——然而，缺乏關鍵證據。

「不對。我不會空在那裡。其實我考慮很久了，我決定要改建成一個展館，來記錄饒河街的文化風貌。在我們開始有記憶的時候，饒河街就已經存在了，它擁有了我們所有的回憶。我一直希望能為這個地方做些什麼，或許這正是個好機會。我哥知道我這麼做，在天之靈，也一定會很開心的。而且，丞哥、輔哥都會幫我的，對嗎？」

「對。」自始至終不發一語的王庭輔，突然打破沉默。「我一定會幫妳的，小映。」

「小映，」孫宇丞也不甘示弱，「我也會幫妳的。」

這個話題，起頭是兩個幫派的針鋒相對，卻發展為兩個男人的針鋒相對。實非我所願。

「目前天海盟、四合會，雙方都沒有進一步的動作。我推測，他們是不希望被誤以為自己的收購行動與火災有關。」我下了不痛不癢的結論。「可以肯定的是，儘管生意欠佳、有金錢上的壓力，但朱宜慶並未屈服於任何一方的勢力。」

此時，辦公室那邊來電。我暫止了交談，獨自到窗邊接了電話。

「如紋，怎麼樣？」

「找到人了。」

如紋說的，是那個違反居家檢疫規定、偷溜到松山區的人。

「方雲善，四十六歲，家住大安區，深圳台商，在龍崗區開了一家紡織加工廠。他是四月二日從德國飛回台灣的。因為衛福部在三月十七日已經宣布，所有入境者都必須接受居家檢疫十四天。更慘的是，他那班飛機有一例確診。總之，原本是預定四月十六日解除隔離，但十日下午，里長發現他失聯了，不知去向。十二日晚間，人總算找到，他被開罰了二十萬。」

「他現在人在哪裡？回中國了嗎？」

「不，還在台灣。」如紋的聲音有點不耐煩。她總是這樣，案子稍有眉目就原形畢露。「事實上，到了十三日那天，他也肺炎確診了。然後，他在隔離病房待了一個月才康復。出院後他一直在家，到現在，他在深圳的工廠似乎還沒辦法復工。」

「我想跟他談談。」

「幫我想個理由，我來聯絡。」

「罰款減免，如何？」

「好，」如紋笑了一聲，「我試試。等我消息。」

「對了。妳有方雲善的照片嗎？」

「都在雲端硬碟，自己找吧。」

如紋掛了電話。

我以手機連上雲端硬碟。如紋不僅辦事效率高，檔案也整理得有條不紊。在資料數位化的今日，偵探這個行業，最大的麻煩不是沒線索，而是線索太多。沒有人能事先知道，眼前的資料對破案到底是否有幫助，只得先存下來。過了幾天，手上的檔案已累計數千個。接著，每次想確認一小樁事證，就得像闖進一次迷宮那樣，逐漸被亂麻般的情報纏繞至死。但，如紋一經手，龐大、渾沌的情報就有如撥雲見日、豁然開朗。

成功的偵探，背後都有一個偉大的秘書。

如紋將方雲善的個人資料，整理得像罪犯檔案似的。算了。在她眼中，男人沒一個好東西。第一頁就是他的公關沙龍照、學經歷資料、創業歷程及業績，是由他深圳工廠的公司網頁擷取下來的。這類照片通常修圖過度，參考價值不高。

下一份文件，則有幾個影片連結。是方雲善入住松山區旅館期間，在櫃台check-in、寄放鑰匙的監視器畫面。厲害，連這個都弄得到。影片裡的他，身穿一件深灰色的高領夾克、戴著一頂同一色系的鴨舌帽，壓低帽簷，儘管多次與櫃台小姐交談，也從來不正視對方，顯然是想避人耳目。當然，這種裝扮的人，在小旅館裡很多，理由各式各樣。

這幾份影片都不長，我反覆檢查了幾次。深灰色的高領夾克。我立刻暫停影片。

「各位，我同事剛剛傳來一份影像檔，請幫我比對一下。」

「好！」

我立刻截了幾張圖，傳到為了這次的影像分析行動而成立的群組。

「張先生！會不會這個……」

不多久，王庭輔已經有了進展。我們立即圍到他身後，看他找到的新發現。

電腦螢幕上，是一個停格的新聞畫面。王庭輔已經截下新聞畫面的圖檔，也做了一些影像品質的強化。他提高了截圖一角的放大比例，將其中五名圍觀民眾置於螢幕中心。這五人分別四男一女，全都戴著口罩，無法辨認面貌。但，其中一名站在另外四人後方的男子，恰好頭上也戴了灰色的鴨舌帽，並露出深灰色的領子。脖子以下則被擋住。

「他的行動有點可疑。」王庭輔解釋，「在群眾中左顧右盼了幾秒鐘就離開了。」

「這很有可能是同一個人。」孫宇丞附和。「小映，妳覺得呢？」

「嗯！滿像的。」

這個發現讓眾人大感振奮。我們終於能證實，方雲善曾經出現在火災現場了。

然而，此時我遽然想起一件令我在意的小事。

我注意到，方雲善離開旅館時，肩上搭了一個米黃色的背包。

對。我見過這個背包。也許並不是同一個。不過，幾乎是一模一樣的款式。

可是，我並不是在行動硬碟裡那二十幾部新聞影片裡頭看到的。

我抬頭一望，朱宜映他們三人仍享受著案情出現突破的喜悅中。他們並未注意到我在不知不覺間顯露出來的驚訝神情。

同一種樣式的背包，我是在台北市消防局第三救護大隊裡看到的。

——那個明星消防員，林博哲的辦公桌上。

6

「你不是疾管署的人。」

「抱歉，我怕你不願見我。」

「算了。這段時間夠窩囊了！」方雲善揮了揮手，整個人頹坐在寬敞的沙發上。

他的額頭禿到後腦，耳上兩側的毛髮卻相當濃密，像是一種刻意設計、略帶幽默的造型。不過，抑或是因為大病初癒、抑或是因為他在深圳的工廠遲遲無法開工，坐困愁城，奪走了他眼神中的朝氣。「到底有什麼事？你是記者嗎？」

「我是偵探——我的委託人，希望能請你看看這個。」

我將信封袋放在桌几上，再推到他的面前，與他保持距離。通常我不是這麼做的。但，這幾天傳出一個極為特殊的病例——三陰復陽，也就是三次採檢都是陰性，獲准出院後，身體再度出現症狀，新的採檢結果竟然是陽性。儘管我已戴了口罩，也保持了一點五公尺的距離，縱使案例再罕見，仍予人一種草木皆兵的危機感。

我交給他的，正是朱宜映收到的匿名道歉信。

「這是什麼？」方雲善脫口而出，下意識的疑問，像是一個期望落空的徵兆。他從信封裡抽出信紙展開，沉默不語地讀了起來。其實這封信不長，但方雲善卻讀了很久。然而，他讀信的表情有點複雜，並不像是對信中的描述一無所知。

方雲善默默地將信紙收妥，把信封退還給我。

「方先生，我的委託人希望能知道，這封信是不是你寫的？」

「信並不是我寫的。我也沒有偷過什麼口罩。」

他簡潔俐落地全盤否認。

「根據我的瞭解，信上寫的日期，你恰好違反防疫規定，離家來到了松山區。」

「那又怎樣？我只能待在家裡，每天等里長送便當來，什麼事都不能做。我沒辦法忍受跟犯人一樣被囚禁的生活。我出門透透氣、擺脫被監視的生活，不行嗎？可是，我才沒有去過什麼賣口罩的店。是藥局嗎？信裡講的店，連是在哪裡我都不知道！」

「在饒河夜市。距離你住的旅館很近。」

「我沒有去過饒河夜市。」

「你有。」

我打開手機，將新聞螢幕的截圖展示給方雲善看。王庭輔的後製做得很好。

方雲善見到這項證據，立刻沉下臉來。

「我的委託人是這家店的業主，只想釐清你是否到過這家店而已。」

「……好吧。我承認，我有。」

「四月十日晚上，是嗎？」

「對，那天晚上我的確去了一趟饒河夜市，也到過那家精品店。可是我絕對沒有偷口罩，更沒有寫這封信。」方雲善奮力地坐起身，彷彿正準備展開一場辯論。「我離開那家店後，又在饒河街附近繞了幾圈，才發現那家店失火了。我只有在那裡停留一陣子而已，我沒有放火。到底是為什麼？寫這封信的人，彷彿就是在講我，就像是想要把我誣陷成縱火犯！」

方雲善的聲調，透散出筋疲力竭的痛苦。他的脖子上掛了一串佛珠，深茶色的樹籽樣式，木質顆粒上有自然深凹的鳳眼，隨著他胸口的起伏不停顫晃著。

口罩竊盜、道歉信，依然存在著無法澄清的疑點，但這部分也許可以暫且擱置不談。

「你承認火災當晚你去了饒河夜市，也確實在火災發生前才離開那家店。是嗎？」

「對。可是我是即將打烊前才到的，並沒有待很久。」

「具體來說，你待了多久？」

「不到五分鐘。」

五分鐘潑個汽油、點個火——沒錯，時間是綽綽有餘。但，根據火場鑑識的結果，現場沒有潑灑促燃劑的跡象。更何況，方雲善也沒辦法把鐵門自內鎖上，將現場製造成一個密室。他之所以回到火場，圍觀了一陣子後，隨即匆忙離去，恐怕只是因為憂心自己涉入縱火案、被誤以為是縱火犯吧。

「那麼，」我正視方雲善，「你會去那家店，原因究竟是什麼？」

「我……」方雲善的眼神飄忽。

「方先生，這是非常關鍵的問題。」

「你是個偵探，對吧？」

「是的。」

「我先假設，你口中所謂的委託人，與我太太毫無關係。」

「就我所知的範圍內，沒有任何關係。」

「我再確定一次。正如你剛才告訴我的，你也不是疾管署的人。」

「我是為了見你，才會這麼說的。」

方雲善依然默不作聲。

「我們這一行，只關心客戶的權益。」

方雲善的雙肩垂下，似乎稍微放下了警戒心。

「我的紡織廠原本設在烏日。二十年前，我岳父計畫將工廠遷到大陸，但他突然罹患了失智症，公司的營運，就這樣直接落在我頭上。他在深圳已經有些人脈，遷廠過程非常順利。為了增加國際的能見度，在台北也設立了辦事處。不過，我太太為了照顧我岳父，一直待在娘家。於是，我跟她開始了聚少離多的夫妻生活。

「兩年後，我跟我的特助外遇了。她父母早逝，也沒有兄弟姊妹，長期在深圳工作，當時單身，已經有個論及婚嫁的男友。我們的處境很相近。我們的關係發展得太密切，她跟了我，與她男友分手。但這麼多年來，我沒有讓我太太知道這件事。

「去年十二月下旬，疫情開始擴散、蔓延。各地也陸續封城、停工——很容易預想得到，未來的事態將變得非常嚴峻。口罩、防護衣、相關的醫療耗材，很快地，全世界的需求勢必暴增。我是做紡織的，調整一下產線、流程，要做這些東西非常容易。而在同時，台灣政府也強勢介入了醫療耗材的供給。

「這下子，口罩成了戰略物資。政府禁止民間買賣。但張先生，富貴險中求。太多商人是靠戰爭本身、戰後重建發財的。防疫也是一種戰爭。台灣這邊有人，也開始透過非正式的管道，向我的紡織廠下訂單。報價很高，而且不斷飆升。」

「他們需要口罩。」

「可是，這項利益是非法的，我完全沒有告訴我太太。我必須找到一個能完全信任的人，替我在台灣這邊接單，確保能收得到錢。當然，我找的人選，也只有一個了——我的特助，文淑。三月中旬，她設法從上海飛到義大利、轉機阿姆斯特丹，一路上設法躲過各國的防疫安檢，才順利回到台灣，入住松山區的旅館。

「但萬萬沒想到……一週後，她突然失聯了。這實在很不尋常。當然，這次是秘密回台，她的朋友都不知情。總之，我在深圳一直等不到她的回音，非常擔心，沒想到，幾天後，旅館居然把她的行李直接寄回深圳。

「我打電話去問，旅館人員說，她在預定退房日的前一天就沒有回房了，只託了朋友請旅館寄回行李。這實在太可疑了。於是，我立刻決定冒險，趕回台灣。當然，我也是透過某些管道、不斷轉機，才得以成行的。」

「可是，沒想到全球疫情趨嚴。」我接口說：「你不像你特助那麼幸運，能閃過十四天的居家檢疫。」

「對。我的行動被嚴重限制，無法外出去找文淑。而且，文淑一直沒消息。這就是我再也等不及，寧可違反防疫規定也非離家不可的原因。她失聯前，曾在網路信箱裡留下一些草稿，但沒有寫明是不是買家。當然，這麼做也是為了防範留下秘密交易的真憑實據。失火的那家店，也是她列在草稿裡的其中一個地址。

「總之，我一離家後，立即前往松山區的那家旅館，並且辦理入住。文淑回台灣時，住的也是同一家旅館。沒錯，我想知道她住進這家旅館後，到底發生了什麼事。可是，旅館人員的說法完全相同。我為了避免對方起疑，只好假稱她確實臨時有事，不得不立即回到深圳。

「我不敢報警。警方一旦介入，萬一未來發現了什麼蛛絲馬跡，能證明我和文淑正在進行不合法的口罩交易，以及我們的秘密關係……我太太一定不能接受的。她全心全意地照顧這個家，自始至終都相信我。因此，我只能自己想辦法調查了。」

方雲善一口氣說了這麼多，終於停下來稍作喘息。一開始閉口隱瞞的人，若是決定坦承，反而會願意說出比想像中更多的實話。

如同水壩那般，是經年累月的虛偽所積蓄的壓力。

「方先生，我瞭解了。但你剛剛說，你只在精品店待了五分鐘不到。」

「對。」他的百思不解重新回到臉上。「那時，店應該已經打烊了。鐵門拉下了一半，但裡頭的燈還是亮著的。我稍微彎腰走進去，店內卻沒有半個人。我喊了幾聲也沒人應答。我甚至還去了後面的倉庫，一樣沒人。」

——起火點。

「在你的印象裡，倉庫裡有沒有異常的地方？」

「沒有。很安靜。可是……」方雲善反覆思考了好一陣子，彷彿只要能回答我的問題，失蹤的特助就能回到他的身邊。「對了，我好像有聽到滴水聲。」

「滴水聲？」滴水也好、滴油也好，兩者的聲音應該區別不大。然而，火場鑑識結果裡，並沒有發現促燃劑的痕跡。

「記得那幾天，天氣不太好。可是並沒有下雨，應該不是漏水吧？」

「然後呢？」

「倉庫裡有點悶。然後，我好像聽到一聲咳嗽，是從倉庫外傳來的。我以為是店長回來了，立刻離開倉庫，回到店面前頭。可是沒有看到任何人。」

「咳嗽聲會不會是從二樓傳來的呢？你去了一樓後方倉庫，會經過樓梯吧？」

「也是有可能。可是樓梯盡頭的二樓入口有一扇門，是關著的。門縫裡並沒有透出光線。我想我可能是聽錯了。總之，店長應該不在。我又等了一會兒，還是沒看到半個人，只好暫時離開了。不過，我從一樓店面的狀況判斷，店主會不會是臨時外出？我決定先去其他地方繞繞，打發一下時間。」

方雲善的意思，就是——到了打烊的時間，朱宜慶卻不知去向。

「沒多久，我猜大約十五分鐘左右……我聽到消防車的警笛聲，饒河街也出現陣陣濃煙。我發現，失火的方向就是那家店，我立刻跑過去看。果然沒錯。消防車、警察都陸續趕來。新聞媒體也開始採訪圍觀群眾，我不想引人注意，便趕緊離開了。

「回到旅館後的那晚，我開始感覺不舒服，出現咳嗽症狀。我昏睡到中午。我的精神不濟，我以為是因為那場火災，是全身沾染了過多的濃煙。隔天，我被找到，然後被確診。我在隔離病房裡住了一個月，上週才出院。」

聽到這裡，我不確定方雲善所說的話，是否混雜了某個比例的謊言。他畢竟是個工於心計的商人。但整場談話聽下來，他所提及的一切，跟我目前掌握的線索，並沒有發現矛盾之處。

「張先生，我很擔心文淑。她到今天還是沒有跟我聯繫。難道，她是目前染病死亡的其中一人嗎？可是，她的幾個遠房親戚，也沒有半個人聯絡我。」

「……你懷疑她感染了？」

「我們最後一次通話，她說她身體有點不舒服。我問了她，但她說只是因為時差，還故意咳兩聲給我聽。文淑總是逞強，不喜歡我擔心。」

「方先生，你特助的全名是？」

「她叫黃文淑。」

「我有個提議——不知道你是否願意委託我幫你找人？」

方雲善的眼神一變。

「張先生，很巧。其實，這正是我願意告訴你這麼多的原因。」

7

回到辦公室，坐回自己的座位。開啟電腦螢幕，打開視訊軟體、聲源。
「廖叔。」
「鈞見。」廖叔的臉出現在畫面上，流暢自然。「聽得到嗎？」
「沒問題。」
「通訊品質還不錯。」他調整了一下耳麥，「案子狀況怎麼樣？」
這是我跟廖叔第一次進行視訊會議。他人現在不在台灣。
「方雲善給我黃文淑的通訊錄了。我已經全都聯絡過，但沒有人知道她去了哪裡。」
「情況不太樂觀？」
「嗯。只能繼續查了。」
廖叔點了點頭，同時也傳了一份郵件給我。上頭是個連結。
「關於那家位於松山區的『朋福貿易』，我查到了一點線索，詳細的資料都在網路硬碟，你有空再仔細看。我這邊簡單說明——林博哲的女友，是這家公司的會計。」
廖叔替我調查的，是林博哲桌上的那只米黃色的背包。
方雲善也有相同款式的背包。他告訴我，這是一家叫做「朋福貿易」的公司所訂製的。

說是貿易公司，其實並沒有那麼單純。這家公司的老闆，同時還身兼「無上菩提佛學協會」的理事長，在自家透天厝一樓設了一座道場，經常邀請藏傳佛教密宗上師、來自青海的瑪答喀什仁波切來台舉辦誦經、布道、祈福法會。

這位瑪答喀什仁波切，除了台灣以外，在馬來西亞、印尼等地都有法會活動，看起來對東南亞洲地區的弘揚佛法頗為積極。不過，受疫情所累，不只瑪答喀什仁波切，今年起所有的密宗仁波切都無法訪台了，相關活動全數取消。

藏佛密宗是台灣相當盛行的一種修行。佛教以印度為發源地，根據傳播路徑，可以分為南傳佛教、北傳佛教。南傳往斯里蘭卡、緬甸、泰國、寮國等東南亞國家，以及中國雲南傣族，傳播時間較早，保留佛教的原始傳承，又稱上座部佛教；北傳又區分為藏傳佛教、漢傳佛教，前者涵蓋西藏、蒙古、不丹、尼泊爾，後者則有中國、韓國、日本、越南。上述三者，共稱佛教的三大體系。

北傳佛教，主要傳承大乘，後來吸納了婆羅門教的理論、修行方法，發展出相對於顯乘的密乘，也就是密宗。修習密宗，必須接受自法身大日如來之密咒、經灌頂等入教儀式，具有神秘色彩。

藏傳佛教的特殊之處，在於顯密合一，並有四大法門，分別是息災滅厄的「息」、發展事業的「增」、心念歡喜的「懷」，以及排解障鬱的「誅」。

這四大法門十分入世、實際，符合台灣人的培功養德的價值觀。在修法、成佛的道路上，總得買一些佛像、天珠、唐卡等法器來加持。自然，這家貿易公司，此時就成了供應這些法器的重要通路了。

方雲善自己也修藏佛密宗，同樣皈依於瑪答喀什仁波切門下，才會使用與林博哲同一種背包。在我與方雲善達成協議、接受他的委託尋找黃文淑後，我們聊了一個下午的藏佛密宗，他忽然一掃元氣未復的委靡，變得生龍活虎起來，展示了他的典籍、法器珍藏。

幾個小時後，我的佛教知識有了儘管短暫、宛如醍醐的長足提升。但我婉拒了他介紹「無上菩提佛學協會」理事長給我認識，引領我走上修行的道路。我問這麼多，只是想調查而已，不是想皈依。

「林博哲的女友，本身也有修藏佛密宗。」廖叔要我打開其中一份文件，一邊說明：「應該說，『朋福貿易』本來就負責『無上菩提佛學協會』的藏佛宗教法器進口，裡面的員工，大部分都有接觸藏佛密宗，跟老闆一樣。」

「那麼，林博哲的米黃色背包，是他女友送給他的嗎？」

「不完全是。林博哲自己也修藏佛密宗。他是在參加藏佛密宗活動時，才認識他女友的。最近這段時間因為有疫情，避免群聚感染，所以完全沒有活動。」

「原來如此。」

「不過，我發現有件事很有趣。」

廖叔跟我不同，他覺得有趣就會多查點。我也會這麼做，不過，廖叔知道我潛意識喜歡調查刑案，可能會製造公司困擾，常故意叫我別再查了。

「什麼事？」

「最近這幾年，瑪答喀什仁波切每次來台灣，經常帶領信眾前往南部去舉辦火供儀式。這個火供儀式，林博哲每次都有參加。」

「火供儀式？」我問。

「火供是藏佛密宗的供養儀式，又稱護摩（homa），是一種以火焰燃燒的形式，來實踐上供養諸佛菩薩、下布施六道眾生的方法，信眾們以此驅魔、求福，信眾們增益福德、智慧，消除業障，獲得果位、成就。」

「可是，林博哲是一名消防員，為什麼這麼熱中於參加火供儀式？」他的心態令人費解。

「我知道啊！」

此時，如紋也上線了——她去了一趟板橋。

如紋現在似乎正坐在一家咖啡廳，桌上還有下午茶，與我跟廖叔的單調畫面背景完全不同，她把自己的畫面搞得跟網紅直播似的。

「我在『長青之家』見到了林博哲的伯母。」

「她怎麼說？」

「她說，林博哲他從小在饒河夜市長大，幫忙爸媽擺攤、收錢、照顧小弟小妹，是個聰明伶俐的好孩子。但是，後來發生一場大火，他的家人全都葬身火窟，只有他一個人倖存下來。當時他家住在一棟違建，幾乎無法施救。這是他小學一年級的事。

「他的伯父母沒有孩子，收留了他，將他撫養長大。後來，大學畢業後，他高分考取了消防員，再度回到饒河街服務。他是個很優秀的消防員，而且非常關心饒河街，每次接受媒體訪問，一定會特別提到饒河街經常發生火災，需要立即都市更新。」

如紋的話，不禁令我心想——對於火，在他心中必然存在著一種某種複雜的情結。他的勇敢無畏，也許是為了撲滅二十年前、記憶裡的那場火。

「不過，這跟他熱中火供儀式的關係是？」

「他的伯母說，他小時候會偷玩打火機，點火一直注視著。」如紋說：「我覺得，對他來說，他與家人的回憶，永遠都在火焰裡。就像賣火柴的小女孩那樣。」

8

鮮紅色的入口牌樓點亮，饒河街夜色降臨。

街道兩排的店家、攤商，以豔麗、炫目的燈火，勾勒出一條簡單慾望、簡單付出，並且簡單滿足的俗人之道。不過，最近是暫時看不到萬頭攢動的熱絡了。夜市的魔幻氣氛，來自於吆喝、笑鬧、你來我往的鼎沸人聲，如今人潮疏落，魔術師比觀眾的人數還多，再精湛的技藝，也撐不起劇場的天幕。

一部分的店家仍然保持待客的熱忱，彷彿一如往常；另一部分則偃兵息鼓，拉下鐵門、蓋上帆布。疫情的衝擊，改變了人類的活動方式，也許，夜市再也永遠無法回到它曾經輝煌絕代、獨領風騷的模樣。看來，台灣的人情味得趕快想新包裝了。

我來到「桃寶寶流行精品」的原址。樓房外頭，原來的招牌已經拆下，搭起了簡易鷹架，入口處則新設了一個施工用鐵門。火災的痕跡，變得微乎其微了。

「張先生，你來了！」

朱宜映領著我入內。穿過鐵門，角落堆著隔板、木條等建材，一樓空間已經打掃過，露出粗糙、生冷的水泥。

「花了一整天，清掉了全部的東西。丞哥拜託工班的朋友幫忙，然而，整體的室內空間，是輔哥設計的哦！真的，把過去的一切都放下，變得輕鬆多了。」

今天是正式施工的第一個晚上，她的心情顯得很愉快。

「我想把這裡當成一個嶄新的起點。這裡曾經是我爸的算命館、我哥的精品店。我希望，未來它會變成一顆時空膠囊，記憶饒河街所發生過的事。包括這場火災，這是這裡之所以存在的原因。我很期待，下半年疫情好轉後，這裡能成為新的地景。」

「你好。」孫宇丞、王庭輔也在。原本展示商品的店面空間，一張工作桌置於中央，上頭堆了幾份看起來像是施工圖、設計圖一類的文件。

「來，你看這個！」朱宜映拉著我，來到桌邊。她打開一張平面設計簡圖，開心地說：「這面的玄關入口，我們想設計一個有牌樓的通道。不是現在的牌樓哦，是依照一九八七年饒河街夜市開幕的復刻的版本。那時還沒有貓頭鷹，只有國旗哦。我一提出這個構想，輔哥才花了一天的時間，就把設計圖完成了。」

「沒什麼啦。」王庭輔淡淡地說。

我不由得想起「遠距委託」伺服器，也是如紋要我架的——我的媽啊，實在太像了。

接著，朱宜映翻出二十多年前的台北舊街照片。

「丞哥跟我去找了我們的小學同學，才把這些舊照片翻出來的。當時好多攤商在賣水果，還有傳統的捏麵人、扇子、毛筆、中國結。小時候的事，我幾乎都忘光了，但大家一見面，聊了好多好多從前的事，好懷念啊。大家都很支持我開一個這樣的展館，可以一邊享用台灣傳統料理、一邊回顧饒河街的歷史。我們還打算去跟圖書館、電視台借影像資料。」

「其實，」孫宇丞從旁補充，「饒河街在清朝乾隆年間，基隆河尚未淤積，是台北與基隆、宜蘭水運的轉運站，舊稱錫口。到了道光年間，已經非常繁榮，有『小蘇州』之稱。那段時期的文史資料，這幾年來我蒐集了很多，但一直堆在書房。也是多虧小映幫忙啦。」

「哪有，是丞哥一直在幫我。」

健談的孫宇丞又絮絮叨叨起來，講了許多社區再造的理念，聽得朱宜映如癡如醉。王庭輔悶不吭聲，一逕低頭檢查手上的設計圖，心不在焉地工作著。

「我曾經以為，」朱宜映聽完孫宇丞的饒河街史，平靜地說：「我會與我哥相依為命，他會陪著我一輩子。他過世後，我真不知道自己該怎麼辦才好。這時，我才終於知道，原來自己這麼脆弱、這麼不堪一擊。

「但現在，在丞哥、輔哥的幫助下，我有了新的體會。過去的悲劇，是無法修正的。就像我們蒐集到的這些照片，發生的事情，就是已經發生了。我能為我哥做的，就是振作起來，讓這家店以嶄新的面貌出發，用這樣的方式來紀念我哥。」

「說得好！」孫宇丞附和，「阿慶在天之靈，一定會很開心的。」

我想，朱宜映慢慢找到了自己的定位。

此時的她，不再需要透過調查案子的真相，來獲取一種虛幻的安全感了。

「對了，」王庭輔趁機轉移話題。「後來，在火災現場逗留的人找到了嗎？」

「找到了。」

「他是縱火犯嗎？」王庭輔追問。

「不是。」

「那他是寄道歉信的人嗎？」

「也不是。」我意識到朱宜映眼中對於真相的渴求。「那個人叫方雲善，是個台商，在深圳開紡織廠。他承認，在火災發生前，他曾經進過妳哥的店裡。但，他只在店裡待了幾分鐘就離開了，也沒有偷竊口罩。」

「……他有注意到店裡有什麼異常嗎？」朱宜映接著問。「比方說，目擊到縱火犯？」

「他沒有目擊到任何事。稱得上是異常的，就是妳哥當時不在店裡。」

朱宜映的語氣無奈。「……我猜，他可能去買酒了。」

「他唯一能證實的是，火災發生前店裡也沒有其他人。」

「那個方雲善，為什麼來找我哥？」

「他來找一個朋友。因為沒有找到，所以很快地就走了。」

「朋友？我哥也認識嗎？」

「不確定。」

「寫信的人，有可能是他朋友嗎？」

「不太可能。火災發生前，方雲善的朋友已經失蹤一個多禮拜了。」

「所以，還是沒辦法找到那個寫信的人，是嗎？」

「不過，方雲善委託我尋找他的朋友。說不定他朋友有線索。很難說。」

「噢。」朱宜映垂下頭。

「如果妳有需要，我可以繼續查。」我拿出調查報告，放在工作桌上。「這是到昨天為止的調查報告，妳可以在讀完後，再決定要不要繼續委託。」

朱宜映從桌面上拾起牛皮紙袋，凝視了好一會兒。

「不用了。」她抬起頭，帶著才剛成長、仍顯稚嫩的強顏歡笑。「我已經……決定要忘掉過去了。張先生，我會好好保留這份調查報告，但是，我永遠不會打開的。」

朱宜映朝著我們三人，堅毅地點了點頭。

「對了，我準備了兩手啤酒，我們來慶祝吧！」孫宇丞炒熱氣氛。

「我同意！今天超累！」王庭輔也說。

朱宜映眼眶中的淚水，逐漸消失了。「張先生，留下來跟我們一起好嗎？」

「沒問題。」

9

消防員的職業作息，正如林博哲自己說過的，二勤一休。不過，他女友是貿易公司會計，週休二日。因此，兩人的約會頻率並不特別高。相對於林博哲壯碩的體格，他女友嬌小可愛，兩人站在一起，即是所謂的「最萌身高差」。他平常縱使休假，也不回家，經常待在隊上。看來，他是非常喜歡消防員這份工作——若碰上火警，他更會義無反顧地配合出勤。

這是我旁敲側擊了兩週後的結論。認識他的人，都對他的熱血、衝勁印象深刻。「風華．饒河」發行的文創觀光月曆中，或許是為了洗刷夜市經常發生火災的印象，其中一個月特別介紹了消防隊。滿版照片裡的消防猛男一字排開，他是其中最搶眼的一個。

有幾個婆婆媽媽，會趁林博哲在的時候，想辦法製造一些藉口去消防局裡找他，好像看管自己的兒子似的。他倒是很習慣應對這些粉絲，賓主盡歡。

因此，想找到林博哲落單的時機，並不容易。

等了兩個禮拜，我在他與女友約過會、送她回家後，才終於得以攔住他。他們平常碰面，會在林博哲的租屋處過夜，連外出買宵夜、倒垃圾也一起，沒我的容身之地。

「嘿，張先生，好久不見！」

他親切地對我露出招牌笑容。但我知道，那只是一種熟練的社交習慣。

「晚安。」

「你……該不會還在調查那場火災？」

「是啊。」我點點頭。

「那場火災已經結案了。結論非常明確，只是一場意外。」

「從現場的過載電路、鐵捲門上鎖的密室狀況來看——的確，幾乎可以排除人為導致。」

「幾乎？什麼意思？」林博哲的鑑識報告被我一個外行人質疑，他顯得不太開心。其實我不需要他開心，我又不是他粉絲。我需要的是真實。「我不知道你找我，還想幹嘛？」

「我需要你的專業意見。」

「我的專業意見，已經全都告訴你了。」

「不是你的火場鑑識專業，而是另一件事。」

「什麼事？」

「消防員心理健康。根據統計，救災人員有一到兩成的比例，有PTSD的困擾。」

「PTSD——創傷後壓力症候群，是嗎？」

「對。饒河街經常發生火警，夜市的周邊區域，不但巷弄狹窄、房屋老舊，人潮、車輛、雜物等障礙到處都是，但都市更新的速度卻有如龜速。對消防員來說，每次出勤救災，都得承擔相當大的壓力吧？」

「早就習慣了。我是在這裡長大的。隊上也經常實地演練，沒什麼好怕的。」

「你很重視這裡。」

「這是我的家。」

「你的家人，在二十年前的火災中過世了。也是發生在這裡。」

「……你調查我？」

「我只是想更瞭解你。直接問你，你不一定願意說。」

「你到底想怎樣？」林博哲顯然發怒了，儘管他的語調勉強保持溫和。有時，偵探得刻意製造一些令人討厭的情境，來刺探一些刻意隱藏的事實。我也是，早就習慣了。

「你衝入火場救人很多次，每次都很驚險。接受媒體訪問時，一定會特別提到饒河街需要立即都市更新，否則火災將永遠不可能停止。」

「我開始當消防員以後，調閱過饒河街過去的失火紀錄，經常與夜市不良的用電習慣有關。我也很清楚，夜市觀光、經濟發展的路線，是不可能改變的。既然夜市不會消失，那麼，至少應該盡速推動都市更新，改善整個區域的房舍、電力配置。這只需要花錢。否則，只好等神明以火災強制讓饒河街做都市更新了，一樣需要花錢，但更會賠上人命。」

提到救災理念、提到他的社區認知，林博哲就旁若無人、侃侃而談起來，與他接受記者採訪的時候一樣。也許，對他而言，從調查真相的角度來看，記者與偵探確實是一樣的。

「不，這不能說是神明。神明就是人類意識、行動下的結果。饒河街終究必須改變，差別只是在於，是溫和的改變，或者是激進的改變。無論如何，我說的話都應驗了，不是嗎？」

「說的話應驗——也是可以解釋成另一種含義。」

「張先生。」林博哲的身形變得緊繃起來，顯然對我的話十分警戒。「你在暗示什麼？消防員縱火嗎？就像約翰・倫納德・奧爾（John Leonard Orr）那樣？」

「哦，你也知道他？」

「八〇年代的美國連續縱火犯，燒死了四個人。他在南加州當消防員、火場鑑識員，負責調查那段時間發生過的兩千多起縱火案。事實上，他利用了一種能迅速點火的特殊定時裝置，造成電線走火，並在自己縱火後的火場進行鑑識，判定是縱火案，來突顯自己的洞察力。另外，國外也出現過許多真實案例，自己縱火、自己滅火，這個叫做英雄症候群。」

「你對這種事的瞭解，真是超過我的想像。」

「談到火災，我可是專家。但很抱歉，你的想法是錯的。我不是那種人。」

「是嗎？」

「但你參加了藏傳密宗、瑪答喀什仁波切的火供儀式。」

「你怎麼知道……」林博哲雙眼圓睜。「你想暗示什麼？」

「你真的沒有PTSD？」

「沒有！」

「我是可以理解。縱使沒有PTSD，面對天災人禍的無常，把心靈寄託於宗教，是合情合理的事。但是，將火災視為大患的消防員，在下班後，把心靈寄託在火供儀式、寄託在火焰——但是，這真的是一種心靈寄託嗎？」

「我……」

「或者，這其實是一種對火焰的崇拜、對火焰的偏執？如此一來，你就愈來愈像約翰·倫納德·奧爾了。」

林博哲陷入沉默。

我猜，他正在考慮某種自我揭露，某種他從來不曾表達的自我揭露。

「你看過《碧海藍天》嗎？一部法國電影，導演是盧貝松（Luc Besson）。」

有印象，但已經模糊。

「我知道，講深海潛水的。」

「嚴格上來說，叫做自由潛水（freediving），不仰賴水下供氧設備，單純只靠閉氣來進行潛水活動。《碧海藍天》的靈感來源，則是來自一個叫雅克・梅約爾（Jacques Mayol）的自由潛水者。梅約爾認為，人類的肺與海豚的肺相似，海豚能在海底待多久，人也一定辦得到。一般人進入水中，第一個念頭會是失去氧氣的恐懼，便情緒緊繃，設法迅速離開水中；然而，梅約爾卻知道，唯有維持心靈的平靜，如同坐禪、冥想那樣，才能控制心跳、血液流向，保護肺部在高水壓下繼續維持正常運作。

「我看了這部老電影，受到很深的啟發。如果我更早知道梅約爾的理論，也許我能拯救我的家人。我經歷過一場火災，失去了他們。大家都把我當成劫後餘生的倖存者。但是，我知道我倖存的原因——一個不為人知的秘密。」

「為什麼？」

「你可以說，我是梅約爾的『火焰版』。他能活在水中，我能活在火中。當然，我不是不怕火燒，而是對火有更高的耐受度。出入火場救人，一般人無法忍受，連消防員也生死交關、如臨大敵，我卻一點都不覺得難受。我知道，只要更勤奮地鍛鍊，我可以適應得更好。或許，我的這項能力，在未來的某一天，可以造福社會。普羅米修斯替人類盜火、給予人類智慧。我也希望自己成為普羅米修斯。但是，我必須隱瞞這點。這是一種令他人恐懼的異常。
「因此，我接觸了藏佛密宗。我想追尋某種心靈的境界，以達成自由救火——我自己發明的名詞，free-firefighting的終極目標。對其他人來說，火供是一項祈福、除災的儀式；對我來說，則是一項心靈的淨化過程。」
原來如此——林博哲擁有某種天賦，能透過冥想來昇華。
但我仍然無法確定，這僅僅是他的一項能力，抑或是他的一項幻覺、一項妄想、一項自我催眠。我只知道，他對自己所說的一切，完全沒有任何懷疑。更何況，他多次在危險的火場中出生入死、無畏無懼，這是無人能夠反駁的事實。
「好。」其實他二勤一休，有不在場證明。先確認一下，只是為了後面的推論。
「你相信我？」
「我相信。不過，我們來談談其他假設，如何？你有許多粉絲，對吧？如果，有某個粉絲聽到你在媒體上發表的言論，對你的都市更新理論全盤接受，把它當作一種心理暗示，暗中縱火，替你執行你的預言，讓你成為救火英雄、讓饒河街的未來照著你的『期望』發展——這難道不可能發生？」
「這太瘋狂了。」
「縱火犯的動機形態很多種。這一點，你應該比我還清楚。」
「就算有這種人，在執行面上也不可能。我說過，現場鐵門從裡面上鎖，也沒有促燃劑的痕跡。」
「如果，不需要促燃劑也能縱火呢？比方說，縱火犯在現場放火後才離開。」

「火災發生的當下，」林博哲嚴詞駁斥，「精品店的鐵門已經上鎖，二樓也設了鐵窗。縱火犯沒辦法離開現場的。」

「沒錯，這一點確實很關鍵。現場是個密室。在消防隊接獲通報，趕來現場救火後才破門而入。你們在二樓只發現朱宜慶。但是，在邏輯上，縱火犯很可能使用了某種詭計，讓自己設法能離開這個密室。」

「能有什麼詭計？」

「火災現場濃煙密布，伸手不見五指，整個一樓發生閃燃，陷入火海。也許，縱火犯——我們姑且稱他為X吧——在製造電線走火後，一直藏匿在二樓的某處。然後，X靜待火災發生，等消防隊破門而入。這麼一來，X就能趁著現場一片混亂之際，離開火場。」

「……怎麼可能？」

「X早已事先穿好消防衣、戴妥呼吸面罩，也備齊空氣瓶。X長年住在饒河街，知道饒河夜市經常發生火災。X對火災的一切知之甚詳。X也很清楚，你是個非常厲害的救火高手，而且當夜值勤，一定能迅速趕來滅火。

「火場周圍一片混亂。X等到隊員陸續進入火場後，混身其中，趁機脫出火場，在消防衣、呼吸面罩的掩護下，現場周圍民眾、甚至打火兄弟們都可能不會注意到。

「離開火場後，X立刻遁入附近的小巷裡，脫下身上的裝備，暫時藏起來——在夜市裡，路邊多得是能藏東西的塑膠籃筐、帆布。然後，就能回到現場，佯裝圍觀民眾了。X不能直接離開，必須回到現場不可。火災當時是凌晨一點多，路上的人群稀少，若不跟著人群的動線走，反而更容易被發現。」
「張先生，你的想像力太豐富了。這是不可能的。」
「哪裡不可能？」
「火場的溫度通常超過八百度，發生閃燃的瞬間，最高可達一千度。就算只是火煙，也在兩百度到四百度之間。消防衣確實能耐高溫，但絕不可能超過十分鐘的。消防衣若直接接觸一千度的火焰，十秒鐘左右就會碳化，失去阻燃功能。消防員能夠進出火場，不能只靠消防衣、呼吸面罩及空氣瓶，必須有隊員們的水幕掩護，並且盡可能地縮短在火場內逗留的時間。」
「原來如此。」
「除非，這個世界上……有另一個我。未來的我。」

10

在黑暗的空間裡，我靜靜地等待著。
這是第三天了。坦白說，我並沒有抱持著太大的期望，能等出什麼有趣的事。但我還是想等等看。因為，我喜歡以行動來證實自己的直覺，當然，我會有一定程度的把握，儘管有某個比例將證實我是徒勞無功。不要緊。如果我沒有在這裡等著，也許，我也會用其他的方式來浪費掉這些時間。
我伏在這間客廳的沙發下，注視著將庭院隔開、目前毫無動靜的落地窗，反覆確認身體沒有因為長時間保持同樣的姿勢而開始麻木。偵探得不斷檢查腦袋、身手的靈活。

這是凌晨兩點時分的守株待兔。

不多久，透過落地窗的月光，在庭院的圍牆邊緣，我發現了人影的移動。

兩個人影一前一後，自圍牆翻進庭院，腳步迅速地低身靠近落地窗。他們隨身攜帶了一些特殊工具，很快地從落地窗的窗框縫隙伸進一道鐵絲圈，自外將月牙鎖扣旋開，過程不到三十秒。顯然，他們是此道老手。接著，前面的人影收拾工具，由後面的人影推開落地窗。兩人閃身入內後，隨即將落地窗關上。

兩人進了客廳，脫下鞋子，打開了低亮度的手電筒，開始確認屋內是否有人。當然，我藏得很好。他們不會想到這時候沙發下會躲著一個人。

他們檢查過一樓無人後，腳步謹慎地往二樓移動。

差不多可以了。

我從沙發下爬出來，整理一下儀容，坐在落地窗前的沙發上，等待他們回來。

其實，這間屋子是空的。這間空屋，是為了迎接他們而設置的舞台，是一個揭露他們犯罪真相的陷阱。他們在二樓、三樓是找不到半個人的。

如我所料，他們回來了。終於注意到坐在沙發上的我。

「嗨！」

「你……怎麼會在這？」

他們兩人，是孫宇丞與王庭輔。

「我推測，你們一定會用這種方式來拜訪方雲善。」

兩人臉色一變，頓時沉默不語。

「聽聽看我的推論，如何？」我繼續說：「一月起，疫情開始在台灣延燒，饒河街的人潮大幅減少，許多店家資金周轉不靈，整個商業區陷入困境。當然，你們非常清楚，天海盟、四合會早就覬覦這裡很久了，很快就會進來爭奪房屋、土地產權。更重要的是，『風華．饒河』的社區營造計畫也沒有錢推動了。

「在政府發布了口罩出口管制令後，國內口罩的需求孔急、導致搶購風潮時，你們兩人決定進行一個秘密計畫——走私口罩。除了你們兩人，朱宜慶也在這個計畫裡。朱宜慶經常從中國進貨，你們需要朱宜慶。

「你們是從小到大的死黨。而且，疫情使他的店生意不繼，已經在考慮出售房子了。於是，你們三人設法透過地下管道，向深圳訂購口罩並在台灣販售。你們的聯絡窗口，正是台商方雲善的特助，黃文淑。

「這是很龐大的地下商機。為了確保走私管道的安全，黃文淑飛回台灣，與各買家接洽。而為了處理你們之間的交易，這個秘密會面的地點，決定在朱宜慶的店裡。

「然而，黃文淑回到台灣後不久，即告失蹤，不知去向。不過，我認為，她已經被害了——兇手就是你們三人。至於殺人動機，我雖然沒有明確的證據，但約略可以猜想，黃文淑抵台後，發現黑市交易的行情有變，價格被哄抬、提高了，於是，你們碰面後，她決定抬高售價，而這惹怒了你們，於是，你們在爭論過程中，誤殺了她。對嗎？」

「……她要把貨全部囤在阿慶的店裡，要我們扛下全部的風險。」孫宇丞終於開口。「她還說，她的老闆有在修行藏佛密宗，這些口罩在出貨前，會舉辦護摩火供儀式，由瑪答喀什仁波切加持，具有治癒百病的法力，所以才會比較貴！這根本就是宗教斂財！」

「而且，萬一事跡敗露，會看起來像是我們在囤積口罩、哄抬價格。她卻一點責任也沒有！她吃定了我們，還說這個叫做狼性！」

「接下來，你們處理了黃文淑的屍體，湮滅證據。但，非常不幸的是，朱宜慶居然染上了肺炎——當然了，這一定是被黃文淑傳染的。」

「事後，我們三個人都自主隔離了兩週，但只有阿慶發病。」

「我們很小心，全程都戴口罩。一定是阿慶搬運屍體時，不夠謹慎……」

「朱宜慶的病情，變得愈來愈嚴重，完全沒有好轉的跡象。然而，你們卻沒辦法送他就醫，一旦醫院查明這是肺炎，就會開始調查接觸史，但朱宜慶完全沒有出國，假使他說謊，將會被歸類為社區感染，那麼，饒河街夜市就會成為疫區，人潮勢必歸零，後果不堪設想；但是，假使他說了實話，你們殺害黃文淑的罪行就會曝光。

「為此，朱宜慶不讓他妹妹接近店裡，推說生意不好，心情很差。但真相是，他不希望朱宜映發現自己的病情，也不希望讓她被感染。

「然而，時間愈來愈緊迫，一旦朱宜慶病故，他罹病身亡的事實，同樣會被揭露。你們不得不作出抉擇。於是，在各種權衡、考慮下，你們決定製造一場意外——放火燒了朱宜慶的店，讓他在火災中罹難。火焰將會讓朱宜慶的肺部成為焦炭，與肺炎有關的跡證，就此消滅。

「四月十日晚上，你們決定動手。你們得到了朱宜慶的首肯，他同意這個計畫，畢竟他難逃一死，而這是唯一能掩飾這項罪行的方法。」

「計畫是阿慶主動提的，他決定自殺。我們……真的很不願意這麼做。」

孫宇丞的聲音哽咽。

「執行計畫前，他要我們帶小映離開台北，確保自己有不在場證明。他希望整個事件不會把我們捲進去。」

「是嗎？」

「我說的話，都是真的！」

「難道說，不是你們威脅朱宜慶——如果他不照做，就會把真相告訴他的妹妹？」

「絕對不是這樣的！」

「好吧。但是，這個計畫的漏洞，在於沒有人會想到，黃文淑的老闆方雲善居然也回台灣了，還在準備縱火的當下找上門來，甚至進了倉庫。朱宜慶熄了燈，躲在二樓，方雲善偶然聽到了他的咳嗽聲，但並沒有起疑，不久就離開了。

「他進入倉庫的時候，電線走火的機關已經啟動了。事實上，這個機關只需要在插頭上動點手腳，讓插頭緩慢發生短路，只需要幾分鐘，就能引燃火花。

「方法非常簡單。從倉庫布偶上取出一些棉花，連結插頭兩極，此時，插頭兩極是絕緣的，處於開路狀態；接著，再從二樓的除溼機拉出排水管，讓排水孔出口設置在插頭的正上方，這麼一來，除溼機的排水就能沿著牆面流向插頭，浸溼棉花。棉花溼潤後，會逐漸變成導體，使插頭兩極發生短路。

「火場鑑識的結果，這個機關會變成所謂的積汙導電。也就是線路老舊，藏汙納垢，在空氣潮溼的環境下所發生的電線走火。然而，朱宜慶擔心方雲善等一下又折回來，萬一剛好遇上起火的瞬間，撲滅火苗，甚至提早叫消防車，這個計畫就毀了。朱宜慶決定鎖上鐵捲門，這就是現場成為密室的原因。」

從二樓除溼機電源開啟的災後殘骸、一樓倉庫擺滿易燃物的現場，再加上方雲善進了倉庫所聽到的滴水聲，不難推導出這個點火機關。

「我推測，朱宜慶一開始沒有關上鐵門，是想製造一種模稜兩可的結果——災後現場，既可以解釋成單純的意外，也無法排除有人縱火。他希望這一招能誤導警方，讓警方懷疑縱火的可能性，從而使天海盟、四合會有所忌憚，不敢出手收購，以避免被警方懷疑是縱火者。然而，方雲善突然現身的結果，卻讓他不得不改變策略，鎖上鐵捲門。」

「……為了讓警方判定這是一場意外，」孫宇丞說：「阿慶灌了很多酒，又刻意故布疑陣，在臥室的床頭櫃上，擺了兩個空的高粱酒瓶，冰箱裡也放了好幾瓶酒。這樣，就可以製造他在床上爛醉如泥、昏睡不醒，逃生不及的假象了。」

「在他臨死前，他傳訊留言給我們，說有人來找黃文淑，提醒我們小心點。最後，他交代我們好好照顧小映。他希望小映永遠不會知道這件事。」

王庭輔忍不住哭出聲來。

「你們不在現場，無法確定那個人到底是誰，也不確定那個人會不會揭發你們的罪行。你們不能等到黃文淑失蹤的事被那人向警方揭發，從而讓警方追查到她是被你們所殺，你們必須採取行動，先下手為強。

「因此，你們等候警方做完災後調查、朱宜映辨完哥哥的葬禮，確定警方沒有發現火場的點火機關，最終以火災意外結案之後，立即偽造了一封道歉信，引起朱宜映的疑惑。朱宜映一定會主動徵詢你們的意見。接著，你們再建議朱宜映找徵信社調查。

「朱宜慶以不鎖鐵門的方式來牽制黑幫不敢收購的手法，你們一定討論過。甚至，這個方法就是你們其中一人建議的。結果，他卻因為方雲善的現身，又臨時決定將鐵門上鎖。而且，警方的鑑識報告也沒有提到這件事。因此，你們並不知道朱宜慶鎖了鐵門。所以，你們才會在道歉信裡寫了『拉開鐵門逃走』——鐵門半掩的狀態，既可以解釋成『打烊尚未關店』，也可以解釋成『潛入者掩人耳目地偷偷離去』——終於導致了邏輯上的矛盾。

「你們的目的只有一個——在我的協助下，找出那個當晚到過店裡的人。也就是方雲善。當然，一旦找到方雲善，他必定會否認曾經寄過道歉信，並且為了擺脫縱火的嫌疑，告訴我他到訪的來龍去脈。當你們聽到我說，方雲善委託我調查黃文淑的行蹤時，你們一定芒刺在背吧。

「接下來，朱宜映拿到的調查報告，你們一定會設法弄到手，藉此查出方雲善的行蹤，並且採取必要的行動——這也就是你們出現在這裡的原因。」

「張先生，」孫宇丞垂下雙肩，嘆了口氣。「你全都知道了！」

「你是為了保護方雲善的安全，才埋伏在這裡的嗎？」

「兩天前，方雲善已經返回深圳了。我知道你們會來，一直在等你們。」

「怎麼會這樣……」王庭輔頹坐在地。

「你希望我們怎麼做？」

「你們願意自首嗎？」我問。

「我們很痛苦、很想自首，但真的沒辦法！小映失去了阿慶，她已經無依無靠了。我跟阿輔是她僅剩的兩個家人了。」

「我們不能讓小映孤苦伶仃的……」

「黃文淑的屍體在哪？」我打斷孫宇丞。

「埋在石碇山區裡。」

「我們很小心的。屍體永遠不可能被發現的……」

「張先生，求求你，放過我們！我們會背負著這份秘密，贖罪一輩子的。我們會好好照顧小映、為饒河街的社區再造奉獻努力。」

「小映需要我們……」

「你會出現在這裡，其實也是為了阻止我們一錯再錯，對不對？」

「你會給我們一次改過自新的機會，對不對？」

孫宇丞與王庭輔輪番痛哭失聲，令黑暗的客廳更顯得可怖。

夠了。

很明顯。他們盡可能把責任推卸給朱宜慶。

我不會相信他們。但，這並不是我今晚出現在這裡的目的。

「我的另一種推論，聽聽看。如何？」我靜靜等待他們悔恨的哭聲漸歇，「走私口罩的事，是朱宜慶一個人決定的，為了賺錢。他與黃文淑為了口罩價格爭執後，失手誤殺了她。於是，他獨自處理掉屍體，最後受不了良心的譴責，縱火畏罪自殺。」

「張先生，你真的……願意這樣解釋嗎？」孫宇丞的眼睛，在月光下閃爍。

「拜託，請你這樣解釋好嗎？」

「我有一個條件。」

「請說、請說！」

「你們必須告訴我，」我平靜地說，「黃文淑埋屍的明確地點在哪裡。方雲善委託了我，我得對他有所交代。」

「這……」

「黃文淑的屍體，未來的某一天會被我發現。整個調查的過程，我會小心處理，不會牽涉到你們兩個人的。」

孫宇丞與王庭輔猶豫地對望了一陣。王庭輔有氣無力地不斷搖頭，孫宇丞阻止了他。

「好，我告訴你。」

他拿出手機，瀏覽一會兒，最後傳了一個google map的連結給我。我稍作檢查，是石碇區的一處林業用地。我點了點頭。

「快離開吧，你們從來沒有來過這裡。」

兩人一聽，連忙拔腿閃過沙發，推開落地窗，跑過庭院，翻了牆出去。

客廳再度回到原本的死寂。

「都聽到了嗎？」我對著一直處於通話狀態的手機說。

「嗯。」

「其實，妳不必這麼做。妳可以直接告發他們。」

「我想這麼做。這也是委託的一部分——我想知道所有的真相。」

「妳會原諒他們嗎？」

她沒有回答。我聽見電話掛上了。

泡沫之梯

The

Bubble Ladder

1

她給我的第一印象，是個很怕冷的女孩子。

確實，從上週起，台北市來了一波強烈的冷氣團，連續下了幾天雨，據說三天後還會再來一波。來社裡的客戶，也有不少是穿著厚重的大衣踏進辦公室的。為了使委託人談事情的時候輕鬆點，一到這種季節，辦公室的暖氣都開得很足，所以，通常他們一進來，就會立即把身上的束縛解開，然後才坐下。

我特別喜歡觀察這一段。人在卸下身上衣物的同時——特別是溫度使衣物顯得多餘時，會不自覺地卸下心防，這時候的肢體動作，總會透露出許多訊息，讓我們更瞭解委託人的個性、來這裡的動機、願意付多少錢等等。

一個好的偵探，應該在這時候，心裡就已經定好應對策略，連合約的附註條款、排除條款都可以全部擬妥。這是廖叔說的。

順帶一提，低溫並不會讓客戶人數變少。也許冬季是憂鬱症的好發期，天氣愈冷，人愈容易把心裡的問題放大。

如紋領著她進到會客室，走近客戶專屬的長沙發，她見了我，本想直接坐下，但如紋親切地跟對方說，請把雨傘、外套、圍巾、手套、毛帽、耳罩、口罩這些個人物品交給她，她會妥善地安置好。她遲疑了一陣子，才慢慢地照做。

如紋在這時候最溫柔了——客戶剛進門、還沒簽約的時候。她催客戶付委託費、要我交報告的時候可不是這樣。

「妳好。」我等如紋去泡杯茶，請她坐下，順勢遞出名片。「我叫張鈞見，廖氏徵信諮詢協商服務顧問中心的偵查員。」

「我叫……黃佳慈。」

脫掉厚實的禦寒衣物後，黃佳慈其實是個身材纖細，甚至有點瘦弱的女孩子。相形之下，她緊握著背帶的手提包，顯得相當笨重。也許她並不真的怕冷，而是想掩飾身形的單薄，讓自己看起來不那麼好欺負。

「妳現在是大學生？」

「是不是大學生，有關係嗎？」

我猜得沒錯，從她的反應可以聽得出來，她性格上有不服輸的一面。遇到這類委託人，得立刻讓對方瞭解，這裡並不是爭論的地方，而且妳要爭也爭不贏的。

「委託人是未成年的話，簽了約要生效，還需要法定代理人的同意。」

「……我大四。怎麼知道我是大學生？」

「妳的手提包裡，看起來像裝了幾本原文書。」

她將視線投向手提包上微微開啟的袋口，表情緩和了些。「原來如此。」

「請用。」如紋從黃佳慈的身後，輕輕地將一杯熱茶遞到她的桌前。然後，如紋輕輕地離開了會客室。

「黃小姐，請問想委託什麼案子？」

她深吸了一口氣，說：「車禍肇事逃逸。我想找出殺死我弟弟的兇手。」

我盡可能不露出一絲躊躇。不過，也許我以前練習得還不夠多，黃佳慈在說完話的一瞬間，似乎感覺到了，她的期待很可能會再落空一次。

在這一行裡，車禍肇逃是所有類型的案件裡最嚴重、最棘手的一種。說嚴重，是因為它涉及人命；說棘手，是因為偵破的難度很高。就像失竊、失蹤一樣，它基本上是警察職權範圍內的案子，但由於許多人等不及警方給答案——或是，認為警方根本沒有答案——所以流落到徵信業者手上的比例還不低。換句話說，帶著這種案件上門來的，百分之百都已經在警察局裡失望過至少一次。

「我知道要花很多錢。」

黃佳慈也不等我回答，直接就從手提袋裡取出一個銀行專用的牛皮紙袋，從裡頭拿了好幾疊紙面簇新、綑束整齊的千元鈔票，全部放在桌上。這似乎宣示了她非查不可的決心。

坦白說，調查這種案子，找警察或偵探，差別只不過是一個不收錢，一個要收錢；破案的機率並不會變高，搞不好還更低——儘管不可否認，也是有收錢的警察、不收錢的偵探，但這並不會改變破案的機率。

「這裡有六十萬，是我打工了很多年才存到的。」她的聲音有一股不容質疑的堅毅，「我原本想拿這筆錢到英國留學，可是，現在的我寧可放棄夢想，也要找到兇手。」

也許，她是擔心自己一個年輕的女孩子，突然一下子拿出那麼多錢，說不定會被認為錢的來路不明，沒人敢拿，所以才多作解釋。

不過，該問的還是要問，以免日後發生麻煩，不好處理。

「妳的家人知道妳找偵探嗎？」

「我已經沒有家人了。」

「父母親都不在了？」

「爸在我小一胃癌死了；隔年，媽得了肺炎，引起敗血症過世。我和弟弟由祖母養大，高三時她也安詳地離開了這個世界。一個禮拜前，我弟弟——柏俊，因為車禍被殺了。」

她的語氣聽不出激昂的悲傷，僅是刻意強調了「被殺」這兩個字。

「你的弟弟年紀多大？」

「十八歲。」

「車禍發生在上週……是哪一天？」

「就是去年的聖誕節。」黃佳慈垂著頭，「平常，我和柏俊都要打好幾份工，這樣才有生活費、學費。他知道我想留學，從不跟我伸手拿錢，都努力自己賺。平安夜的時薪高，我們每年這時候最忙。我打工的那家餐廳，營業到晚上十一點；柏俊在一家KTV打工，他跟我說，聖誕夜的班上到凌晨兩點。

「餐廳打烊後還要打掃，弄到快十二點，然後才一個人回家。我知道柏俊不會那麼早回來，所以洗完澡就先睡了。我平常睡得很淺，柏俊如果半夜進門，我一定會醒來。但平安夜因為工作特別累，我睡得很沉，一覺就睡到隔天早上。我是被門鈴聲吵醒的，起床時，我還以為柏俊忙通宵，還忘了帶鑰匙，沒有想到……開了門，看到的卻是警察。」

講到這裡，黃佳慈才開始壓抑不住內心的哀痛。

「警察告訴我，早上五點多有民眾發現了柏俊的屍體。他躺在三重環堤大道的岔路上，平常騎的摩托車，就倒在他的身邊，整個龍頭都撞彎了，很明顯是出車禍。警察在他的背包裡找到手機，可是手機已經壞了，只好根據他身分證上的住址，找到家裡來。

「我聽了，整個人都呆了，才發現柏俊真的根本沒回家。警察告訴我，車禍現場的鑑識工作還沒結束，不過柏俊的屍體已經先安置到殯儀館了，因此，得立刻帶我去認屍，確定死者是柏俊沒錯，在文件上簽了名，才能進行解剖驗屍。

「可是……我已經見過太多家人的最後一面……我只剩下柏俊一個家人了……我沒辦法去看被車撞死的他。我說，你們已經有柏俊的證件，一定是他，我沒辦法去……警察卻說，以前曾有人冒用證件發生事情，所以，這是不能省略的法定程序。警察還說，屍體如果不解剖，就不能確定被害者的死因，而影響到辦案進度，妳應該也很想早點抓到兇手吧……於是，我只好坐上警車……」

我靜靜地等著黃佳慈的啜泣停止，讓她自己擦乾淚水。

這樣的時刻，什麼都不必做。沉默就是最好的安慰。

「事實根本不是那樣。警察的程序是走完了，屍體也解剖了，死因也知道了，可是，抓到兇手什麼的，又是另外一回事。警察查了幾天，最後的解釋是，那一區監視器設得很少，沒找到什麼有用的影像，深夜又下了大雨，把肇逃車輛的相關證據都沖走了……我每天都去警局，警察的回答都是：還沒有線索、再等等、有消息再通知……」

我看著桌上疊得老高的紙鈔，沉思了一陣。通常不會有人用力把送上門的錢往外推，但，也不能讓人以為，有錢就什麼都能解決。

「黃小姐，我得坦白地告訴妳，車禍肇事逃逸，確實難破——車禍是一瞬間的突發事故，兇手在這一瞬間撞死人，在下一瞬間就能從現場消失。所以，若是在那一瞬間，沒有留下破案的關鍵線索，事後要還原真相，是非常困難的事。」

「我知道！」

「警方手上的案件多，也許是沒辦法把時間、人力全投在妳弟弟的案子上。但是，就算徵信社可以這麼做，也不保證一定能破案。」

「我知道！這些我都知道！」黃佳慈激動地說：「我存的這些錢，原本是要拿來留學的，可是，我心裡很清楚，如果沒有申請到獎學金，這筆錢也不夠。你知道嗎？對我來說，我不會因為拿到獎學金的機率很低，就放棄這個夢想。我很清楚，車禍肇逃的破案率很低，可是，我也不會因為這樣，就放棄抓到殺死柏俊的兇手！」

「查到最後，如果錢都花光了，結果還是找不到兇手呢？」

「我還是不會放棄。我會回去找工作，等存夠了錢，再繼續找兇手。」黃佳慈的眼眶，已經不再溢出淚水。「柏俊為了幫我實現夢想，才會打那麼多工，結果發生意外。我好愧疚，沒有好好照顧他。他的人生，等於是我奪走的，所以，這次我決定犧牲夢想，抓到殺死柏俊的兇手，將兇手繩之以法，讓柏俊安息。」

「我明白了。」我點點頭，「案子交給我吧。」

2

下午時分，走在環堤大道上，風吹得特別猛，冰冷的雨水不時濺在臉上，如同針尖般刺痛，提醒我寒流的來勢正盛。

不過，黃佳慈應該沒有這方面的問題。她一離開辦公室，就恢復「全副武裝」，禦寒衣物、配件一應俱全。也許她先前已經獨自來過幾次，所以早有準備。

我和黃佳慈各撐一把傘，朝車禍現場走去，實地勘查，看能不能發現什麼線索。

一週前的深夜，在這裡曾經有一場死亡車禍；但，現在已回到尋常景象，彷彿不曾發生過任何不幸。並不是因為連續多日降雨，沖掉了所有痕跡，而是，人類原本就善於遺忘與自己無關的事。

如紋替我打了通電話到新北市警察大隊，聯絡偵辦這件車禍的刑警，不過人剛好不在，她留了言，請對方回電。

這個現場，警方當然調查過了。我們再來一次，對案情不見得會有幫助。然而，警察與偵探不同的地方在於，警察依據偵查手冊上的流程，偵探依據直覺；警察可以動員廣域搜索，偵探通常單槍匹馬；警察不會無止盡地投入人力、時間調查希望渺茫的案子，偵探則自己決定——有人為錢，有人為興趣，有人為晚上好睡。

黃佳慈不斷穿越著步道上的行道樹，尋找黃柏俊的死亡現場。行道樹大概是棕櫚科一類的植物，枝葉散展低垂，匯集的雨滴不停擊敲傘面，予人雨下得比實際上更大的錯覺。

「大概就是這裡。」

她倏地停了步，指著便道外側的馬路一角。

在雨水溼濡的地面上，看不出絲毫痕跡——沒有煞車胎印、沒有磨損的柏油碎塊、沒有鑑識的粉筆白灰，令人不禁懷疑，黃佳慈是否記錯地點。

「沒想到，才過一個禮拜，這裡什麼都找不到了！」黃佳慈沮喪地說。

我一邊留意避開零零星星的車流，找空檔蹲下來檢查，看了一陣子才站起來。

「不一定什麼都找不到。」

「是嗎？」

黃佳慈的情緒顯然相當低落，與她在辦公室時大相逕庭。也許是愈靠近案發現場，她對現實與理想之間的差距，理解得愈深刻。

我剛好相反。遇到愈難的案子，我的心情反而愈樂觀。也許當我愈是理解現實的嚴峻，愈是會激起我挑戰現實、改變現實的欲望。

「所有的車禍肇事逃逸案件，都有一個共同點。妳知道嗎？」

「兇手全都良心泯滅，不願意自首，承認自己犯的錯。」

「妳說得沒錯，」對被害者家屬來說，這也算是個好答案。「但是，即使知道這個共同點，我們也莫可奈何，畢竟，不可能把全台灣的人都裝上『良心分析儀』來找出兇手。」

「所以兇手才會逃逸。世界上沒有『良心分析儀』，所以不會被抓。」

「有時候，世界上不需要『良心分析儀』，也能找到兇手。」

「可是，偵探大哥你也說過，車禍總是發生在一瞬間，沒有在這一瞬間抓到兇手，那破案的機會就微乎其微了。」

「沒錯。所以，我們才需要知道所有車禍肇逃案的共通點。」

「除了兇手良心泯滅，還有別的嗎？」

「所有的肇逃都是反應不及的意外，而非擬妥犯罪計畫才執行的謀殺。」

「……對我來說，這就是謀殺。」

「我知道。要說車禍肇逃是謀殺也行。應該說，這是一種無計畫的隨機謀殺。兇手自己很清楚，酒駕、飆車很可能會撞死人，但卻會以僥倖的心態自我說服，我的開車技術很好，看到別人一定閃得掉；別人看到我的車開過來，也一定能及時避開的。等真正發生了事故，這樣的僥倖心態依然沒有改變——只要迅速離開現場，就不會被抓。」

「那麼，共通點就是兇手都有僥倖的心態？」

「對。」

「可是，我們也沒有『僥倖分析儀』啊。」

「要抓這種心存僥倖的兇手，就不需要用到『僥倖分析儀』了。」

「為什麼？」

「因為，有這種心態的兇手，在事發前，總是自信不會出事；在事發後，兇手必須迅速離開現場，才不會被抓。也就是說，車禍發生時，兇手根本沒有防備。因此，在措手不及的情況下，兇手決不可能好整以暇地清理犯罪現場、確認現場的所有證據都弄乾淨了，再從容離開現場的。也就是說，現場一定會遺留某項證據，直接導向兇手的真面目。」

黃佳慈沉默了一會兒，似是在思考我話中的含義。

「偵探大哥，你說得是有道理。可是，如果現場真的有留下什麼重要的證據，兇手也來不及清理，警察一定會找到，那案子早就破了不是嗎？」

「兇手是沒有設法清理證據，但連日來的大雨，卻把證據都清理乾淨了。」

「……所以，這場大雨、這波冷氣團，是站在兇手那邊的？」

「我沒這麼想，也不希望妳這麼想。的確，連日大雨會影響警方蒐證，但事實上，就算沒有下雨，也不代表所有證據都能被保留到警察抵達。車禍肇逃事件的現場是一個開放空間，出入毫無管制，任何經過的人、車，甚至無端出現的小動物，都可能破壞重要線索——總之，這些證據，都非常脆弱、非常容易消失。」

「就像泡沫一樣……」黃佳慈喃喃地說。

「泡沫？」

「那天早上，警察來找我時，我正好在洗臉。我以為是柏俊回來，沒鑰匙進不來，怕他等太久，趕快沖了一下水就出了浴室，結果，在洗臉台的鏡面上，不小心沾了一顆泡沫。其實我有些潔癖，平常我一定會馬上擦乾淨的。

「在開門時，我心裡還一直提醒自己，要回去把泡沫擦乾淨……結果，沒想到是警察，要帶我去認柏俊。我回浴室換衣服準備出門，卻看到泡沫已經不見了。我甚至連那顆泡沫原本落在鏡子的哪裡，都想不起來了。很可笑吧？柏俊過世後，還有一堆事情要忙，但現在我居然還惦記著那顆泡沫。」

黃佳慈發出了一聲輕微的嘆息。

「的確。車禍肇逃的證據，就像泡沫一樣，轉瞬即逝。」我凝視著不斷滴落在地面水坑間、時而奔竄時而漩滾的雨流，「我們無法阻止泡沫消失，唯一能做的，就是要趕在泡沫消失以前，捕捉到兇手的身影。」

「可是……真的來得及嗎？」

「警方認為來不及，所以收手了。」我繼續說，「但我認為——也許還來得及。」

「真的嗎？」

「兇手的車子在事故後一定有損壞，車燈罩也好、擋風玻璃也好、雨刷也好，就算在碰撞的瞬間沒有碎片濺出，但是，車身不牢固的部位，在高速行駛的逃逸過程中，仍然有飛落的可能。然而，警方的鑑識工作集中在案發現場周遭，範圍有限，連日大雨又使證據全都沖失——警察在這裡當然什麼都找不到，我們再找一次，也是白費力氣。所以，我們得跳離警察查過的地點，搜索證據還有可能殘留的其他區域。」

「可是，偵探大哥……整個北部這個禮拜都下著雨。兇手逃逸路線上的證據，不就全被雨水沖光了嗎？怎麼還能找得到什麼？」

我搖了搖頭。

「假使兇手開車經過隧道、地下停車場，或是高架道路底下的涵洞，那些區域沒有雨水，還有機會找到散落在地上的證據。」

「原來如此！」

「不能放棄，對吧？」

「對。不能放棄。」

這番談話，也許讓黃佳慈的心底燃起了一線希望。她的笑容很美。我由衷希望這麼美的笑容可以一直看得到。但，我還沒拿到警方的調查報告，那些區域說不定也調查過了。

我們沿著案發現場的周邊道路緩慢步行，在主要道路、幾條岔路上來來回回走了幾遍，確認路面上、排水溝裡是否有可疑物品。不過，花了三個多小時，卻是徒勞無功。心裡充滿希望，不代表現實世界也會跟著配合，讓你心想事成。

忽然，走在我前頭的黃佳慈不再前進，雙肩開始顫抖。

「怎麼了？」

黃佳慈沒有反應。我跟隨她目光的方向看去。

在我們的面前有一支電線杆，杆上有一塊廢棄的瓦楞紙板，以鐵絲纏著、懸著。朽化的鐵絲鏽蝕、扭曲，瓦楞紙板的邊緣剝落、滿是汙漬，上頭還有幾處昆蟲乾屍、霉斑，以及骯髒的不明色塊。紙板上以黑色簽字筆潦草、歪斜地手寫著幾排字。

——二〇〇七年三月二十一日（三）下午四點半左右，小女葉彩綾行經此處被車撞死，兇手逃逸無蹤，懇求目擊者提供寶貴線索，不勝感激。哀父葉慶強敬上。聯絡電話0918-47……

電話號碼的末幾碼，上頭有黑色簽字筆大塊的濫塗痕跡，變得無法辨識。不知是無聊人士的惡作劇，或者是兇手本人做的——無論如何，縱使現在真的有目擊者，也聯絡不上被害者了。

在環堤大道沒有住家、沒有商店、沒有人潮的這段路上，不知道有多少人讀過這張被害者家屬的手寫告示，也不知道這樁車禍肇逃，最後是懸而未決，還是圓滿破案。

「……我沒事啦。」她淡淡地說：「說不定這位先生在找到兇手後，忘記回收了。」

「是啊。」

也許是搜索時間太長，也許受了這張告示的影響，黃佳慈漸漸步履維艱。我提議回車上稍作休息，記錄、整理一下調查過的地方。事實上，我們什麼都沒有找到。

接著，我根據市街道路地圖，開車到附近的涵洞、隧道進行調查。很明顯，黃佳慈已經沒有體力了，但她還是想下車陪我一起查。我沒答應她。有時候，委託人會希望自己參與調查，目睹證據在眼前出現，但是很遺憾，這種舉動，不但容易使調查參入太多情緒，若證據沒有依照預期出現在眼前，失落感會更重。我對她說，偵探的存在，就是為了代替委託人，徹底以理智解析案情，並身兼緩衝，承受真相從眼前逃走的打擊。她說她承受得了。

打擊確實在。這附近只有兩個涵洞，依然一無所獲。也許是兇車沒有經過、也許經過了卻未飛落證物、也許是清潔隊掃過了——這時候，我們反而希望城市別隨時保持整潔。

我再次將車開回事故現場，思索著今天做的有什麼遺漏。

時間還不到五點，但鐵灰色的雲層，使天色比預期暗得更早，車窗外的雨水，流瀉的速度也變得更急。狀況將很快地不利於調查。

「明天再查。」

聽了我的建議，許久不發一語的黃佳慈才終於開口。

「偵探大哥，難道說……真實的調查過程，總是令人這麼痛苦？」

「當成責任、當成使命比較痛苦——當成工作好一些。」

「我好希望永遠不會疲倦，可以就這樣一直查下去。」她的聲音哽咽著：「我好擔心只要一鬆懈，證據就會像泡沫瞬間消失……為什麼？為什麼？為什麼要有這場雨？」

這場雨，不僅已經沖走我們目前想得到的證據，而且，它仍然還在下，很可能正在沖走我們尚未想到的證據。

由行道樹的葉梢直墜而下的雨滴，被猶如節拍器的雨刷從擋風玻璃上反覆撥去。沉默地看著這周而復始的畫面——在剎那間，我想到了一個新的可能性！

於是，我立即以手機上網搜尋相關資料，以證實我的猜測。

「……有個地方忘了查。」我補充，「說不定連警察也沒注意到。」

黃佳慈雙眼圓睜，不可置信地望著我。

我從置物箱裡拿出了手電筒、橡膠手套、小塑膠袋，開門下車。「幫我撐傘。」

黃佳慈立刻開了車門，展傘舉起，跟在我身後替我避雨。

「妳說過，車禍的撞擊地點就在這裡。」

「對。」

「這個位置，與人行步道的距離不遠。當然，因為是摩托車；而且，妳弟弟並沒有違規騎在馬路正中央。所以，是兇手將車開在車道外側，才會發生車禍。」

「……嗯。」

「人行步道的外側有排水溝，高度稍低，兇車若衝撞出碎片，經由雨水的沖刷，一定會流進排水溝。我們今天已經檢查過，我相信，一週前的警方也檢查過。」

「那還有什麼地方……？」

「撞擊地點的周邊，除了下面的排水溝，前後還種了行道樹，距離不到十公尺——這種名叫『羅比親王海棗』的行道樹，外形有個特徵，是樹幹的表面有瘤狀突起，其實，這是老死的葉柄脫落後留下的痕跡；尚未脫落的葉柄，就繼續留在樹幹上。這些枯黃的葉柄聚在樹莖頂部，密集成叢，看起像是雞毛撢子。」

「難道，你的意思是……」

「如果兇車的碎片——只要一塊就好——飛濺的方向朝這邊過來，」我走近機率最高的那一棵。「是否可能落到這堆葉柄的聚集處呢？我們立刻來找找看。」

這棵羅比親王海棗長得不算高，莖頂約莫正好在我伸長手臂的可觸之處。我左手拿手電筒、右手戴上橡膠手套，小心翼翼地翻動葉叢。不到一分鐘的時間，我在葉叢深處發現了一塊四分之一掌心大小的三角塑膠破片。在葉叢的嚴密護衛下，塑膠片簇亮如新，甚至沒有雨水。

我將塑膠片放進小袋裡。從紋路來看，很有可能是車燈燈殼的碎片。

「真的……真的找到了！」黃佳慈激動地落了淚。

也許，大雨確實站在兇手那邊——但，行道樹站在死者這邊。

3

在找到塑膠碎片後、送黃佳慈回家的路上，如紋打了通電話給我。

「你在哪？」

「車上。」

「警察大隊回電給我了。刑警許順傑，偵二隊，今晚有值班。你現在要見他嗎？」

「要。」

「大概多久可以到？」

「地址在……板橋府中路上對吧？」

「錯。早搬家了。現在在中和的民安街。」

「那麼……」我看了坐在助手席、注視著我的黃佳慈一眼，「大約一小時後。」

「我會告訴他。」

如紋立刻掛了電話。她掛我電話最有效率。

「我也要去。」我都還沒有開口，黃佳慈就先提了：「偵探大哥，從這裡到中和根本不需要一小時，你是不是不想讓我去？」

「是啊。」

「為什麼？」

「妳跟了我整個下午，但偵探的工作比妳想像中還要多。這個案子不好查，需要體力，我希望妳好好休息。」

「不是已經找到車燈的碎片了？我覺得，就快破案了。」

「這只是一個起點，還有很多事要做。」

「我不管。我是你的委託人，你應該聽我的。反正，我要親眼看到結果！」

「有消息我會通知妳。」

「你不要跟警察講一樣的台詞！」

我原本就不喜歡說實話。尤其是這種時候。

「我要去拿一些資料。我不希望妳在場。」

黃佳慈的臉色一沉。「……我知道，你在講驗屍報告。」

「嗯。」

「我沒關係。我連柏俊的屍體都親眼看過了！我已經……可以接受他不在人世的事實了。我現在唯一的希望，就只有快點抓到兇手而已。」

——事情絕對不會這麼簡單的。我心想，但沒說出口。

「好吧。我帶妳去。」

我再度撥了電話給如紋，改了時間，她只說了「就知道！」就掛電話了。

於是，我在下一個十字路口改變車行方向，朝中和駛去。

二十分鐘後，我們接近新北市刑警大隊大樓，先找了地方停車，再步行過去。

進了警局，告訴駐守員警來意，員警打了通內線電話，要我們等許順傑出來。

「久等了。」許順傑約莫三十歲，身材高壯，不過戴了一副細框眼鏡，顯得相當斯文。

「你好，我是張鈞見。」

「我許順傑。」他向黃佳慈點頭致意，與我握了握手，引領我們走進警局。

「這邊請。」我們沿著走廊，走進一間小會客室，裡頭擺了一張桌子、四張椅子。「你們先坐，等我一下。我去拿資料。」

許順傑走出房間幾分鐘，再回來時，手上已經多了兩本資料夾、一台筆電。

「張先生，有件事要先講清楚。」許順傑坐下來，手上東西還沒有打算放手，說：「檢警辦案，在還沒有將兇手起訴以前，原則上『偵查不公開』。這不僅是為了保障嫌疑人的基本人權，也是確保偵查不受干擾。」

「明白、明白。」

「不過呢，現在媒體、網路很發達，談話性節目很多。稍微受點關注的案子，這邊就會爆出一大堆調查資料的申請，說是要滿足社會大眾『知的權利』……老實說，我們也不好做啦。」

「瞭解、瞭解。」

「黃柏俊同學的案子，警方還在努力，只是線索不多，進展有限。既然黃小姐決定要找偵探協助……警民合作嘛，我這邊能提供的情報，當然會盡量給予方便，只是要麻煩張先生，務必遵守『偵查不公開』的原則，謹慎使用這些資料。這邊有一份同意書，麻煩張先生看過以後，確定沒問題再簽名。」
「當然、當然。」
其實不必許順傑說明，這份同意書我簽過很多次了。基本上，主要內容就是規定警方資料的使用範圍，還有申請人若發現任何新事證，都必須無償提供給警方，而且不得散布、牟利、協助嫌犯脫罪等條文。一旦違反，那就等著被警察告，你、還有你老闆，都不必在這一行混了。
反正，簽了以後，就拿得到我所需要的資料。
簽名蓋章後，許順傑檢查過，才把手上的資料夾交給我。
「張先生，請你檢查一下資料有沒有少。」
「好。」
第一份資料夾裡，放的是「車禍現場鑑識報告」及「驗屍報告」；第二份則是「死者調查報告」與「證人偵訊報告」。
「這邊還有一份鑑識報告的影片資料夾，」許順傑打開了筆電電源，「是車禍現場附近兩台監視器，還有一些證人行車記錄器的錄影存檔，將近30ＧＢ。隨身碟可能存不下……」
「沒關係，」我說：「我有帶外接式硬碟。」
「好。」
許順傑替我接上外接式硬碟，開始複製筆電裡的資料。
「詳細的資料，全都在檔案裡頭。不過，」許順傑趁著等待資料拷貝完畢的空檔，說：「為了節省張先生的時間，我簡單說明一下目前警方的調查進度。如果有什麼問題，也可以直接提出來討論。」

「謝謝。」

「去年的十二月二十五日，清晨五點四十分左右，一名行車路過的民眾──你可以在資料上找到他的姓名──打電話報警，說是在環堤大道附近發現一場車禍，現場倒臥了一具屍體。幾分鐘後，派出所的員警趕到，封鎖現場，接著，分局偵查隊、鑑識組也到場，進行調查。死者身上有身分證，很快查明了身分，是『遠和科大』資管系一年級學生黃柏俊。」

許順傑雖然很有禮貌，但說話的口吻很職業化，不帶任何情緒，也不顧慮黃佳慈。然而，不隨著家屬的情緒起舞，也許這才是刑警該有的態度。

「案發現場在環堤大道的一條岔路上，離主要幹道約三十公尺，因為路燈設置得比較遠，所以，深夜若單從環堤大道經過，而不走那條岔路，是看不到有車禍發生的。這也是為什麼一直遲至清晨，才有人發現的原因。

「黃小姐告訴我們，死者於二十四日晚上，在『笙揚ＫＴＶ』打工，凌晨兩點下班。我們向店方問過，證實無誤，店門口的監視器也可以佐證。這家店距離案發現場──若以時速四十公里計算──差不多是十五分鐘車程。

「車禍現場的位置，也沒有太大問題，的確是返家路線選擇之一的中途，死者沒有繞遠路，也沒有跡象顯示他去過其他地方。因此，我們認為黃柏俊的死亡時間，應該就在凌晨兩點十五分前後。

「這裡要解釋一下，警方之所以針對死者的回家時間、路線，調查得比較詳細，是因為從二十三日起，整個北部就開始連日大雨，倒臥在馬路旁的死者屍體，經過徹夜雨淋，除了沖走了大量血跡、車禍的撞擊碎片，也加速了屍溫的下降，導致法醫在驗屍後，無法將死亡時間鎖定在比較小的範圍。」

「我聽黃小姐說，警方會親自找上門，是因為死者的手機壞了。」

「嗯。」

「假設正是因為車禍，手機才會損毀，那麼，可以復原手機的損毀時間嗎？」

「沒辦法……手機跟手錶不同。」

「所以，死亡時間的判定，只能根據車程了？」

「是。」

「許刑警，」我問，「你剛才提到，車禍現場附近有兩台監視器，有錄到黃柏俊在案發前騎車經過的畫面嗎？」

「沒有。事實上，環堤大道所架設的監視器並不多，途中也有不少岔路。黃柏俊應該是經由其中一條岔路轉進環堤大道的。」

「所以，監視器不但沒有錄到黃柏俊，也沒有錄到肇逃者了？」

許順傑深吸了一口氣，沒有立即回話。

他恐怕比較喜歡主導談話，而不喜歡由別人提出最關鍵的質疑。

「……的確是沒有。」他停頓了一會兒，才說：「從這兩台監視器中，錄到了在案發當晚經過環堤大道的車輛，經過統計，大概有三百多輛，若鎖定案發前後十分鐘的區間，則有二十一輛車，當然，這並不包括從岔路出入的車輛。

「雖然時值深夜，雨又下得很大，不過，有車牌辨識軟體，要確認車主並不成問題。二十一輛車的車主，警方全都調查、偵訊過了。沒有車主目擊到車禍，也沒有車主說謊——他們的車都沒有毀損，也沒有送修紀錄；另外，有十六輛車裝了行車記錄器，警方也分析過了這些行車記錄器的影像，比對他們的證言，沒有發現矛盾之處。」

原來如此。這就是「證人偵訊報告」那麼厚一疊的緣故。縱使兇手尚未落網，至少證明警察對本案的調查，也是投入了大量心力的。

「因此，在缺少目擊證人的情況下，」許順傑繼續說明，「警方只能從現場著手了。」

我望了黃佳慈一眼——她的神情鎮定得令人心痛。

「綜合鑑識報告、驗屍報告，我們大致還原了車禍的發生過程：死者騎著摩托車，沿著環堤大道的岔道前行。這時，嫌犯車輛由環堤大道右轉切入岔道，與死者對撞。這條岔道，與環堤大道相接的角度小，所以嫌犯車輛在轉彎時，幾乎沒有減速，撞上死者的時速，可能超過每小時七十公里。

「可能是死者突然面對疾駛而來的車子，想緊急煞車，但輪胎因雨打滑，摩托車翻倒，嫌犯車輛先是輾過摩托車的龍頭，再依序壓過死者的右側腋下、肩頸、頭部，使死者的安全帽變形、碎裂，並導致死者肋骨、顱骨的開放性骨折，大量出血……這是最主要的致命傷。」

我想許順傑已經盡量輕描淡寫地說明了，但黃佳慈的臉色仍然瞬間變得慘白。

「警方在現場蒐集到兩項主要物證。根據摩托車上的衝擊痕跡，可以確定嫌犯車輛是銀色或灰色；而從死者身上的輾壓傷、伸展傷、撕裂傷上，則能識別出輪胎紋路。然而，肇事車輛的撞擊碎片，都被大雨沖散了……不過，雖然沒碎片，至少可以肯定，嫌犯車輛的保險桿、擋風玻璃一定有損傷。」

「車燈呢？」

「也是有可能。」

如果黃佳慈不在現場，聽完許順傑的說明，這時候我應該會翻開驗屍報告，針對裡頭的描述逐一確認。但現在我只好問些別的。

「從輪胎的紋路，可以推斷出車種嗎？」

「以前比較容易。」許順傑搖搖頭，「但現在改車風氣很盛，進口的、客製的太多了。」

「嫌犯的車子既然有損傷，那麼是否可以調查修車廠？」

「這個已經查了。還沒找到可疑的車輛。」

「嫌犯有沒有可能也受了傷？」

「難說。畢竟是死者先摔車，嫌犯車輛才輾過去，並非正面衝撞。況且，若嫌犯又繫上安全帶，胸部既不會撞到方向盤，頭部也不會撞到擋風玻璃或車頂……我知道你的意思。你想問警方有沒有查過，案發後有誰去醫院治療這類外傷？」

「沒錯。」

「警方手上有台北市、新北市當晚所有醫院外傷急診的病人名單，不過，逐一清查是否有嫌疑，得多花點時間。目前過濾了百分之八十左右，尚未找到可疑人物。而且，縱使嫌犯受傷，但延遲多日才就醫，或是傷勢並不嚴重，根本沒有就醫，也是有可能的事……」

——還有，如果這輛車根本不是台北、新北的車，那就更麻煩了。

許順傑最後似乎沒完全把話說完，也許，他還想補這麼一句。

總而言之，看樣子警方確實已經盡其所能地查案了。

「偵探大哥，那個……」黃佳慈提醒我。

「哦，好。」能問的問題，也差不多都問完了。「許刑警，今天下午，我們到現場查了一遍，找到一樣東西。」

許順傑瞪了我一眼，目光頓時銳利起來。

「我們在案發現場旁的行道樹上，找到這個。」我從口袋裡拿出小塑膠袋，「看起來像是車燈燈殼的碎片。」

「行道樹上？」他露出一副不可置信的表情。

我簡單作了點解釋，許順傑一面點頭，一面很有風度地說：「機率很低，但確實不無可能。鑑識人員以為雨水將證物全都沖走了，卻沒注意到行道樹上的莖頂裡，嵌入了撞擊飛濺的碎片，而這是雨水怎麼沖也沖不走的。」

「刑警大哥，可以根據這個碎片的樣式，找到兇手的車子嗎？」黃佳慈急著問。

「抱歉……機率很低。」

「為什麼？」

「我剛剛說過，現在改車風氣很盛，光從一塊碎片，是沒辦法鎖定嫌犯車種的。」
「……是。」
許順傑並沒有因為這突如其來的證據，而喪失他職業上的判斷能力。
「更何況，你們有辦法證明，這枚碎片恰好就是車禍時濺入樹裡的，而非先前就已經留在樹裡嗎？甚至，說得更客觀一點，這枚碎片不一定是車燈的燈殼碎片，也有可能是小孩玩具槍、玩具飛機上的閃燈碎片。」
我早就知道，事情絕對不會這麼簡單的。
事實上，我並不是因為來拿的資料裡有驗屍報告，才不願意黃佳慈來。我還是說了謊。事實上，正是因為這枚碎片。我告訴過她，偵探的存在，是為了代替委託人，承受真相從眼前逃走的打擊——但她沒聽進去。
所以，這一次，她親眼看見了泡沫破滅的瞬間。

4

「前幾天，謝謝你了。」
「不必客氣。」電話裡的聲音說，「只是舉手之勞。」
「真的幫了很大的忙啊。」
「那麼，案子查得怎麼樣了？」
「很可惜，沒什麼進展。」我回答，「警方果然非常厲害。」

「破不了案，就什麼都不是了。」對方沒理會我的恭維。「接下來，要麻煩你了。」

「我盡量。」

「謝謝。我還有會要開，再聊。」電話掛斷。

放下手機，我坐在辦公桌前，伸了伸懶腰。看看時間，現在是深夜一點——台北市刑大還真拚啊，現在居然還有會要開！好吧。不知道該算是台北市的治安太糟，還是市民有福氣。

剛剛和我通話的，是市刑大的刑警呂益強。以前曾經合作過幾次。人還不錯，只是太喜歡裝模作樣。不過，要不是事先打了電話請他幫忙，許順傑也不會那麼配合，黃柏俊的資料申請，恐怕要花幾個禮拜，不會那麼容易到手。聯絡他好幾天，他都在忙，結果到現在才講到話。

我迴轉辦公椅，看看身後的那面牆。

牆面上貼了一張黃柏俊車禍現場的周邊道路地圖，是從google map擷取下來放大、列印、拼貼做成的。為了把這張地圖做好，還花了一番工夫。如紋說，她痛恨辦公室裡亂貼東西，會破壞她上班的好心情——嘿，我還真不曉得，她哪一天上班是好心情？反正，她說要貼，就要貼好看點！要不是時間緊迫，我還真想乾脆發包給印刷公司算了。

地圖做好後，開始標註監視器的位置、行經現場附近車輛的路線，並且寫上時間。當然，有行車記錄器的，就必須依據記錄畫面來作圖；沒有的，則得依據偵訊證詞來畫。有些行車記錄會拍到其他車輛——警方確實都偵訊過了——這也是作圖的一項重要參考。

由於案發時間前後共有二十一輛車，為了方便區別，還得使用色彩不同的彩色筆來畫。作業至此，整個事件的輪廓，才大致一目了然。

以上，就是警方調查的所有情報。

最值得注意的是，所有證人都指稱，沒聽見車禍發生的撞擊聲，也沒看見肇事逃逸的車子。行車記錄影像足以佐證這些證詞——然而，這個路口距離現場僅三十公尺，就算錄不到聲音，至少也可能會錄到周遭光線出現紊亂的狀況。但全都沒有。

然而，兇嫌的車輛出現、發生車禍、逃逸的這段過程，若要偶然地沒有被任何人目擊，一定需要時間。如果比對這二十一輛車最接近案發現場的時間點，就會發現，一輛白色小客車，是一對從汽車旅館離開的情侶，在兩點十一分行經三十公尺外的主要幹道口；經過了七分鐘，才出現另一輛銀色小客車，四個跳完舞、從夜店出來的公司同事，在兩點十八分經過同一路口。

除了這七分鐘的間隔，無論是更早，或更晚的時間，警方所掌握到的車流，都不曾出現那麼長的空白。若再考慮到黃柏俊離開打工處、前往事故地點的車程，警方判定車禍發生在凌晨兩點十五分，是最合理的結論。

因此，再更進一步地以凌晨兩點十五分當作基準點，對照二十一輛車的行駛路線，就可以推測出兇車行駛路線的可能範圍。

很遺憾，可能範圍還是太大了，對鎖定兇車位置沒有幫助，畢竟深夜的車流量太低。

換句話說，為了使案情有所突破，需要新的情報。

——雖然都想破案，但是，這就是警察與偵探最根本的差異了。

警方在調查的同時，必須確保情報取得的合法性，使這些證據日後上了法院，能真正發揮定罪的效用。檢察官也不希望，明知可以定罪的嫌犯，在經過費時費力的搜查後，結果因法律、程序問題而翻盤，那就做白工了。

偵探不同。只要能破案，什麼方法都ＯＫ。許多不入流的方法——竊聽、偷拍、釣魚、設桃色陷阱……在這一行裡是家常便飯。破案本身就是目的，這樣才拿得到錢。至於上法院，那是委託人自己的事。

警察不想介入民事、偵探不想插手刑事，原因就在這裡。雙方目的不同。

因此，黃柏俊的案子才會這麼棘手——警察只能查到這，偵探可以接手，但接手後找到的證據，就必須考慮證據取得的合法性。之所以簽訂「警民合作」協議，就是在確保偵探不會濫用這些情報，到最後偵探拿到的證據，對警察毫無用處。

為了掌握各路消息，廖叔養了一批人，專門替他提供情報，類似福爾摩斯的「貝克街小分隊」（Baker Street Irregulars）。這批人，包括酒店泊車小弟、夜店警衛、汽旅櫃台、檳榔西施、計程車司機、派報工、便利商店夜班……若以本社地址命名，就叫「復南情資網」。

這群人直屬於廖叔，不歸我管。如果我有需要，就要跟如紋申請，還得扣錢。通常是案子真的查不下去才會用，不便宜。

這些情報，涉及大量個人隱私，是警察沒搜索票就拿不到的東西。利用這些情報，找到更多的線索，再編個合法的解釋給警察。解釋沒問題，證據可以上法庭，警察就不會囉唆。

當然，「復南情資網」不是無所不能。並不是所有人都願意被買通，也不是買通了就可以按三餐利用。只能說，申請後新情報就多了。有酒店門口的錄影畫面、護膚中心櫃台的登記簿、夜店女王的加密照。這些情報，時間、地點都接近車禍現場，分析起來很累人，我多找出了幾輛警方沒掌握到的車，但還沒發現真正有用的。

「鈞見，還在忙？」

辦公室走廊上忽然出現了一個高大的身影。是廖叔。

「好久不見。」我舉手致意。「剛回國？」

「嗯。」廖叔點點頭，「開車經過這裡，看到燈還亮著。黃佳慈的案子？」

「如紋說的？」

「她說你一遇到女大學生就奮不顧身。」

「有嗎？」

「現在看到你畫了這麼大一張地圖，還申請情資……我看，如紋說得也沒錯。」

「是這個案子太難了啦！」也只有在廖叔面前，我才能抱怨幾句。「要調查的範圍那麼大，線索卻那麼少。」

「車禍肇逃都這樣。我以前也滿熱血的，辦過幾次。」

「委託人也是女大學生嗎？」

「哪有你那麼好運？」

「那，結果呢？」

「有些時候，」廖叔聳了聳肩，沒直接回答：「辦這種案子，帶來的並不是希望。」

我沉默了。

廖叔才剛回國，應該不知道車燈碎片的事。但他卻說中了黃佳慈此刻的心境。

走出新北市刑大以後，她的情緒一直很低落，卻仍堅持自己跟著調查。事實上，她為了緊盯案情進度，每天都在會客室的沙發上過夜。今天也不例外。但現在她睡著了，會客室的燈關著，所以廖叔沒察覺。

正當我仍在忖度該說些什麼，我的手機傳來簡訊聲。

——有新情報。請檢查dropbox。

「你先忙吧。」廖叔揮揮手，「我也很忙。先回去補時差了。」

「好。」

廖叔一走，我隨即回身檢查dropbox上專屬「復南情資網」的資料夾。裡頭多了一個新的資料夾，名稱是「超商物流卡車行車記錄」。我轉頭看了一下牆上的地圖，距離車禍現場大約三公里外，是有一家便利商店沒錯。

下載檔案以後，一打開，免不了有點失望——行車記錄的時間是凌晨兩點五十分，離案發時間後半小時以上，早就超過警方認定的關鍵時刻範圍。只能先自我安慰地想，說不定有錄到兇車重返現場。

「那是你的老闆廖叔？」

「妳醒了？」黃佳慈身披絨毛長睡袍，出現在我的眼前。「是啊。他總是神出鬼沒的。」

「我聽到了你們講的話了。」

「別太在意。」

黃佳慈的嘴角勉強上揚，輕輕地搖頭。「有沒有什麼新的線索？」

「剛收到一個影像檔。」

「我也要看。」她立刻拉了椅子，坐到我身邊來。

於是，我開始播放檔案。檔案總長大概有二十分鐘，「復南情資網」應該剪輯過，一開頭就是環堤大道。卡車在路口第一台監視器前，就轉進岔路了，所以監視器沒錄到，這應該是警方沒有調查的原因。

整個行駛過程，理所當然非常單調，在其中一條路口上，錄到一輛車經過橫向車道，以暫停鍵稍作檢查，確定是警方偵訊過的車，然而，警方在「證人偵訊報告」中，只提到那輛車不在關鍵時間範圍內，又沒有裝行車記錄器，所以只有簡單問話而已。

在偵訊紀錄中，證人並沒有提到目擊物流卡車一事。不過，兩車行駛方向不同，這輛車又先於卡車穿過十字路口，加上雨下得很大，沒留意，或忘記了，都很正常。

然後，卡車轉了幾個彎，車速減緩，停靠在便利商店門前。

影片到此結束。

我沒有側眼觀察黃佳慈的表情，只聽到她呼了一口氣，感覺有點沉重。

「……還是沒用。」她說。

安慰的話，說多了毫無意義。我直接問：「還要再看一遍嗎？」

「不了。」

「好吧。那我做個記錄。」

儘管沒什麼收穫，至少還是得重看一回，把卡車的行駛路線、時間畫在圖上。這種重複性的動作，我已經做了幾十次，偵探的工作也有這麼無趣的一面，黃佳慈顯然沒想到吧。

然而，就在我看完第二次影片、把圖畫完後，心底忽然湧起一種不協調感。

——好像有什麼地方不太一樣……

我抬起頭，凝視著整張地圖。

各種顏色的曲線，布滿圖上的道路。直接經過車禍地點的車子很少，而且都在案發前。物流卡車的行駛路線，除了與前述的小客車交錯外，尚與另一輛小客車的路線有部分重疊——也就是那輛坐了一對情侶、從汽旅離開、在兩點十一分接近車禍現場的白色小客車。

兩車的路線重疊處，距離車禍現場五公里左右。小客車在兩點八分至十分之間，行駛於此；物流卡車則是兩點五十五分至五十七分之間。相隔四十分鐘。行駛時間都是一分多鐘。

我決定開啟這兩個影片檔，同時比對這一分多鐘的車程。

對齊影片時間後，我迅速移動滑鼠，將播放速度調整為二分之一，再同時播放。

雷同的雨中路景，以相近的行進速度出現在左右兩個視窗上，緩慢地向前移動。

經過了三十幾秒，我頓時感覺心跳加遽——真的有不一樣的地方！

小客車的畫面裡，在路邊斜坡的草叢間，什麼東西都沒有；然而，物流卡車的畫面裡，在相同的位置，卻有一塊菱形的橙色物體。

也就是說，車禍前五分鐘，原本沒有這個東西；但車禍後半小時，卻多了這個東西——這個橙色物體，是否與車禍有關？

我仔細調整播放器的時間軸，並設法放大這塊橙色物體。

「偵探大哥，這是……兇手丟棄的東西嗎？」我的耳邊，突然出現黃佳慈的聲音。

「不確定。」

「我覺得……看起來像是一個紙袋。」

「我也這麼覺得。」上頭似乎還有一些圖案，但行車記錄影像的解析度不夠高，無法顯示得更清楚了。

「那一晚是聖誕夜，一定會有很多人送禮吧？」黃佳慈的聲音顫抖著，「而且，到處都有舞會，也有很多人徹夜狂歡……所以……假使兇手在參加舞會後……」

「我懂。」

「偵探大哥，那個紙袋……說不定現在還在！」

我也不再遲疑，立即以手機拍下影片裡的紙袋位置。「我們現在就去找找看。」

稍事準備後，我們立刻開車出發。一路上，黃佳慈掩飾不住忐忑的情緒，一遇到紅燈，就焦急得不斷張望窗外。

半小時後，我們找到了行車記錄畫面裡的大略地點，位於一座高架橋下的馬路邊。此時雨勢依然很大，我停好車，黃佳慈撐了傘，我則身著雨衣、握好手電筒，一面步行、一面確認手機上的紙袋位置。

「應該在這附近。」我踏上路邊斜坡，「妳等我。我上去找找。」

「好。」

我冒雨攀爬斜坡，踩在草叢間檢查地面。手電筒的光線被激烈的雨幕遮掩了大半。由於當時物流卡車的車速並不慢，影片裡的橙色紙袋轉瞬即逝，確實的位置不易掌握。於是，我先蹲下身來，在地上的草叢上做了一個記號，才開始以繞同心圓的方式搜索斜坡，每圈大約相隔三公尺，繞完一圈再做個新記號。這樣可以確保搜索過程沒有遺漏。

不知道時間經過了多久——我發現黃佳慈全身溼濡、沾滿泥草，站在我的眼前。原來她也爬上斜坡來了。

「……怎麼了？」

她倏地抱住我，在我的懷中狠狠地哭泣。然而，我的耳邊只聽得到狂暴的雨聲。

整片斜坡上，只有從她手上墜落的傘。

——沒有橙色紙袋。

5

原本以為，這件委託案會在這裡劃上句點。

那夜，我們一直都在那裡，直到天亮。我們就坐在車內，靜靜地等著天色漸明，然後再找一遍。非常確定橙色紙袋消失了。

有可能是兇手後來又回頭帶走了；有可能是清潔隊當垃圾清理掉了；有可能是被風吹走，不曉得飛到哪去了。

隔天早上，我們回到辦公室，給如紋看了影片。她對流行時尚、精品服飾這類東西，猶如國家地震中心的地震儀一樣敏銳，一瞬間就指出橙色紙袋是一家西班牙的皮件品牌「La Sirena」，在東區、天母、大直三個商圈有分店。這項情報非常寶貴，似乎又帶來一線曙光，因此，黃佳慈和我也顧不得徹夜未眠的疲倦，驅車前往這些分店一一詢問。

然而，我們得到了千篇一律的回答：無法提供客人隱私。黃佳慈向三位店員懇求，說這都是為了揪出殺了她弟弟、車禍肇逃的兇手。第一位保持沉默、不再理會我們；第二位打電話通知保全公司，說我們妨礙營業；最後一位，不斷地說對不起、對不起，她真的非常需要這份工作，公司不可能允許她做這種事，真的愛莫能助。

我打電話到新北市刑警大隊，詢問許順傑，這項情報有沒有可能由警方接手偵辦。許順傑看了我傳給他的檔案，以及這家歐洲精品所使用的紙袋照片，便很快地告訴我——首先，他不認為那件只存在於零點五秒的橙色物體，一定就是這個品牌的紙袋；其次，檢察官、法院都不可能憑這零點五秒的橙色物體，就同意發搜索票大舉調查這三家分店；第三，即使真的拿到搜索票，警方究竟要清查多少個紙袋的行蹤呢？

我只好掛上電話。行不通。幸運的是，這通電話是我自己打的。要是如紋聽到許順傑的「首先」，不必等他說到「其次」，如紋已經衝進新北市刑大砍死他了。

「復南情資網」也沒有新消息。無論是哪種情報網，都有「黃金搜索時間」。時間一到，盡頭就是萬丈空谷，一點回音都不會再有了。

「收手吧。」經過一週，我建議她：「現在的情況，妳什麼都等不到。」

「……我知道，我什麼都等不到。可是，我不會收手的。」

這段時間，黃佳慈根本無法正常作息，聲音孱弱。

「不過，」然而，她接下來的反應與往常不同。「我答應你，先暫停調查。」

「嗯，妳回家好好休息。」頓時，我發現自己說錯話——她的家，只剩她自己了。我打算開口道歉，但她似乎毫不在意，搶先我一步說話。

「偵探大哥，你幫了我很多。我應該好好冷靜一下，想想下一步該怎麼做。」她微笑，「下次我再來找你，你還會幫我嗎？」

「當然。」

只要委託人這麼說，我一定會回答「當然」。除了謊言，這是我最常說的話——不，也許應該說，包括謊言。

真正的事實是，當委託人離開這裡，真的冷靜下來以後，就沒有再回來了——這，就是他們最後想好了的下一步。

我以為，黃佳慈也會是這樣。

接下來的日子，冷氣團來了幾個、走了幾個。委託人來了幾個、走了幾個。氣溫漸漸變暖，委託人漸漸變辣。

再一次見到黃佳慈，已是三個月後。

她的外形，依然沒有什麼差別。照樣是外套、圍巾、手套、毛帽、耳罩、口罩，只是稍微變薄了些。隨身的手提包倒是沒變。我忽然對她夏天到底怎麼穿有些好奇，但我忽然又轉念，不想在夏天還看得到她。

「偵探大哥，」黃佳慈說：「好久不見了。」

「妳怎麼來了？」我這麼問，其實是希望她回答只是偶然經過，進來打個招呼。但我這種希望，通常都會落空。

「我說過，我不會收手的。」

「……我記得。」

黃佳慈從手提包裡拿出一個牛皮紙袋，不過，這次外觀看起來不像鈔票。她打開牛皮紙袋，裡面有一顆外接式硬碟。

「我不太懂電腦，但是，上次看到你在警察局用過……真的滿方便的。」

「好吧。這裡頭有什麼？」

「破案的線索。」她沒有正面回答我，直接把外接式硬碟交給我。

我嘆口氣。接上電腦，打開檔案資料夾，裡面有十幾個excel檔、為數甚多的影片檔。看到excel的檔名，我立即恍然大悟。

「這些檔案，是『La Sirena』那三家精品店去年第四季的銷售明細？」

「還有那三家店的監視器錄影。」黃佳慈看著我直視的眼神，沒有絲毫膽怯。

「我說過，我不會收手的。」

「這些檔案……是怎麼弄到的？」

「我去應徵店員。」

「三家？」

「我找了各種不同的理由，到處調來調去。」

「那三家店妳都去過。難道，妳一點都不擔心會被認出來？」

「化妝、換髮型、換造型。我知道怎麼做。」

「妳不知道。」

「你們的『復南情資網』就是這樣做的，不是嗎？」

「這是我們這個世界的運作模式。不是妳的。」

「現在已經是了！」

「這些文件，要比妳想像中的更危險。」我記得，以前也對誰說過類似的話。

「我們不是在玩偵探遊戲。」

我的左頰遽然出現一陣刺痛——黃佳慈甩了我一耳光。

「對我來說，這從來都不是遊戲！」

「……我道歉。」其實我應該直接把她趕走。好吧。也許如紋說得對，我對女大學生沒有抵抗力。尤其是抱過的。

我馬上在腦海中設想了幾種情景，思考許順傑有沒有可能買單。其實，如果這不是一件車禍肇逃案，我會毫不猶豫地檢查這些檔案；但，這是刑案，偵探不能害警察犯法，更嚴重的是，這些非法取得的證據，甚至可能反被辯護律師所用，導致真兇逍遙法外。這決不會是黃佳慈期望的結局。她只是現在不知道。

——沒辦法。這些資料太敏感了。只好先看，之後再想辦法解決了。

「坐。我們來找線索。」

打開第一個excel，我的情緒恢復鎮靜。偵探就是這樣。既然決定開始調查，後果如何就不必多想了。黃佳慈坐在我身邊，靜靜地看著我檢查檔案。

去年十二月二十四日，三家店總共有三十八筆銷售紀錄；二十三日，則是四十六筆。這兩天的銷售量高於其他日子，先從這裡下手，比較可能有斬獲。

「那家店一共有幾種size的紙袋？」

「五種。」

「這個紙袋的size，」我調出行車記錄影片中的紙袋瞬間畫面。「應該是最大的？」

「我也這麼覺得。」

「有哪些貨品會使用這種紙袋？」

「只有大型皮件。」

我們開始記錄條件相符的貨號。筆數馬上就少掉一大半。剩十筆。接著，根據銷售紀錄的店名，調出監視器錄影，找出相同的時間點。三家店的監視器設置位置都很類似，錄影檔也都是四分割畫面，分別是門口、收銀櫃台、貨品陳列處，以及停車場。

收銀櫃台的畫面，可以確定顧客的外貌；再將時間往前、往後調整，找到同一個人在停車場的行蹤，就可以知道這個人開的車子。不過，停車場監視器的影像解析度不高，車型沒問題，但因為雨天光線昏暗，車牌號碼模糊不清。

不斷重複這樣的檢查工作，過程非常單調。然而，不到一個小時，有了發現。

——二十四日，下午四點十二分結帳。一個米黃色肩包。

——顧客是一名戴眼鏡、蓄短鬚的中年男子。

——下午四點五分，他開著一輛休旅車進入大直店停車場；下午四點十七分離開。

——銀色休旅車。

「……會是這一輛嗎？」黃佳慈問。

「有可能。」

我繼續耐心地把這十筆紀錄全部看完。

事實上，這就是在監視器畫面裡，找到的唯一一輛銀色休旅車。

6

根據警方的搜查報告，新北市刑大調查了台北市、新北市內幾十家修車廠，在黃柏俊車禍後五日內的維修紀錄。警方鎖定了這段時間進場維修的銀色、灰色車款，比對了維修部位、輪胎紋路，再從可疑的車輛著手，進一步偵訊車主的不在場證明。

然而，警方並沒有找到條件符合的車輛。於是，只得再擴大清查範圍，將基隆、桃園的修車廠納入，調查工作也益加艱困。

在這種情況下，警方勢必會把這個案子列入「等待核對」的清單中，亦即，已無法針對這輛車的去向來進行搜查，而是在解決其他的案子時，變成用來比對特徵的對象——意思是說，哪天破了別的案子，運氣好，剛好裡頭有這輛車，順便跟著一起破案。

我們確定了銀色休旅車的車款，並設法分析了車號，但只能確定其中兩個數字。比對警方的車輛維修紀錄，也沒有條件相符的。

車禍肇逃事件中，最關鍵的證據就是車子。

車子決不可能任意棄置，因為車牌可以追蹤到車主身分，導致罪行曝光；也不能讓手上的車子一直處於毀損狀態，這勢必招來懷疑。然而，若想讓車損恢復原狀，就必須找修車廠，但警方調查過了。除非有修車廠替車主保守秘密、作偽證，車主才能全身而退——一般情況下，修車廠不會這麼做，這等於是事後共犯。

也就是說——要嘛，車主為了逃避追緝，故意不修，不但獨居，家裡還有兩部車，暫時不構成問題；要嘛，兇手自己會修車；要嘛，車主處理車子的方法，不是用修的。

「許刑警，」我馬上打了通電話給許順傑：「修車廠老闆、員工們的不在場證明，請問警方有沒有調查過？」

「你認為，肇事者剛好就是修車廠的人，這機率有多高？」

「不知道。」

「我告訴你，跟查紙袋能找到兇手的機率一樣高。」

「就不能查一下他們名下的車子嗎？看看是不是有灰色和銀色的？」

那輛銀色休旅車，以及車牌號碼上的兩個確定的數字，我沒辦法告訴許順傑。現在我還沒想到這項證據要怎樣「合法」地交給警方。

許順傑沉默了一陣，也許是在考慮調查的時間成本。

「修車廠老闆好查一些。」許順傑回答，「員工人多，來來去去，比較難掌握。」

「查到什麼的話，可以告訴我嗎？」

「……好吧。」

雖然許順傑是點頭了，但沒說哪時會給我答案。我也沒時間等他。我決定同時進行，調查另一個方向：車主處理車子的方法，不是用修的。

——把兇車送進「殺肉場」。

兇手有可能以事故車的名義，將兇車低價賣給廢車商，廢車商將車子解體後，回收其中堪用的零件，整新後販售獲利。這個將車子解體、拆解零件的工廠，即俗稱「殺肉場」。

「殺肉場」的廢車來源很多，包括報廢車、欠稅車、法拍車、事故車、泡水車、中古車……不過，這是表面上的合法來源。實際上，還有贓車、犯罪用車，如果弄不到合法的車籍資料，無法「漂白」，為了逃避警方查緝，乾脆直接把車子解體，零件全部賣掉。

那輛銀色休旅車，是高級法系車「Aile」，市價超過兩百萬，最近幾年引進台灣，可能是行銷定位問題，賣得不好，代理商都換了。這款車維修費高、二手價低，不過，因為性能穩定，充滿貴族氣質，還是深受某一群愛車人士喜愛。

既然流通車量不多，若兇車真的送進「殺肉場」，那就有可能會被放在那裡閒置一段時間，乏人問津——也就是說，跑一趟「殺肉場」，說不定可以找到那輛車。

北部市郊有幾個大型「殺肉場」，占地遼闊，各樣車種應有盡有，說是跨越了台灣車史三、四十年也不為過，就像一座座台灣房車博物館……或者說，台灣廢車博物館。這些車分門別類，層層疊疊地排在倉儲廣場上，有如大賣場一樣，自己看、自己挑，再請員工開堆高機將車子「下架」，找到自己想要的零件，取貨付錢。

來「殺肉場」的人很多，不少是生活艱苦、為了三餐奔波，來這裡撿便宜、維修吃飯傢伙的計程車司機；也有聚成一群集體行動、到處挖寶、追問前車主八卦的狂熱車迷；還有一些汽車百貨商、修車廠來找零組件。

由於兇車的車款比較罕見，進了「殺肉場」，也不必自己找，直接問就行了。最大的這家「殺肉場」，共有十輛「Aile」。有六輛的內裝、零件已經幾乎拆光，車殼斑駁、鏽蝕，很快就要壓扁、當成廢鐵處理掉了，不可能是兇車；另外四輛，車況較新，但只有一輛是銀色，而且這一輛的車燈完全沒壞，保險桿、烤漆、擋風玻璃也看不出有什麼異常。不過，為求謹慎，我還是把車身號碼抄了下來。

我隨口問了員工這輛車的來歷，對方只說：「去年秋颱後送來的。」顯然是泡水車。

雖然是最大的一家，但在這裡沒找到什麼線索。

隔天，我又跑了兩家，一樣毫無斬獲。

回到辦公室後，如紋說，許順傑打電話給我。我立刻回電。

「修車廠負責人的調查，有結果了嗎？」

「初步調查過了。」許順傑回答，「銀色、灰色系的車子，有十七輛。不過，車主的不在場證明、車子是否有秘密維修，都還在調查當中……目前有四人可以排除嫌疑。」

也就是說，還有十三輛。

不知道這十三輛車中，究竟有沒有符合那兩個數字的車子？然而，我沒有合理的藉口，能向許順傑要這些車子的車牌號碼。我只能等待。

「謝謝。」我掛上電話。

照這個進度，警方要全調查完，最快恐怕還需要一個禮拜以上。而且，這還不包括修車廠的員工。

次日，我再跑一家「殺肉場」。

這家的「Aile」只有一台，而且，就是銀色！

沒有車燈、擋風玻璃、前保險桿。車頭有明顯的凹陷，底盤烤漆脫落了不少。

「這輛車啊，去年九月來的。」老闆講話的速度很快，行雲流水，卻掩飾不了閃爍的眼神。「車主被闖紅燈的撞上，本來想修，可是移民手續已經辦好了，也沒時間修，只好把車隨便賣、回收掉啦。」

「保險沒賠？」我問。

「有啊。可是後面手續處理很煩，保險公司愛弄不弄。車主想說算了。」老闆亮著牙齒，笑著說：「我們算便宜撿到啦。聽說這款車維修費、零件都很貴哩，有的還要從外國拿貨，很多人一聽到這裡有，馬上跑來搶零件耶……」

這番話根本漏洞百出——誰會花大錢買高級休旅車，再主動當廢鐵賣？

確實，包括引擎，許多關鍵零組件已經被搜括一空。不過，只要車身還在就好。

但，當我探頭到引擎室，準備檢查車身號碼時，才發現整個區塊都被磨掉了。

「怎麼沒有車身號碼？」

「誰知道？」老闆聳聳肩，一副司空見慣的模樣。「送來時就這樣啦。可能那裡有撞到，車子送來前處理過。不過，車子真的沒問題啦，我們有完整的車籍資料哦。現在查得很嚴啦，而且政府有回收補助，誠信最重要，正派經營最好……」

不必說，車籍資料一定是假的。

我心底非常確定，這就是兇手駕駛的肇事車。但是，兇手在事發後，迅速地將車子送到這座「殺肉場」解體，任何和案件有關的資訊，立即全數遭到破壞。

——車子進到這裡，就徹底斬斷了與現實世界之間的聯繫。彷彿一座使人失去姓名、屍骨無存的墳場。

——所以，這又是一顆轉瞬即逝的泡沫？

然而。車主既然做了這樣的處理，意味著這是一個非常完整的善後計畫。畢竟，這是一輛高級休旅車，是不可能在沒有任何理由的情況下，就這麼在「殺肉場」平空消失的。

也就是說，在現實生活中，車主必須要有一個很好的掩護，來解釋兇車的消失。

「許刑警嗎？」

「是。」許順傑的口氣有點不耐煩，也許他以為我打來催進度。「張先生，我說過，警方只要查到新消息，一定會通知你的。」

「能不能順便查一下……」

「又要查什麼？」

「失竊。」我在電話裡停頓一下，等待許順傑的反應──他果然安靜了。「我認為，肇逃者是不是有可能把車子處理掉，然後故意報失竊？這樣的話，就算未來警方找到車子，也可以聲稱車子在失竊後才發生事故，以便撇清涉案？」

「肇逃者一般不會這麼做。」

「為什麼？」

「不在場證明。」許順傑似乎沒有被我的理論說服：「一旦追到車子，警方就會開始調查車主案發期間的行蹤。要是警方相信這種聲稱，那台灣還有犯人嗎？」

「也許肇事者也偽造了不在場證明。」我繼續堅持己見。「我愈是調查這個案子，愈是有種強烈的感覺：肇事者的善後工作做得很細膩，根本抓不到任何把柄。」

電話裡沉默了半晌。

「……的確，我也有這種感覺。」許順傑終於開口，「我們費了大把工夫，但總是一點線索也查不到。這……是有點奇怪。」

「調一下報案紀錄，」我說：「應該不會花太多時間吧？」

「好吧。」

許順傑沒有掛斷電話，從話筒裡傳來鍵盤斷斷續續的敲打聲。忽而，鍵盤聲戛然停止，安靜了好一段時間。

「有一輛銀色休旅車……去年十二月二十五日早上八點報案，全車失竊。根據報案紀錄，車主說可能是前一天晚上被偷的——二十四號當晚，車主與一群朋友徹夜飲酒、談生意，天亮時想去開車，才發現車子已經不見了。」

「也就是說，車主有不在場證明？」

「車主報案時，由一起喝酒的其中一個朋友陪同。」許順傑深吸了一口氣：「那位朋友……剛好是新北市議員。」

7

四天後，我與黃佳慈到新北市刑大。無論怎麼勸阻，她堅持要來。只為了見兇手一面。

潘雄飛——「雄翼建設」董事長。

在黃佳慈的眼中，潘雄飛已經是兇手了。但是，對警方而言，潘雄飛只是竊車案的受害者。再加上潘雄飛並非市井小民，警方想請他來問話，得配合他的行程表。

潘雄飛今年五十歲，據說，年輕時混過黑道，可能是跟對大哥，慢慢掌握了北部瀝青貨源。後來，他趁著台北、新北房價開始飆高的起漲點，轉攻住宅，約莫十年光景，已經從一個修補馬路的包商，變成年營業額十數億的建設公司——儘管，這稱不上是什麼了不得的成績。

以「雄翼建設」的資本額，要跟北部一些大型建設公司抗衡相當困難，因此，潘雄飛專找荒地，避開競爭較烈的中永和、板橋、三重，在三峽、八里一帶興建了不少價格低廉的住宅，有「慢活淨土」、「雲上清境」等建案。

這兩年，他投入大筆資金，想介入台北市內軍方土地的買賣，結果扯出綁標疑雲，那陣子，還上過八卦雜誌《火線週刊》頭條，但風頭很快就過了，沒什麼人記得。

不過，潘雄飛的人證，可就相當有名了。市議員張敬文，三十五歲，父親是政壇大老，留美後回台灣即進入政壇，首次參選市議員，就拿到選區最高票。外表看來靦腆，其實個性火爆，曾經在政論節目上與call in民眾對嗆連續一小時，自譽「諸葛亮舌戰群儒」。後來，他因此成為政論節目固定來賓，主持人每天找人跟他吵架，自己一句話都不必說。

進了市刑大，許順傑帶我們走進同一間小會客室。他請我們先等等，然後離開。

黃佳慈在我的身邊坐下。

「偵探大哥，請別擔心我……」她的聲音輕細，「我早有心理準備。」

「我知道。」

「其實，我真的很高興。你能幫我查到現在。我以為永遠都不可能了。我完全沒想到，真的能與兇手這樣面對面。無論結果如何，我想我都有勇氣能往下走了。」

「很高興聽到妳這麼說。」

這次，我說的是實話。我還真的想不出還有什麼值得高興的事。

許順傑查到潘雄飛的報案紀錄後，確認了他失竊的就是一部銀色的「Aile」。就這樣，我也拿到了車牌號碼，可以證明潘雄飛的車，正是在案發之前到過精品店的車。後來，在如紋替我翻出來的《火線週刊》裡，有潘雄飛的照片，也跟監視器畫面裡的中年男子相同。

但，精品店的證據並不合法，不能直接交給警方。為此，我只好犧牲兩天時間，假裝自己是根據警方提供的線索，花了一些工夫，才偶然在「殺肉場」發現一輛可疑的銀色「Aile」，於是立即通報警方。

如此一來，才能繞過精品店的非法證據，將警方引導到「殺肉場」去。

等了兩天，我打電話給許順傑，說在「殺肉場」裡看到疑似發生過車禍、可能是黃柏俊案肇逃的銀色休旅車，請他去調查一下。於是，許順傑與幾名員警去了一趟，準備要針對那輛休旅車的車身進行勘驗，檢查是否符合黃柏俊案肇事車輛的條件。當然，我不能跟去，老闆可能還記得我，萬一發現我到「殺肉場」的時間，和警方說的兜不攏，那就穿幫了。

但是，許順傑抵達現場後，才從老闆口中得知，那輛車的內裝全都被客人拆光，所以當天稍早已經壓成廢鐵，處理掉了。還真有效率。留下的車籍資料，也「漂白」過了，當然是合法的。結果，除了我用手機傳的幾張照片，什麼證據都沒了。

我想，那天我應該沒有露出任何破綻。在「殺肉場」裡，一般人擔心買到贓物，狂熱分子則追究好貨來源滿足好奇心，所以，問東問西、拍攝有趣零件的人，本來就多。更何況，如果引起老闆戒心，那麼車子應該會馬上處理掉，不會等到警察來訪以前。所以，只剩下一個可能：在許順傑通知潘雄飛的竊車案有新消息後，潘雄飛立刻通知老闆，銷毀了「殺肉場」的車，因為車子就是他自己送去的。

——總之，這又是一顆泡沫。

會客室裡一片沉默。但，聽著黃佳慈的呼吸，我可以感覺到她的緊張。不知等了多久，外頭走廊傳來腳步聲，門隨即打開。

進來的是許順傑，他身後則是潘雄飛與張敬文。

潘雄飛的外貌比照片、監視器畫面感覺更年輕；而張敬文則比電視上更老成，兩人又都穿著灰色系西裝，乍看之下好像親兄弟——大概是他們混在一起太久，混成兄弟臉了。

看來，今天的會談順利不起來。

「兩位，請坐、請坐。」潘雄飛沒有大老闆的架子，十足小生意人口吻，也不管我們根本沒有想要起身行禮。「您是張先生，還有這位，是黃小姐吧？幸會、幸會。剛剛聽許刑警說了，黃小姐的弟弟發生了那樣的悲劇，實在令人遺憾。有什麼可以幫得上忙的，請儘管說，一定效勞。張議員，您說是吧？」

「沒錯。民眾的問題，就是我的問題。」

這番話，既簡單又虛偽。張敬文只有嘴皮在動，整張臉毫無表情，和電視上生龍活虎的模樣差距很大。不過，無論如何，這個人說話寧可使人反感，也不肯洩漏絲毫情緒，很難判斷，哪一邊是演的？或者兩者皆是？

「我叫張鈞見，黃佳慈小姐的代理人。」我輪流看著他們兩人，「黃小姐不太適應這樣的場合，委託我和兩位談。」
「在這樣的情況下有張先生幫忙，也算是大幸。」
真客套。
「潘先生、張議員，請坐。」會客室裡椅子只有四張，許順傑讓自己站著。「今天警方請各位來，主要是希望澄清兩件案子──潘先生的愛車失竊案，以及黃小姐弟弟的車禍肇逃案──是不是有什麼關聯。」
許順傑也不浪費時間，直接開門見山。不過，潘、張兩人聽了，沒什麼特別反應，感覺似乎胸有成竹，早想好因應方案。
「或許各位在來這裡以前，對案情稍微有些瞭解。不過，我還是簡短作個說明。去年十二月二十五日凌晨兩點左右，黃柏俊從KTV打完工回家，在三重的環堤大道上被車子撞死，肇事車輛逃逸無蹤。因為那段時間連日大雨，幾乎找不到線索，只能根據死者摩托車上的撞痕，推測肇事車輛的顏色是銀色或灰色。
「另一方面，潘先生與張議員自二十四日晚間十一點半起，在『夢中芬芳』酒店談生意，直到早上七點半結束，但潘先生卻找不到停在路邊的『Aile』，最後，在張議員的陪同下，大約上午八點到警局報失竊。而，潘先生的『Aile』就是銀色的。由於兩案的時間點十分接近，警方懷疑有所關聯……」
張敬文冷冽的聲音打斷了許順傑。
「我知道。許刑警是想說，有人偷走潘先生的休旅車，然後開車撞死黃小弟。」
「是。這個推論是其中一個可能性。」

「其中一個的可能性？」張敬文哼了一聲：「我看，這就是唯一的可能性。」

「是。所以才會請兩位來作個說明。」

「不是已經報過案了嗎？警方那邊應該有詳細的筆錄吧？」

「是。因為還有一些疑點，需要更進一步……」

「我看，不是因為有什麼疑點，而是警方想掩飾辦案不力的事實吧。」

「很抱歉造成張議員誤解。」許順傑依然不改有禮的態度，「是這樣的。黃小姐的代理人張先生，在一家廢車回收場發現一輛銀色『Aile』的殘骸，很可能就是潘先生的愛車。這輛車的車身有明顯的撞擊痕跡，所以想請潘先生來指認一下。」

「那車在哪裡？」

「警方前往現場，才知道當天稍早已經被壓成廢鐵，處理掉了。」

「都變成廢鐵了要怎麼指認？」

「所幸，張先生拍了幾張照片。」許順傑將手上的資料夾展開在桌面上，將裡頭的照片逐一排好。「我們已經把這些照片放大沖洗出來了，請潘先生確認一下。」

潘雄飛沒有伸手，反而把目光投向張敬文。

「等等。」張敬文說：「我認為，警方的做法有誤導的嫌疑。這輛車都已經被撞爛了，而且零件也被拆掉不少，這叫潘先生怎麼確認啊？」

「根據經驗，有七成的車主可以辨認出自己的車子。」

「直接看車籍資料不是更快？」

「回收商手上的車籍資料，並不是潘先生的車。」

「那就不是潘先生的車。」

「但是，車籍資料很可能是偽造的。」

「偽造的？那更表示潘先生的車是被專業的竊盜集團偷走的。我看，警方還是先把車籍資料查清楚再說。」

「已經在查了。」許順傑回答，「為了爭取時效，警方的調查都是各種方向同時進行。」

「……好吧。」經過一番唇槍舌劍，許順傑總算取得了張敬文的認同。「不過，我必須解釋一下：我並沒有質疑警方的意思。一年前，潘先生參加台北市的土地買賣競標，被有心人士造謠陷害，我不希望再發生這樣的事，以免影響政府公信。」

於是，張敬文收攏桌上的照片，整理了一下，再請潘雄飛過目。

如果張敬文是在演戲，那麼，這場戲演得還不錯，從第一句「被撞爛了」，到「被專業的竊盜集團偷走」，讓潘雄飛看起來有夠像個受害者。

潘雄飛扶了扶眼鏡，看了一下照片。

「那不是我的車。」

「潘先生，根據您提供的資料，」許順傑提醒，「這輛車的車型、顏色，甚至連內裝的皮椅都和您的車一模一樣。」

「我非常確定，那絕對不是我的車！」

「許刑警，」張敬文說著就要起身，「這樣可以了吧？」

「不好意思，還有這個。」許順傑再從文件夾裡拿出一個小塑膠袋，「這是張先生在車禍現場找到的塑膠碎片，很可能是車燈燈殼。」

「奇怪？」張敬文的聲音提高。「那天晚上不是下大雨嗎？」

「張議員，您記得那晚下大雨啊。」

「……當然啊！我的記憶力好得很。」張敬文像是聽出許順傑的弦外之音，但他還是正面回擊。「我是民意代表，大小事都得記得。」

「那麼，那天下大雨有什麼奇怪之處？」

「既然下大雨，這種小碎片老早就被沖走了吧？」

「張議員果然觀察入微。不過，這個碎片並不是在地上找到的。」

「要不然是在哪裡？」

「行道樹上的葉叢之間。發生車禍時，有些飛濺出來的碎片會卡在裡面。」

「哦！這樣啊！但你沒辦法證明樹上的碎片就是車禍當時濺出的吧？」

「是沒辦法證明。」

「而且這碎片那麼小，也不一定是車燈燈殼啊。」

「確實如此。」許順傑的態度沒有動搖，「但還是請潘先生親自看一看比較保險。」

「沒問題、沒問題。我可以看看。」潘雄飛接過塑膠袋，做作地檢查了幾次。「這碎片很普通，而且我也沒注意過自己的車燈到底是什麼紋路。抱歉。幫不上忙。」

潘雄飛的語氣斬釘截鐵，很快地把車燈碎片還給了許順傑。

「好了。」張敬文跟著補充，「既然廢車場找到的車不是潘先生的車，在車禍現場發現的碎片也沒有辨識的特徵，那麼就更可以肯定警方手上的東西，全部都與潘先生無關。」

許順傑看了我一眼。

「不好意思，潘先生。」我開口，「可以請教兩個問題嗎？」

「請說。」

「請問你聽過一個叫『La Sirena』的名牌嗎？」

「……沒有。」潘雄飛說了謊，我非常確定，他的眼神警戒起來。

「問這個做什麼？」張敬文插嘴。

「沒什麼。」我聳聳肩，「只是對潘先生的品味有點好奇。」

「我做生意的，不太知道那種小女生的外國貨。」

「潘先生，你倒是沒說錯——這的確是年輕女性的時尚皮飾品牌，來自西班牙。」

「嘿，想不到我居然猜對了呢，哈哈。」潘雄飛輕鬆回答。

張敬文也跟著冷笑一聲。

「張先生，還有第二個問題是？」

「請問你的停車地點，距離酒店有多遠？」

「大約兩個路口，走路十分鐘左右。」

「您是在聚會結束以後，離開酒店走了十分鐘，才發現車子失竊嗎？」

「是啊。」潘雄飛解釋，「一發現車子不見，我立刻打手機給張議員，請他開車過來，載我去警局報案。」

「張議員，潘先生說得沒錯吧？」
「沒錯。」
「潘先生，那天晚上下著大雨。車子停那麼遠，難道不會非常不方便嗎？而且，酒店都有泊車小弟，把車開到酒店門口，交給泊車小弟幫忙停車，這才更合理吧。」
「喂！你到底想說什麼？」張敬文充滿敵意。
「我認為，打從一開始，潘先生就沒有開車赴約。他是聚會結束後，才謊稱車子失竊。」
「等等！」潘雄飛打斷我的話。「張先生，你這是誤解！誤解！我不把車子交給泊車小弟，其實是有原因的啊！」
「什麼原因？」
「我的車子曾經被『綁架』過。不久前，竊車集團偽裝成泊車小弟，把我的車開走，再打電話勒索要錢，否則就要把我的車子解體賣掉。後來花了我二十萬。從此以後，我再也不把車鑰匙交給泊車小弟了。」
「這原因很合理啊！」張敬文附和。
「是嗎？」我搖搖頭，「潘先生，在那次竊車集團把你的車子偷走時，你有報警嗎？」
「……沒有。」
「為什麼這次你報了警？」
「我……」潘雄飛語調支吾。

「你難道沒有想到，這次又是竊車集團要向你勒索嗎？既然你上次沒有報警，為何這次卻報了警？」

「……我不想再付錢了，不行嗎？」

「如果你的想法已經改變，那就表示你有心理準備，知道竊車集團會把你的車子解體賣掉。那麼，為何一開始看到廢車場裡的照片，根本沒有興趣檢查，隨便看了一下，還馬上說那絕不是你的車？應該是你早就知道你的車到了哪裡去，所以才會這麼說吧？」

「這……」

「你沒想到我會問起這件事，所以才臨時編了一個理由出來吧？」

潘雄飛的雙眼圓睜，原有的客氣神情，此刻已經蕩然無存。

「張先生，你給我聽清楚！我是受害者！我的車真的被偷了！你說的話全都是不實指控！廢車場的車不是我的，車禍現場的碎片也不是我的，監視器也沒有拍到我的車，還有你問的什麼品牌，我連聽都沒聽過！更何況，他發生車禍時，我人在酒店，這點張議員可以作證！現場還有一大群朋友，你可以一一去查證！你問我為什麼把車停那麼遠，就算我回答不了，那也不代表我跟黃小弟的車禍有任何關係！你講了一大堆，好像都很有道理，但是我告訴你，這都是情況證據，證明不了什麼！」

他倏地站起來。

「張議員，很抱歉浪費你的時間。」潘雄飛打開房門，「我們走！」

「嗯。」張敬文跟著起身，轉向許順傑。「許刑警，我對新北市刑大真是失望透了，居然連一個手上沒有真憑實據的人，也可以來這裡大放厥詞，傷害無辜的善良市民。如果我的選區在這裡，你們絕對會被我檢討到底。」

語畢，兩人隨即從會議室消失。

「好了。」許順傑輕輕把門關上，坐了原本張敬文的座位。「我可以幫的忙，到此為止。兩位也聽到了，誠如潘先生自己說的，他有明確的不在場證明，而且他堅稱你們現在手上的證據，並不足以證明他和車禍有關。除非，你們能找到更多證據……」

「警察大哥，」在潘、張二人在場時一直保持沉默、由我發言的黃佳慈，這時候情緒激動：「你剛剛不是說，警方已經在調查廢車回收場的車籍資料嗎？」

「沒錯。不過，現在殺肉場偽造的車籍資料做得很細膩，沒那麼好抓。」許順傑語氣平和，「即使能確認那輛車就是潘先生的車，也只是找到肇事車輛而已，不代表潘先生就是肇事者。正如張議員說的，竊賊偷了潘先生的車，途中發生車禍，逃逸後迅速開往廢車場處理掉，也能說得通。」

「可是，偵探大哥已經證明了潘雄飛的行為不合邏輯……」

「的確，張先生好像是抓到了一條他的小辮子。但也只是一條。就算潘先生現在答不出來，幾個月後他上了法庭，背後有一票律師出主意，妳認為會答不出同一題嗎？」

「你是想說，警方沒辦法了？」

「除非有更積極的證據。」

「這就是警方拖拖拉拉的原因嗎？」黃佳慈憤怒地直視許順傑。

「警方是看事實辦案的——我說的，只是事實。」許順傑的語氣，強硬了起來。

「沒有任何證據，證實潘先生的車到過車禍現場；沒有任何證據，證實他的車撞死人；沒有任何證據，證實他的不在場證明是假的；沒有任何證據，證實廢車場的車就是他的。黃小姐，妳有權利可以懷疑任何人，那是妳的自由，但警方必須有證據才能定罪。我說的，只是事實。」

頓時，黃佳慈沉默了。然而，她的眼中沒有淚水。

「張先生，」許順傑把門打開，「我還有別的事，就不送了。請你等黃小姐情緒穩定後，再陪她離開吧。」

「好的。」

我的心底，忽然浮現一種感覺——許順傑很希望調查就停在這裡。事實上，他並沒有打算追究廢車回收場的車籍資料。也許，許順傑只是怕麻煩。也許，他就是在前往廢車回收場扣押車子前，事先通知潘雄飛的人。

但我沒有證據。

「謝謝你。」許順傑走後，黃佳慈低聲地說：「你給了我一線希望——讓我知道，終點不必然只是見到兇手，你甚至還能將兇手逼到角落，迫使他露出破綻。」

「可惜，最後還是攻破不了他的心防。」

「沒關係。這樣就夠了。」

她像是心願已了，猶如說服自己一般點了點頭。

8

「鈞見，有沒有興趣看個東西？」

正當我枯坐辦公室，望著電腦螢幕上一片空白的調查報告，如紋沒頭沒腦地問。

「好。」

「我E-mail傳給你。」

不到一分鐘，電腦上的Outlook出現新郵件的訊息，上頭有個網址，我立刻點了滑鼠。是一則社會新聞——與黃佳慈有關。

我陪著黃佳慈走出新北市刑大，已經是一個多月前的事了。那時，雖然確定潘雄飛涉嫌，但沒有實際證據，警方不願意深入追查。最後，黃佳慈付了錢，拿了調查報告，不再出現。

然而，我卻一直記得她曾經說的話——我不會收手的。

經過了上次的經驗，我知道，這句話的意思是，只要案子沒破，我還會再見到她。只是沒想到，這回我見到的不是她本人，而是她的新聞。

【本報訊／台北市】就讀大學四年級的黃佳慈，為了追查弟弟的車禍肇逃案，不惜拍攝一系列香豔、養眼的性感照片，放在網路上的部落格，希望吸引網友的注意力，在欣賞她的美圖以後，也能夠提供破案線索，早日讓案情水落石出，使撞死弟弟的兇手落網。

這起車禍肇逃案，是發生在去年聖誕夜。在KTV打工的黃柏俊，深夜騎車回家途中被一輛銀色休旅車撞死，兇手既沒有救人，也沒有自首，立即逃逸無蹤。由於當晚下著大雨，沖走了現場的大量物證，警方遲遲找不到線索，就此成為懸案。

然而，自小與黃柏俊相依為命的姊姊黃佳慈，不甘心讓弟弟死不瞑目，她沒有接受警方的結論，決定獨力進行調查。她把原本要用來出國留學的存款花光，不但委託徵信社蒐集線索，還找了專業攝影師、網頁設計師幫忙，替她拍攝性感照、製作部落格，把照片、調查結果放在網路上，這果然吸引眾多網友們點閱，目前瀏覽人數已經超過三十萬人次了。

參訪黃佳慈部落格的網友們，有說她不知羞恥的批評，有為她加油打氣的鼓勵，有人為他們的姊弟情深感動，還有人大膽示愛。不過，黃佳慈對於這些網友的留言，一概不作任何回應。只有真正提供線索的網友，黃佳慈才會回應，甚至願意公開更多私密照片。

根據黃佳慈的調查結果顯示，一位知名的建設公司老闆，很有可能涉案，卻在某市議員的包庇下，警方無法繼續進行調查。有幾名網友也針對這個方向加碼爆料，使案情昭然若揭。本報去電與這位建設公司老闆聯絡，對方認為黃佳慈在網路上散布謠言，煽動網友仇富心態，將保留法律追訴權。至於疑似共犯的市議員，至截稿為止，手機都無法接通，仍未獲得正面回應。

讀完這則新聞，我立即打開搜尋引擎，輸入新聞裡的關鍵字。首先，螢幕上出現了好幾個相同的新聞連結，緊接在後的，就是黃佳慈的部落格。

在這個網路時代，部落格幾乎是人人都有的東西，有些人甚至有好幾個。對偵探來說，這當然是個好消息。要查誰跟誰有什麼糾葛，上網搜尋一下，馬上就能找到幾條線索。就像〈國王的驢耳朵〉，世界上沒有什麼秘密真能藏得住。這多虧了人有一種終究不會自欺欺人的誠實本性。

在網路上要講什麼天大的秘密，多半都會匿名——然而，黃佳慈用的卻是本名。

網路上的黃佳慈，和我所認識的非常不同。我以為她有一個性格全然相反的雙胞胎姊妹。我從未看過黃佳慈穿過布料用得那麼少的衣服。每張照片裡的黃佳慈，濃妝豔抹、表情嫵媚、姿態撩人，極盡誘惑之能事。從拍攝質感來看，她找的顯然是個相當專業的攝影師。

在每張照片的下方，都有一小段文字。

那並非照片本身的說明，而是黃柏俊車禍致死案的線索。若想看完所有的性感照，就不得不讀完車禍事件的始末。也就是說，她將我給她調查報告資料，全都放在網路上了——包括在新北市刑大裡許順傑、潘雄飛和張敬文的對話內容——她還公開徵求破案證據。

「這則新聞，有幾家媒體報導？」我問如紋。

「四大報都有。」

「電視台呢？」

「不知道。我可以打電話問問電視台的朋友。」

「妳朋友是個男的？」

「要你管！」

部落格有許多回應。當然有一些批評她故意製造新聞、博取他人同情的意見，甚至認為她淫蕩、毀謗名人、煽動不知情的大眾，但是，有更多人不但對她的遭遇深感同情，鼓勵她，也不吝轉發給親朋好友。另外，還有人主動將調查報告內容畫成詳盡的車禍現場平面圖（比我畫的好太多了），有人則提出自己的觀點，協助釐清案情。

——潘雄飛和張敬文一定是共犯。

——張敬文有參選立委的計畫，他需要潘雄飛的金援，一定會幫他作偽證。

也有一些與車禍無關、純粹屬於關係人私德的爆料。

——據說，張敬文收了建設公司不少佣金，所以，有他在的案子，環評根本沒用。

——潘雄飛最近企圖染指烏來的水源保護區，打算改成建地。

然而，有一則留言，引起了我的注意。

——我認為，涉嫌肇事逃逸的，並不是潘雄飛。潘雄飛有一個私生子，叫做高育翔，現在在美國讀大學。去年十二月聖誕節前夕，高育翔正好回台灣度假，但在聖誕節隔天，他卻立即搭飛機回了美國。這實在不合常理。如果潘雄飛把車子借給高育翔，他晚上狂歡後酒喝多了，開車撞死黃柏俊，然後畏罪潛逃，找老爸銷毀證據，那就解釋得通了。

——我是高育翔在美國的同學。不唬人，我跟他修同一門課，一個禮拜至少見三次面。他在美國有酒駕發生車禍的紀錄。不相信的可以去google一下，時間是去年八月十六日，看我說得對不對。

這則留言還有其他人follow。

——我在夜店「Wild Owl」的官方facebook上找到一張照片，是去年聖誕夜的活動。我追蹤了所有按讚者的facebook，發現有個dancer的facebook上，有一張在包廂的照片，剛好拍到「La Sirena」的袋子。潘雄飛不懂西班牙精品沒關係，那是他幫兒子買的。因為怕這些照片日後被撤掉，我全都作了備份，在我的facebook裡，請認識他的網友來幫忙看一下，檢查照片裡是否有高育翔。因為我不知道他的長相。

——這裡有一張照片，有個年輕男子坐的位置非常接近袋子。有誰認得出來？

——照片很模糊，有沒有高手PS一下？

瀏覽過整個部落格，我立刻撥了電話給黃佳慈。

「偵探大哥。好久不見了！」

「妳還在查妳弟弟的案子，對吧？」

「你看到了新聞？」

「嗯。還有部落格。」

「做得很不錯吧？」

「妳把調查報告的內容，全都放在網路上了。」

「對啊。真的很出人意料，沒想到效果那麼驚人。得到很多新情報。」黃佳慈的聲音開朗，「有幾個人在網路上罵我，但大部分的網友都對我很好。不只如此，已經有電視台跟我聯絡，準備要做專題報導了。對方說，我還可能會被邀請上談話性節目哦……」

「妳這種做法很危險。」

「偵探大哥，你是第二次這樣說了。」黃佳慈的語氣裡，有一股令人發寒的冷靜：「對你來說，我的委託只是一份工作，你當然要優先保護你自己，以及你的委託案。但，我和你不同，沒辦法站在你的角度來處理事情。我失去了最後一位家人，調查方法是安全還是危險，我根本不在乎。我只要真相。」

「潘雄飛和張敬文，一定會採取行動的。」

「他們能對我怎麼樣？」

「我不知道——但潘雄飛以前是黑道。」

「我根本不在乎！」

「好吧。我打這通電話，只是想告訴妳，我會盡可能幫妳。當然，妳想怎麼做都行，一切決定在妳。」

我回想黃佳慈第一次到辦公室的模樣——她穿著非常厚重的衣服。

事實上，那並不是因為她怕冷。

因為她是個保守的人。

從她在電話中講的話可以明白，她已經豁出去了。不，正確地說，她早就豁出去了。我以為她去應徵「La Sirena」店員、偷竊錄影資料及帳冊，只是一時衝動。根本不是。從她放棄了留學的夢想，把錢全都投入委託起，她一開始就作好了心理準備，隨時可以為弟弟的案子捨身。

她知道，性感照可以集聚網路人氣，吸引願意幫忙的網友。於是，她捨棄了保守的穿著。只是，我不知道她這麼做，心底是否有任何遲疑。

「……謝謝。」黃佳慈說：「其實，我本來就想要打電話告訴你——電視台會找我上節目，是因為有一位網友私底下寫E-mail給我，說他……偶然錄到了破案的畫面。」

「真的嗎？」我不由得握緊手機。

「嗯。」

「什麼樣的畫面？」

「肇事後逃逸的車子。對方只有告訴我，他是在哪裡錄到的。他比對過部落格上的資料，說那就是兇車的機率很高。他願意跟我見面，把錄影檔交給我。」

「他的話，妳覺得可信度高嗎？」

「他提到錄影的時間點，就在車禍發生後的二十分鐘後。E-mail裡的描述看起來沒有什麼破綻。不過，我不敢完全相信他，所以想找你陪我一起見他。等確定過了影片沒問題，再跟電視台聯絡，在節目上把證據公開。」

「我懂了。」

「電視台對這條線索很感興趣，一直催我盡快確認。」

「妳想和他在徵信社裡見面嗎？」

「嗯，但他說不行。他想約在更安全的地方，好比說人更多的公共場所。」

「新北市市刑大前，妳覺得怎麼樣？」

「我問問他。」黃佳慈回答，「和他確定時間後，再打電話給你。」

「好。」

和黃佳慈通話結束後，我決定先打個電話給許順傑。不過，正當我準備檢查手機上的通訊錄時，發現如紋站在我的眼前。

「訪客。」

「委託人？」

「不是。」她搖搖頭，「來找你的。現在在會客室等你。」

「知道了。」

我放下手機，往會客室走去。會客室裡已經有兩個人坐在沙發上，等著我。

「張先生，你好。」

站起身來，說話的是潘雄飛。另一人臉孔稚氣未脫，看起來二十出頭——雖然沒見過，但我立刻聯想起他是誰——潘雄飛的私生子，高育翔。他的眉形神似潘雄飛，體態的輪廓，則與部落格上的夜店照如出一轍。不過，他現在的穿著倒是相當拘謹，像是準備到大公司面試。他眼神低垂，不發一語，不過，並未露出硬被拖來這裡的勉強表情。

「潘先生，請問有什麼事？」

「先向你作個介紹，這一位是我的兒子，名叫高育翔。現在在美國紐約讀大學。」潘雄飛的態度，一如先前他現身於新北市市警局的初時，彷彿最後會面後憤怒至極、拂袖而去的場面從未發生。「這孩子小時候和媽媽住，過得滿辛苦的。我因為太太不答應，一直沒辦法接他過來一起生活。幾年前，我太太走了，我才終於可以名正言順地陪伴他、栽培他。現在，他書讀得滿不錯的，只是心性不夠穩定，有時候會惹一些麻煩。但我相信，只要他能完成學業，日後接下我的公司，再經過幾年磨練，一定大有可為。

「或許你知道，我的出身低微，年輕時也做過一些醜事。不過，我不斷反省、悔悟，希望能扭轉我的人生，漸漸步向正軌。這幾年來，每天戰戰兢兢，也遇到過不少障礙，我都一一克服過來了。說真的，要走回頭路，那是很簡單，我以前那些出生入死的兄弟們，每個都在等我電話，但是，我不願意打。為什麼？因為我有期望。我這輩子洗不乾淨，沒關係，育翔可以變得更好。這是身為父親，一份單純的期望。」

「潘先生，你談這些，一定和黃柏俊的案子有關吧？」

「當然。」潘雄飛沒有閃避，「黃小弟的姊姊，一直在追查這件事。我聽說她在網路上公開了案情經過，找網友幫忙……而且，似乎還找到了與育翔有關的線索。」

「你的消息很靈通。」

「育翔可能和案子有關……不可否認，這的確是有可能的事。」潘雄飛經常使用一種奇妙而矛盾的說話方式——態度堅定，但言詞閃爍。這似乎是他探查對方底牌的慣用手法。「但是，沒有親眼見到真憑實據，也不能那麼快下定論。」

「是的。證據有沒有效，得看警方的認定。」

「如果證據有效，那育翔自然得協助檢調單位釐清案情。張先生，這部分的程序，我相信你也很清楚——不但曠日費時，而且，最後的結果出來，也不一定符合黃小姐的期望。」

「就我所知，她的期望就是找出真相。」

「黃小姐身為死者的姊姊，我相信，一定也有她單純的期望。但我必須誠實地說，『找出真相』只是一種自我安慰、逃避現實的藉口。知道真相，人生並不會更圓滿，相反地，甚至更可能會發現，自己居然被真相背叛了。」

「也許。但是，她既然決定要找出真相，當然也就作好了被真相背叛的心理準備。」

「張先生，你一直協助黃小姐調查，對她的想法，的確是再清楚不過了。不過，真相往往比期望更難讓人接受。」

潘雄飛緩緩地吸了一口氣。

「——所以，我想和你談一個，和真相有關的交易。」

9

新北市市刑大，同一間會議室。

在場的有黃佳慈、潘雄飛、許順傑，還有我。椅子剛剛好。

這一回，市議員張敬文沒有來。新聞報導說，在黃佳慈部落格上爆料的人太多，已經超出黃柏俊車禍的範圍，有大量的匿名消息是針對張敬文而來，牽扯出更多的案外案——看來，他得理不饒人、語不驚人死不休的風格，早就得罪了很多人。

總之，張敬文「公親變事主」，自身難保，儘管已經開了好幾次記者會，這些謠言依然燎原不止，愈燒愈烈。他在政論節目不再是來賓，而是議題。這些爆料，很可能會對他下次競選連任有負面衝擊，使張敬文態度轉趨低調，不上節目，也不接受媒體訪問了。當然，關於潘雄飛的事，他也回到單純的證人身分，不再做任何聲援、護衛。畢竟，現在有嫌疑的也不是潘雄飛，而是高育翔。

至於高育翔之所以不在場，是因為他已經被移送到地檢署了。潘雄飛的委任律師，現在應該在地檢署處理交保手續。黃佳慈手上的錄影檔，確實拍到了潘雄飛座車車頭破碎的奔馳畫面。駕車者就是高育翔。這可以說是無可抵賴的證據了。不過，潘雄飛似乎事先掌握了黃佳慈的動向，在她將證據交給警方之前，就帶著高育翔自首。因為「犯後態度良好」，應該可以順利交保，保釋金也花不了多少錢吧！

然而，兇車在肇事後的去向，尚牽涉了是否有事後共犯協助銷毀車子的疑慮，因此，偵查還不算完全結束。

「潘先生。根據你的證詞，」許順傑首先開口：「你是在去年十二月二十四日下午四點多，到『La Sirena』大直店替兒子高育翔拿聖誕禮物，五點前回到家，將禮物、車子交給他，接著他就出門了，是嗎？」

「是。」

「到了隔天凌晨五點多，你在『夢中芬芳』裡接到他的來電，說他發生車禍。」

「是。」潘雄飛解釋，「他把車開到家附近，說車子突然熄火，發不動了。我想應該是車禍導致的。他說他車禍時胸口撞到方向盤，在路上還一度嚴重嘔吐，感覺很累——我勸他先回家休息，等我酒局結束後再說。到了二十五日早上七點，他打電話給我，說他睡醒後，去確認車子的狀況，發現車子被偷了。於是，我才決定由張議員陪同，到警局報案。」

我猜，這就是高育翔離開車禍現場時，在途中拋出紙袋的原因吧——他嘔吐在紙袋裡。

「但是，你隱瞞了車禍一事。」許順傑說。

「我感到很抱歉。許刑警，我愛子心切，事情處理得不適當。現在育翔願意反省、覺悟，坦承他的過錯，都因為黃小姐、張先生堅持到底。做為一個父親，我也要在此誠心致上我的歉意，同時也要謝謝兩位，給了育翔那麼真實、那麼有意義的機會教育。經過這個教訓，他一定會變得更成熟、更穩重。」

這番話，想必事先已經演練多次，講得懇切、自然，不僅博人同情，邏輯一樣找不到破綻。我身旁的黃佳慈，聽了似乎感到非常憤怒，但她終究強迫自己忍下來了。

「好吧。既然潘先生都這麼說了……」許順傑打算將偵訊告一段落。

「許刑警辛苦了。」潘雄飛接口，「讓黃小姐勞碌奔波，我也想要給一個交代。所以，想借用會議室與黃小姐談談。」

「好。我暫時離開一下，你們請便。」

「謝謝。」

「黃小姐，」潘雄飛確定他關妥門、腳步聲漸遠後，才開始說話。「案子很快就會進入司法程序了。我的律師說，如果黃小姐願意在民事上達成和解，可以加快法官的審理進度，讓事情盡早落幕，黃小姐也好整理心情，回到正常生活……」

「每天看著殺人兇手站上法庭，就是我的正常生活！」

「黃小姐，」黃佳慈的言詞尖銳，但潘雄飛並未因此被激怒。「我瞭解妳的心境，更同情妳的遭遇。但是，黃小弟已經過世了，人死不能復生，所以，未來的妳應該為自己好好活下去。我相信，黃小弟若是在世，一定也是這樣希望的。」

「你又知道柏俊什麼？」

「我當然知道。」潘雄飛收斂了謙和的態度，開始主動攻擊。「妳可以找徵信社，我當然也可以找。妳想去英國留學，不是嗎？所以黃小弟才得打工打到三更半夜，設法張羅自己的學費、生活費。他這麼做，全是為了妳的夢想。」

「你……」

「黃小姐。我也有過去，我很明白，追尋夢想並不容易，達成夢想更難。但是，妳不能把黃小弟的死當成藉口，逃避妳該做的事。」

「我沒有！」

「是嗎？我都調查過了。其實，妳還沒找到願意收妳的學校。我甚至連妳IELTS的分數都知道。黃小弟發生車禍，恰好可以給妳一個正當理由，不必再煩惱留學的事，不是嗎？妳在網路上放裸照、準備上電視節目，難道沒人知道妳的居心？不過，我是個生意人，只要妳願意和解，我很願意幫妳追尋夢想——很巧，我認識妳的系主任。談不上熟，但關係夠了。我有辦法要到一封他的推薦信。」

「你不要把我的夢想……講得那麼低劣！」

「英國物價高、學費貴。妳沒本事，根本去不了。妳的成績申請不到獎學金，妳的存款也不夠。我可以付妳一筆優渥的和解金，讓妳在英國兩年內不成問題。我可以很大方。」

黃佳慈的雙眼瞪大，一句話都說不出來。

「如果妳還是不願意，」潘雄飛從身上掏出一個塑膠袋，裡頭放著一支黑色簽字筆。「我會把這個東西拿給一個熟識的名嘴，請他上電視作一些分析。」

「……什麼意思？」黃佳慈的嘴唇顫抖。

「我的偵查員，在車禍現場附近找到這支簽字筆。很湊巧，跟黃小弟打工的ＫＴＶ所用的筆是同一品牌。所以，不能排除這就是黃小弟的筆。畢竟那是他打工必經之路。車禍現場附近，有一個請求車禍肇逃目擊者提供線索的紙板，上頭的聯絡電話末幾碼，剛好就是被黑色簽字筆塗掉了——真是個踐踏受害者家屬心靈的惡作劇。」

「你在捏造證據！我和偵探大哥搜查過現場，根本沒有什麼簽字筆！」

「沒人能證明你們真的找過。更沒人能證明你們沒有任何遺漏。相反地，我的偵查員，甚至能找到幾個人，願意出來作證黃小弟在ＫＴＶ裡，為了錢做了一些見不得人的勾當，剛好可以和簽字筆這項證物，來個前後呼應。到時候，社會大眾應該會有被騙的感覺。」

潘雄飛將一個牛皮紙袋，推到黃佳慈桌前。

「黃小姐，如果妳願意和解，請收下我的這份薄禮。裡頭有一張支票，希望數字讓妳滿意。還有一份調查報告，寫了黃小弟從來沒告訴妳的秘密。妳想知道，可以讀一讀，不想知道，直接銷毀都行。我沒有備份。」

黃佳慈愣愣地凝視著紙袋。

「黃小姐，我們是一樣的。我們都希望，當我們不在家人身邊時，他們仍然像我們所認識的一樣。很可惜，我們都被背叛了。我們不斷尋找更多的證據，想為他們平反，但我們終究力有未逮。因為，真相與我們的期望，永遠不同。

「而現在，我們所做的一切，也是為了家人。就算總是徒勞無功，我們還是願意做。家人並不完美，但我們依然希望，家人能夠愈來愈好。如果，妳真的為黃小弟好，就應該讓他在離開世界時，別留下一個醜惡的身影。讓他所做的壞事，從人們的記憶裡永遠消失。」

我輕輕起身，沒有等黃佳慈作出決定，就獨自離開了會議室。

這就是我和潘雄飛的交易——不要阻止他說服黃佳慈。

所以我在談判現場，一句話都沒說。

假使我做得到，他就答應替我保守秘密，不告訴黃佳慈。

儘管，那一開始只是個巧合。可悲的巧合。

走出市刑大，廖叔在門口等著。

「我們只不過是這場車禍的旁觀者，」他拍了拍我的肩膀。「盡力就好。」

10

踩踏著、攀爬著這一連串僅僅存於剎那的泡沫，抵達盡頭時見到的，依然只有泡沫。一旦泡沫消失，立刻就會墜落，摔回原點。

放棄留學、尋找殺弟兇手的黃佳慈，最後不得不留學。

潘雄飛替兒子出車禍收拾殘局，這已經是第二次。上次美國、這次台灣。也許，還會有第三次；也許，所謂的培養接班人，也會是泡沫一場。

再來是我。我以為，我真的是一個旁觀者。我在調查委託案的過程中，愈陷愈深，以為自己追求的是事實、是真理。我產生了一種錯覺，以為可以勝過警察、勝過財閥。但走到最後，我才知道，原來自己也不屬於正義的一方。我只是個拿錢幫客戶辦事的偵探，自顧自地遊走在法律的灰色地帶。我要黃佳慈別學「我們這個世界的運作模式」，就表示我心裡也很明白，自己幹的是什麼勾當。我和他們一樣，攀爬的是泡沫之梯。

「廖叔。」上了助手席，我繫好安全帶。「你前陣子出國，去的是美國吧？」

「嗯。怎麼了？」廖叔發動引擎，看著後照鏡。

「是到美國幫高育翔處理兇車，對嗎？」

「潘雄飛是老朋友。」他沒有踩踏油門，讓車子怠速。「巧合。」

「你洩漏了我的調查情報。」

「對。」

「而且，你還調查了黃柏俊的背景。」

「那不是調查，而是捏造。和潘雄飛鬥，絕不會有好下場的。」廖叔的聲音平靜，「我不能讓你出事，也不希望委託人受到傷害，所以，我必須找出最妥善的解決辦法。」

「解決辦法？我不能理解。」

「我利用你的調查情報，讓潘雄飛可以及時處理掉『殺肉場』的Aile，那他就會相信我，我是站在他那邊的。我還在第一時間告訴他，黃佳慈手上擁有車禍的關鍵紀錄，可以向警方證明他兒子撞人逃逸，要他趕快帶兒子自首，爭取和解。」

「為什麼要這麼做？」

「潘雄飛的兒子沒事，你和黃佳慈才能安全。他會不擇手段地報復。他喜歡別人對他俯首稱臣，所以我要他去找你，告訴你我在幫他兒子處理美國的車禍，並威脅要把這件事告訴黃佳慈，以破壞她對你的信任，這麼一來，你才會同意不插手她的和解案。」

「你很瞭解我，我對女大學生沒轍。」

「不只有女大學生。對需要幫忙的人，你都沒轍。」

「我沒有。」

「你有。」

我沉默了，不再回話。我明白廖叔的用心，只是我一時無法接受。

在警局裡，我必須讓潘雄飛主導車禍的和解。否則，他就會對黃佳慈說，我們所調查的每一個線索，之所以像泡沫般不斷在眼前消失，是因為我在背後動了手腳。

潘雄飛手上有證據——廖氏徵信社的合約，他跟廖叔簽的。潘雄飛大可宣稱，說我表面上接受黃佳慈的委託，但實際上是在替他工作，清除這個案子所有的證據，協助高育翔順利脫罪。黃佳慈會相信他的。她才不會相信這是什麼可悲的鬼巧合。

我們的世界，就是這樣運作的。廖叔的「復南情資網」，錢是維持正常運作的燃料。然而，在這個無情的前提下，廖叔仍然同時保護了我，也保護了黃佳慈。

「兩年前開始，潘雄飛相中烏來的一塊水源保護區，打算興建豪宅。於是，他與市議員張敬文搭上線。他現在不但兒子撞死人，還作了偽證，萬一上法庭，勢必會影響這個開發案。他先前錯失軍方土地，這回很小心。他非得和解不可。」

「為了土地利益。」

「還為了他的繼承人。我建議他，與黃佳慈和解，出一筆錢，把她送去英國，別讓她繼續在台灣媒體鬧事。」

「廖叔，被你這麼一搞，我所追求的正義，全成了泡沫。」

「在這座城市，正義本來就是泡沫。」

廖叔將車子駛出民安街，朝台北市區前進。

「潘雄飛的委託費，一定不少吧。」

「對。而且，不是泡沫。」

我本想再說點什麼，手機鈴聲卻在此時響起，打斷了我的思緒。

是黃佳慈。

「偵探大哥。」

「妳和潘雄飛……談得怎麼樣了？」

「談得很愉快。」她的語氣帶著不尋常的興奮，「你走了以後，我向他提出了更多的要求。機會難得嘛。我已經悶好久了。自從我有記憶以來，我一直過得很辛苦。其實，除了留學以外，我還有好多好多事想做呢。反正柏俊現在不在，我也沒有什麼牽絆了。結果，他居然全答應了！想不到他對我這麼好！簡直就像聖誕老公公！另外，他還給了我好多建議，該怎麼樣適應英國的環境、展開新生活等等。跟他談完，收穫實在很大。我終於瞭解他是個什麼樣的人了。」

「那就好。」

「——所以，我拒絕與他和解。」

蠶繭之家

The

Cocoon Family

1

第一次見到她，是在一個下著大雨的深夜。

那時我才回到公司，走進沒半個人的辦公室裡，準備開始寫調查報告。大雨已經連續下了兩週，而且似乎毫無停止的徵兆。手上的這個案子總算解決了，但比預期多拖延了一個禮拜。原因只有一個——雨下得太大，照片、錄音的品質不佳，完全不能用。最後幾天的跟監，距離幾乎已經貼近到對方一回頭，就會發現我了。

這次的客戶有些性急，每天往辦公室跑。如紋有個優點，就是客戶不管怎麼得寸進尺，她也絕對不會生氣。她的解決方案也很簡單，就是準時下班，讓我直接面對委託人。對。對她來說，保持愉悅的心情，比把工作完成更重要——所以她才會一直這麼漂亮。

總之，我必須立刻完成調查報告。希望明天一大早，客戶不會再像孫悟空大鬧天庭那樣在辦公室裡抓狂，而是乖乖地把口袋裡的錢掏出來。這麼一來，我會再次見到展露笑容的如紋。

我點亮桌燈，打開待機的電腦，左手舒緩一下剛剛在夜店被人用力拉扯、感覺有點痠痛的右肩——我想我是在取得證據的最後一刻，警戒心稍微有些鬆懈。但，這不打緊。被攆出去，總比被搜身好。毋寧說，今晚以如此的效率完成任務，這是最好的結果了。

我把抽屜裡、身上的東西翻出來排在桌上，清點結案所需要的證物有沒有遺漏。

這時候，我聽見公司大門打開的聲音。

如紋不會這時候回來的。

那麼，就是客戶了。

我知道，客戶的心血來潮，並不一定總是在上班時間發生。不過，如果是已經簽約的客戶，通常會打電話。他們也知道，徵信社不是派出所，也不是便利商店。

——凌晨兩點。

我看了看錶。這種時間，應該不會是來借Wi-Fi的。

不看時間找上門來的，大概就只有警察了。我希望不是。

我站起身來，見到了穿過走廊走進來的她。

她還是個中學生。

「可不可以……請你幫忙？」聲音有些顫抖。

「先坐吧。」我說。

我在心裡稍微計算了一會時間。我回到辦公室，打開燈，還坐不到十分鐘。這也許表示，她已經在樓下街道外等候一個晚上了。徵信社這種場所，對這種年齡的女孩子來說，恐怕得鼓起莫大的勇氣才踏得進來吧。

我到茶水間找了一條乾淨的大毛巾遞給她。

她的臉蛋、頭髮，以及淺藍色校服全溼透了。可是，這裡沒有合適的衣服給她換。

「謝謝。」她接了毛巾，開始擦拭著滴著水的頭髮。

「茶還是咖啡？」

「不用了。」

「喝一點比較好哦，這種天氣容易感冒。」

她的臉蛋在擦去雨水之後，更顯得蒼白、毫無血色。

我將自己的咖啡遞給她。她怯生生地接了過去，注視著杯緣蒸騰的熱氣，並沒有喝。

「喝完以後，我送妳回家……」

「你要趕我走嗎？」她抬著頭凝視我。「我已經沒有家了。還有，你不要用對小孩子的方式對我，我已經不是小孩子了。」

會講這種話的，大概也只有小孩子了。

「我認識台北市警局的刑警，他可以幫妳。」

「我不要找警察！我有很多錢。徵信社拿錢辦事，不是嗎？」

「一般是這樣沒錯。」我聳聳肩，「不過，對我來說，不是錢的問題。」

「那你想要什麼？」她甩開身上的毛巾，我才發現她的百褶裙已經撩高，露出白皙如雪的大腿。「……我說過，我已經不是小孩子了。」

「妳的錢哪裡來的？」

「你管不著！」

在一個短暫的瞬間，我忽然從她的眼中看見一種費盡力氣、掩飾得很好的悲傷。

這讓我不由自主地萌生一股衝動，想去探查那份悲傷的源頭。我知道，這股衝動是個很不好的習慣，但這就是我為何當偵探的原因。

「要說自己不是小孩子，等妳成年吧。到時候，妳再決定想拿什麼交換什麼。」我說：「錢的事以後再說。現在只要妳誠實地告訴我，到底是什麼原因，讓妳非得穿著制服，三更半夜淋著大雨到這裡來不可？」

這個問題令她沉默了許久。誠實，總是讓人難以承受。

「……因為，」最後她目光低垂，囁嚅地說：「我以為我這樣你會比較願意幫我。還有，如果我現在大喊救命，沒人會相信你的。」

我嘆了一口氣。「妳很聰明，但這樣可能會害妳受傷的。」

「無所謂。達成目的就好。」

「好吧。」我在她的身邊坐下來。「先告訴我妳的個人資料。」

「我叫顏心依，現在是聖永國中二年級。」

我聽說過這間學校，是一所頗負盛名的私立貴族學校。我有許多客戶的小孩都讀這所。

「你呢？」她問。

「我叫張鈞見，現在是廖氏徵信諮詢協商服務顧問中心的偵查員。」

「頭銜也太長了。」

「有時候只是因為客戶愛聽。」我沒理會她的不屑，「想做什麼委託？」

「我想找爸爸……他失蹤了。」

「什麼時候失蹤的？」

「兩個禮拜前。」
「妳沒有向警方報案？」
「沒有。」
「為什麼不這麼做？」
「……我不想說。你到底要不要幫我找？」
她的語氣很倔強——好吧，這個問題暫且先擱置。「告訴我他失蹤前發生了什麼事，還有手上有什麼線索，心裡有什麼想法。知道的盡量說。」
「爸爸以前是一家外商銀行的副總，但一年前被裁員了。好像是歐盟的什麼改革害的。你知道嗎？」
「知道。」
我想顏心依講的，應該歐盟近年的金融改革吧，簡稱MiFID II。在金融風暴之後，投資人的信心崩盤，歐盟為了避免證券交易所的壟斷、提高市場的透明度，大刀闊斧地將到投資銀行、交易所、經紀商、對沖基金和高頻交易等，全都納入管理範圍。
對投資人來說，能夠得到更完善的保護，也許是一件好事。不過，對金融服務業而言，則是一項沉重的衝擊，大幅提高了管理成本，無利可圖。同時，未來的投資手段，已經逐漸轉為ＡＩ機器人理財，明星分析師的光環逐漸黯淡。因此，造成了這兩年外資銀行、券商陸續關閉在台業務，大舉撤離。
為什麼我會知道這種事？
——廖叔告訴我的。他和本社客戶，最關心的就是錢。

客戶有錢，才會打些千奇百怪的念頭。徵信社的取財之道，原本就不是仰賴世界和平，憑藉的是人際關係的紛爭。這可是需要金錢支撐的活動。

「本來我有一個很幸福的家庭，爸爸媽媽非常愛我，我要什麼有什麼。不騙你哦。但是在爸爸失業後，一下子全變了。爸爸一直找不到新的工作，整天煩惱，跟媽媽經常吵架。我卻一點用也沒有，完全幫不上忙。後來，媽媽以前公司的老闆，說要幫爸爸找工作，結果媽媽竟然跟他外遇，沒多久就跟爸爸離婚了。這全是在一年內發生的事。沒想到我的家庭這麼脆弱，這麼不堪一擊。真好笑，原來以前那些幸福都是假的啊。」

顏心依描述這段過程的語氣很淡漠，一副事不關己的態度。也許這是她的心理防禦機制，保護她不再受到這段往事的傷害。

「媽媽離開我們以後，爸爸變得更消沉了。但他還是每天出門想辦法找工作，一刻也沒有休息。一切都是我的錯，沒有早點發現他的異常，不然他就不會失蹤了……但是，我又能做什麼？只能這樣一天一天過著毫無希望的日子。」

我沉默著，沒有搭話。

「兩個禮拜前，星期三。那天我放學後，他沒有來接我。我自己想辦法搭捷運回家了。他不在家。我打手機給他，結果關機。我等了一整個晚上，爸爸還是沒回家。」

顏心依打開背包，拿出一個牛皮紙袋來。

「我在爸爸書房裡找到這個，是馬偕醫院的診斷報告。報告的內容我看不太懂，所以我上網查了裡面寫的東西，才知道原來爸爸罹患了失智症……說不定，這才是他真正找不到工作的原因。」

我接了紙袋，抽出裡面的文件瀏覽——顏仁璽，四十七歲。報告的時間是上個月。

「他沒跟妳說過這件事？」

「沒有。」

「診斷報告可以借我一陣子嗎？」

「好。」

「所以，妳認為妳父親的失蹤是因為失智症？」

「對。爸爸是個很有責任感的人，他絕對不可能故意離開我的。」也許是因為身體發冷，顏心依的聲音顫抖。「但是，這些日子我找了好多地方，就是找不到他。」

「聯絡過親戚朋友嗎？」

「沒有。發生了那麼多事，爸爸已經不跟任何人來往了……」

我跟顏心依要了她父親的幾張照片，又問了其他幾個問題，答案本身沒什麼幫助，但至少可以讓顏心依安心一點。忘了回家的失智症患者，情況算單純的了，但不同個案差異很大，沒辦法馬上給她一個明確的時間。

「你找到爸爸以後，請你跟他說我跟媽媽會在家裡等他。我知道，媽媽現在跟別人在一起，但他們還沒有結婚，我會設法說服她回心轉意的。到時候，只要我們三人在一起，無論發生什麼事都不必怕了。我知道，爸爸媽媽最愛我，一定會聽我的……」

這是她睡著以前說的話。

2

次日清晨的天色未明之際，在如紋進辦公室以前，我喚醒了顏心依，要她回家。她得先回去換一套乾淨的制服，正常上學。我說，她不這麼做，那我就不幫她查了，她才答應我。

離開辦公室前，也許是睡眠時數不足，她看起來相當疲倦。謹慎起見，我要她量體溫，確定她沒有因為昨夜淋雨而發燒。她有些不耐煩，從背包裡拿出一件粉色的絲質小外套穿上，說她才不會那麼容易病倒。這件絲質小外套，意味著她曾是一顆掌上明珠。

一整個晚上，當然足以完成上一個客戶要的調查報告。我徹夜未眠，其他時間用來思考這樁新的委託該怎麼進行，以及檢查顏仁璽的醫院診斷證明。這份文件是真的。失智症並不是顏仁璽離家出走，用來騙女兒的幌子。當然，以顏仁璽將近五十的年齡來說，罹患失智症是過早了些。也許，中年男子的失業壓力，沉重得令心智無法承受。

如紋到了公司後，發現我還在，顯得相當驚訝。

「你在打電動嗎？」

「沒有啊。」

「那幹嘛整晚沒睡？」

「我要補休。」我沒直接回答她的問題。「客戶交給妳啦。」

本社規定，未成年人是不能委託案件的。一旦調查過程中發生爭議，送上法院，會變得很麻煩。如果未成年人非得委託不可，那得有法定代理人簽約才行——但，這個案子的問題是，法定代理人失蹤了。總之，我想就先不必讓如紋知道了，省得解釋。

顏心依的法定代理人，並不是只有顏仁璽。她有媽媽。

我確實拿了合約讓顏心依簽。她以為簽了，合約就生效了。當然不是。我是安撫她而已。我真正需要的，是合約上的緊急聯絡人。顏心依看到那一欄時，我注意到她有些遲疑，但她還是填了。她填的還能有誰？連文韻，想必就是她的母親。

接下來，會有兩個可能。第一，我詢問連文韻是否願意委託我尋找她的前夫。我跟她簽另一份新合約，由她付錢，不必讓顏心依知道，反正，我的調查工作一模一樣；第二，如果連文韻考慮到現任男友的立場，無法簽約，那也沒關係，她還是有可能付錢。我照樣調查。

無論是兩種可能的哪一種，我都必須跟連文韻見一面。

離開辦公室，我立刻打了合約上的緊急聯絡人電話。電話那頭很快就接了。

「喂，請問是……」

「連文韻小姐嗎？關於妳的女兒顏心依，我想找妳碰面談談。」

「你是誰？」

沒錯。是顏心依的母親。

「我叫張鈞見，是顏心依的朋友。」

「抱歉。」連文韻的語氣游移不定，「她現在與她的爸爸住在一起。你可以找他。」

「我沒辦法。他失蹤兩週了。」

「我什麼都不知道，」聽起來，她急於撇清關係。「我們很久沒聯絡了。」

「上次聯絡是什麼時候？」

「協議離婚的時候。」她有些不耐，「好幾個月了。夠了嗎？我要掛了。」

「現在顏心依沒有人照顧。」

「抱歉。可是，我有男友了！」

「好，那我會通知社工單位。到最後，社工還是有可能會聯絡妳。」

連文韻陷入靜默好一陣子，才終於開口：「張先生，你到底希望我怎麼做？」

「就像是我一開始說的，」我回答，「我想找妳碰面談談，問一些妳前夫的事。我答應顏心依替她找爸爸。跟妳談過以後，我會負責照顧顏心依的。」

這一回，她終於沒有再抗拒了。她是個職業婦女，在一家廣告公司工作。我們約好，午休時間在她公司附近的咖啡廳碰面。也許是職業屬性，她的穿著時尚、妝容冶豔，身材保持得宜，看起來甚至不到四十歲。

「你是……徵信社的偵探？」她看著我的名片。

「嗯。我想，這就是妳女兒來找我的原因。」

「你想知道什麼？我在電話裡說過了，我真的不知道他人在哪裡。」她目光飄忽，神情不甚穩定。「而且，我的時間有限。」

「別急。我問了我想知道的，就會離開。沒問完，下次還會再來。」

連文韻咬了咬下脣，一副心不甘情不願的模樣。

「連小姐，妳與妳的前夫結婚幾年了？」
「十五年。」
「當初，是怎麼決定跟他結婚的？」
她顯然有點訝異，我居然問她這麼久以前的事。「談戀愛，覺得時候到了，自然就結了。」
「他有什麼地方吸引妳的嗎？」
「這……已經是久遠得我幾乎忘記的事情了。」
「沒關係。我等妳想起來。」
「不必了。」她的語氣決絕，「他說，他願意給我一個美滿的家庭。」
「那麼，十五年後的今天，這個家庭已經不再美滿？」
「十五年是很長的時間。很多事都會變的。」
我搖搖頭。「不，昨晚顏心依不是這樣告訴我的。」
「……心依她說了什麼？」
「她說，在爸爸失業前，她的爸媽一直很愛她。她的家庭不再美滿，其實是這一年才發生的事。」
「你想要我說什麼？」連文韻的態度冰冷，「他失業了，這就是最容易理解的原因啊？美滿的家庭，是用錢堆出來的。」
言下之意，當初結婚也是錢堆出來的——這同樣是最容易理解的原因。
「那麼，他失業這一年來，」我沒把話說破。「你們的生活有什麼改變？」

「這還用說嗎?」她變得理直氣壯、滔滔不絕。「我們有房貸,是大安區的房子;心依的學費,是台北市最貴的私立中學;還有他的休旅車、他的高爾夫球證。仁璽是公司高層,原本是付得起這一切的。對,原本。只要他不被裁員就好了。他的學歷、經歷完美無缺,好得無可挑剔。這樣的人,不用擔心找不到工作,不是嗎?對。那麼,他為什麼會失業呢?他自己決定的啊。我告訴他好多次了,要回到他當初的年薪,永遠不可能了。

「沒有那樣的年薪,他眼前所擁有的一切,他全都得放棄。但,並不是化為烏有,只是退而求其次。我們一樣有地方住,心依一樣有學校讀。但是,他的自尊心太高了,他不是一個退而求其次的人。我們真的需要這種『美滿』嗎?」

「我明白了。」我覺得適可而止,不想讓整場談話導引到她對前段婚姻的抱怨。「那這一年來,他的個性有了很大的改變?」

「在家待業後,他的生活作息變得很不正常,日夜顛倒,情緒也變得很不穩定,一會兒興匆匆地說有人找他面談,一會兒又認為對方根本不瞭解他的價值,氣得破口大罵。明明整天都在家裡,卻什麼事都要我做。我壓力太大反彈時,他便懷疑我搞外遇……哼,這就叫心想事成、如願以償嗎?」

這些話聽在旁人耳裡,彷彿是連文韻為自己的外遇辯護、開脫的遁詞。

不過,事情其實沒有那麼複雜。

我拿出顏心依交給我的文件,遞給連文韻。

「連小姐,若依照妳的描述,顏先生很可能在失業的這一年裡,罹患了早發性失智症。」

「什麼……？」她頓時雙眼圓睜，翻著顏仁璽的診斷報告。

「正如妳所說的，他是個自尊心很高的人。我相信，失業確實給他很大的打擊，徹底改變了他的身心狀況。也許，一開始他並沒有病識感，以為只是妳故意看輕他，對他不忠。接著，你們很快地離了婚，女兒歸他。

「他必須獨力照顧女兒的生活，這時候，他逐漸冷靜下來了。也許，他逐漸發現自己的記憶力、生活能力開始衰退，在他身上發生的事，非常符合失智症的徵兆。於是，他決定暗中去看醫生，終於證實了自己罹患早發性失智症。然後，經過了兩週，他就失蹤了。」

「……你的意思是，他的失智症發作，忘了自己是誰，才會失蹤嗎？」

「顏心依是這麼想的，但我不是。」我搖了搖頭，「這裡頭有幾個疑點。首先，一經醫生診斷，確認是失智症，他隨後就失蹤了。這實在太過巧合——就好像保了意外險以後，不久就發生意外一樣。

「其次，顏先生已經失蹤兩週了。整整兩週，完全無聲無息，彷彿人間蒸發。他既然去主動看了醫生，就表示自己有病識感。他應該會做一些防範的。比方說，隨身攜帶自己的身分證、家人的聯絡方式。兩週的時間，他需要錢、需要睡覺的地方，若只是單純失智，終究會被送交警方處理。但沒有，什麼都沒發生。」

「張先生，你的意思是……」連文韻的脣角顫抖著，「難道說……」

「連小姐，我明白妳在擔憂什麼。但可能性並非只有這一項。也有可能，他毫無目的地四處漫遊，最後離開了台北市，被某個人帶到某個地方安置了。」

「那我們是不是該報警……」

「我問過顏心依，她說不行。」

「為什麼？」

「妳也不知道原因嗎？」

「不知道。」

「我會負責查出來的——連小姐，今天找妳見面，其實是希望能請妳幫忙。我想，妳是知道顏先生最多事情的人了。我需要妳告訴我，他有哪些朋友、可能會去哪些地方。他失蹤得愈久，要找到他就愈困難。我們所剩下的時間不多了。顏心依沒有父親在身邊已經兩週了，坦白說，我擔心她會出事。」

「……我明白了。」她垂下雙眼，「我會幫你的。」

3

從連文韻那兒，我拿到了幾個名字。當中，有顏仁璽的前同事、高爾夫球友、顏心依同學的父母等等。她說，她會替我詢問顏仁璽家族的遠親。遺憾的是，兩個方向都毫無斬獲。我們設法不揭露顏仁璽失蹤的訊息，所幸無人起疑。

每個人都問起顏仁璽的工作狀況，甚而有人說，可以幫忙引薦工作給他。顯然，他不是一個被討厭的人。從他們的言談之間，顏仁璽是個成熟穩重、心思細膩的聰明人，他們都相信，顏仁璽很快地可以度過困境，東山再起。

是，只要他還能保住智力。

正如我所料，連文韻主動問起了——顏心依委託我花了多少錢。我回答，只有口頭約定。找到她的父親以後再付。連文韻付了一筆訂金，與我正式簽約。其實，她依然非常在乎顏仁璽，畢竟是曾經結縭十五年的夫妻。一開始，她怨他脾氣暴躁，備感心死，但現在才知道他是得了失智症，反而重新點燃了她的情感，希望能對他有所彌補。結束談話之際，她已不像是初時會面時那麼冷酷、疏離了。

我不知道，這樣對他的現任男友是否公平。但這好像不關我的事。

問完一圈後，終於可以確定，顏仁璽失蹤時間前後，他沒有與任何親友聯繫。大部分的人，說顏仁璽失業後，彼此就斷了往來。他是這樣的人沒錯。

其實，處理失蹤事件，人際關係的追查，可以說是一種「捷徑」——一有線索，破案就非常快。人「有辦法」主動失蹤，多半需要「後勤支援」，也就是得有人幫。可是，幫忙的人，到底是自告奮勇、還是萬不得已……通常，後者居多。暫時借住個幾天也許ＯＫ，但沒有人喜歡幫朋友搞長期失蹤的。燙手山芋嘛。這種情況下，一問就很容易問出答案。

然而，若在人際關係上毫無斬獲，也只好回到基本功了——那就是地毯式、步進式搜尋，以地理關係進行調查。光是依照字面聽起來，就給人耗時費力的印象。不用懷疑，事實上，真的這樣沒錯。

城市，是隨著時間不斷地流動、變化的。在顏仁璽失蹤的路徑上，曾經與他擦肩、目擊過他的行人，現在也不會停在原地。因此，匆忙、焦急也於事無補。在這種情況下，我反而會放慢腳步，確認步行的涵蓋範圍沒有缺漏。

從顏家所在的大安區出發，我規劃好行程，一路邊走邊問。路邊攤、店家、排班計程車，都像是台北市的日常背景般，讓人察覺不到其存在。他們不張揚，專注於各自的營生，同時觀察著路過的人們，用雙眼記錄了這城市的醜惡及美好，遠勝有錢裝沒錢修、發生事情什麼都錄不到等於白裝的公家監視器。

一路上，端詳過顏仁璽的照片，絕大多數的人都只是搖頭。少數人露出疑慮、不能肯定的表情。不過，縱然對方看起來頗有把握，我也不能盡信。因為，最近台北連日大雨，路邊攤不好做生意，計程車司機忙得不可開交，路上看到的全是雨傘、雨衣，路人的面貌變得模糊，記憶也跟著變得模糊了。

只要不是葬身在荒郊野外、不是換了新身分遠走高飛，人遲早找得到，差別僅在於要花多久時間、人是死是活。失蹤老人協尋中心、市立殯儀館的各大禮儀公司、警方的無名屍認領處，確認是否有相貌、特徵相符的標的，能跑的都得去跑、能問的都得去問。沒結果，可以鬆口氣，至少不是噩耗。留下聯絡電話，但最好別真的打來。

時間拖愈久，人愈難找，這是事實，儘管大家都不明說。撐到某一天，委託人會死心，放棄調查。與其說是錢的問題，毋寧說是時間治療了一切。我不知道顏心依能撐多久。

「我載過這個人。」

運氣不錯，只找了四天，終於在建國南路二段、和平東路附近的計程車排班站，問到有個年輕的司機記得顏仁璽。下雨天乘客應該很多，但他卻和幾個同事坐在騎樓板凳上抽菸、下象棋，似乎不怎麼想載客。

「還記得大概是什麼時候嗎？」

「兩個多禮拜前的事了吧。」他用力吐了一口煙，彷彿對潮溼的空氣感到厭倦。跟顏仁璽失蹤的時間相差不多。

「還記得他從哪裡上車嗎？」

「你問的是哪一次？」

「你不只載過他一次？」

「是啊，大概四、五次吧？有連續好幾天，他每天都來招呼站報到。我第一天載了他，他上了車，就說想找我幫忙，每天載他。」

「幫什麼忙？」

「……你是他朋友？」

「他女兒拜託我幫忙找他。」我回答，「他有失智症，已經好幾個星期沒回家了。」

「哦。」司機說，「感覺不太出來。看起來年紀不老、談吐滿正常的一個人啊。」

「早發性失智症。」

「聽起來真可怕。」

「不好意思，」我再問了一次。「他找你幫什麼忙？」

「說到這個就有趣了。他只是要我載他，從早跑到晚，不要跳表，價錢另外談。

那幾天，我只是根據他的指示，到處繞路，繞來繞去，去了很多地方而已。」

「你覺得，他是在找回家的路嗎？」

「這……有可能嗎？感覺好像不是耶。他在車上很安靜，只是一直盯著窗外看。我試圖跟他哈啦，但他有一搭沒一搭，只提醒我注意路況。」

「那麼，具體來說，你載他去了哪些地方？」

「用說的也說不清楚。」他把菸蒂丟掉，「要不要上我的車，我直接帶你繞一下？」

「好。」

「那車錢我算一天份哦？」

「沒問題。」

他的計程車就停在騎樓邊，我們立刻上了車。

「叫我小黃就可以了。」他繫上安全帶，回頭給我一張名片。這綽號還真貼切。

「大哥在哪裡高就？」

「我是偵探。」

「哈！有趣。我以為偵探都是去摩鐵抓猴哩。」

「那也是其中一種業務。」

「每天的路線，GPS的歷史紀錄都有。稍等，讓我找一下。」

司機滿健談的，只說他不太喜歡下雨天載客，雖然收入增加，但錢全都拿去保養車子了，根本沒賺，沒保養更慘，這年頭太舊的車客人還不坐。聽得出來他非常愛車，也許，這就是他為何開計程車的原因。

「第一天行程是這樣。我們沿著市民大道一直走，然後到林森北路右轉，在林森公園下車。他要我等一小時。時間差不多了以後，他走回來，要我沿著林森北路的小巷子一條一條走。全部的巷子都走完以後，再叫我開到行天宮外，放他下車。」

這兩個區域，都不是金融大樓林立的地方。他不是去找工作的。

「一樣，他跟我約好，一個小時後見。然後，他準時回來，上了車，再要我沿著民權東路、建國北路的巷子裡鑽進鑽出。就這樣過了一整天。最後，我載他回到原來上車的地點，他跟我約好，隔天再繼續。」

「第二天的行程呢？」

「開頭一樣，又是林森公園，路線幾乎一模一樣。走完後，這次往台北車站走。他在台北車站待了兩個鐘頭。接下來，他要我載他去西門町，在武昌街、漢中街那邊繞了很久。那時，我很想知道他到底在幹嘛，一直問他，但他仍然不說。於是，我便開玩笑說要加錢，慢速行駛對車子很傷，沒想到，他居然一口答應，完全沒砍價！」

太奇怪了——顏仁璽已經失業，卻能坐一整天計程車，被抬價也不吭聲。有什麼事情，是比高額的車錢更重要的事？

此外，他能對小黃下複雜的行車指示，並在約好的時候回到車上。這應當可以證實，至少在搭乘計程車的那幾天，他並沒有失智。

我不得不審慎思考，顏仁璽確實有「主動」失蹤的可能。也許他是在尋找某間合適的房子，供作藏身匿居之用。依他的處境，及其金融背景知識……難道，他正計畫著搶劫銀行？那麼，失智症的診斷書，是否成為他未來的遁罪證明？但是，他是獨自一人行動，行經的範圍又那麼廣，並不像有共犯，難以滿足策劃搶案的條件。

「……第五天，去西門町第二次。這回走成都路、康定路，然後又去了二二八公園。下午則是萬華區艋舺公園。這天的時間跟昨天一樣晚，他在龍山寺下車，去了廣州街、華西街夜市。回車上時已經晚上十點多了。」

實際上照著走一遍，路線確實相當複雜。

由於下雨的緣故，台北市的道路變得十分壅塞，計程車的行駛速度也變得相當緩慢。但這正合我意。有一名老婦人，穿著像是垃圾袋的簡易雨衣，雨衣下的穿著包裹了層層疊疊，彷彿對溼冷的天氣忌憚至極，在怠速暫停的車陣間穿梭，敲窗推銷著玉蘭花。小黃搖了車窗，向她買了一串，對方微笑道謝。

「第六天……沒有第六天了。龍山寺的行程，就是他最後一次出現了。」

「他回車上後，有沒有買了什麼？」

「沒有，」小黃搖頭。「和下車前一樣。」

我一邊聽小黃的說明，一邊記錄時間、地點，終於發現了顏仁璽的行動原則。全部的行動總共五天，同一個地方去兩次，盡可能涵蓋白天、晚上兩個時段。顏仁璽是有系統地在進行——跟我一樣的，地毯式、步進式的搜索——他在找人。

從時數來看，台北車站、龍山寺所待的時間最長。他到底在找誰？

——某個身分不明的觀光客嗎？

不，不完全是。觀光客的流動性太高了。

此外，他另外一種行為模式，是搭車在小巷裡穿進穿出。這似乎像是在找房子。但觀光客不會有房子。旅館有明確的地址，不是這樣找的。顏仁璽搜尋的，是一個區域範圍。他一直觀察著窗外，是在看街道上的景象。

租屋網站上，所標示的待租物件，會提供室內、戶外的照片，但由於隱私的保護，絕不會標註明確的地址。

所以，他在找某一間租屋處？然而，他沒有一面瀏覽街景、一面對照租屋網站上的照片。也就是說，他的記憶力非常好，完全沒有失智。或者是，失智的狀況並不嚴重。此外，他的行事極為小心，絲毫不透露任何口風給小黃。

觀光客與租屋處的關聯，大概就是日租房了。也就是隱匿於豪宅大廈、新式公寓，擁有地近捷運之便，但沒有申請營業許可的高級套房。這類租房，有別於旅館例行公事般的業務感，不必與其他陌生的觀光客聚在一起，而是與當地住民混居，給予自由行或背包客一種真正化身城市中一分子的錯覺。不過，由於不合法規，業主無法掌握租客的身分、有製造社區其他住戶的困擾之虞，容易成為治安的死角。

但是，觀光客會想入住的日租房，都不在顏仁璽搜尋的這些區域裡。坐落在這些區域的，只有破舊、腐朽的老房子。

除了觀光客——

這些區域的街道上，還有哪一類人，是屬於身分不明，但流動性較低的人？

我閉上眼睛，在腦海翻閱著這一整天、歷歷在目的城市風景。

也許我知道答案了。

街友。

4

龍山寺，台北市的舊城區。香火鼎盛的寺廟本身，是外國觀光客經常造訪的勝地。周邊的艋舺公園結合地下商街，原應能吸引龐大人潮，但盛大落成後，進駐營業的店家一直相當有限，反而成了遊民、流鶯、賭客的群集處，在這古色古香的廟宇的庇佑下，形成了一個特殊聚落，稱得上是這座城市最生猛、最野性的一隅。

從顏仁璽五日間造訪、巡探的地點來看，我逐漸能確定，他正在尋找某個街友，而不是因為待業已久、不得不開始尋找新職。目前還不得而知，他尋找這名街友的原因，以及是否與他的失智症有關，不過，極有可能的是，他想趁著腦力完全退化以前找到，但他卻在找到，或尚未找到的同時，失去了家的記憶。

從連文韻的言談中，顏仁璽是個鍾愛——或者，更精確地說，是溺愛——女兒的好父親，我想，他拋下女兒、主動離家失蹤的機率很低。醫院診斷書，證明他有失智症狀。然而，這又與他有計畫地搭乘計程車、熟悉城市各區路線的行為舉止，充滿邏輯上的矛盾。

我與小黃道別，在龍山寺下了車，時間已經入夜。

此時，雨勢稍有疲態，只在空氣間飛舞著微小的雨滴。我撐著傘，沿著廣州街步行，邊問邊找。夜晚的商區依然熱鬧，人群絡繹，各個攤商拉起遮雨棚招徠過客，若無其事地繼續營業。隨著時間漸晚，這座市街不吝展現了更原始、更世俗的風華，昏暗燈光的魅力，讓人分不清楚擦身而過的是誰。

走到接近華西街夜市入口有個小吃攤，終於感覺飢腸轆轆，我進去點了滷肉飯、魚丸湯，坐在遮雨棚下吃。

「請我吃晚餐，好不好？」

一個大約五十多歲的男子逕自坐在我身邊，看起來像是長居此地的資深遊民。

「怎麼稱呼你？」

「叫我老柯。」

我點點頭，「想吃點什麼？」

「一碗餛飩麵就好。」

話一說完，他跟老闆揮個手，老闆馬上張羅去了。看來大家都熟。

「你可以幫我一個小忙嗎？」我問。

「我知道你在找人。」老柯張著嘴開心地笑，「我看你一路走過來，問了好多人。」

當然。我是刻意這麼做的。有沒有問出什麼當然也很重要，關鍵是問給別人看。包打聽、握有情報的人，就會找機會主動接近我。

「你見過這個人嗎？」我立刻遞出顏仁璽的照片。

「好餓。先吃東西再說。」

既然現在不想說，我只好先收起來了。麵來了以後，他慢條斯理地品嚐，一碗幾十塊而已的麵，他卻彷彿在對待極上美味。我已經找了好幾天的人，倒沒這樣的閒情逸致，但見他吃得開心，心情也跟著舒坦了些。

「老柯，你在這裡很久了？」

「一輩子嘍。我有記憶的事，全發生在這。再早的都忘光了。」

「最早記得的事是？」我有點好奇。

「一天去工地十六個鐘頭啊。那些年啊，台北到處都在蓋，房子啦、捷運啦、隧道啦、展館啦、墓園啦，什麼鬼東西都蓋。工頭每天一早都來找人手。我那時很年輕啊，每次都被挑中，收工的時候領現金，賺了好多錢。」

「喔。」

「別誤解，我現在沒錢哦。晚上就喝啊、賭啊、找小姐啊，全花掉了。壓力太大了嘛。工地裡經常出事，斷手斷腳的、摔成植物人的，每天都有聽說。而且大家都沒保險，死了不賠的。誰曉得，下一個會不會輪到自己？錢這種東西啊，存著只是數字。花掉才是真的，那是看得到、摸得到的快樂。」

「後來不做了？」

「外勞來了很多，比我們更不要命啊。就算你想去，老闆也會給你白眼。年紀太大了嘛。也是有輕鬆的啦，像是選舉宣傳造勢的，跟大隊人馬一起遊行的，外國名店開幕需要排隊的，還有機會上新聞呢，拿著人家給的稿照唸就好了。這種的有便當吃，但錢不多啦。而且現在連選舉的人都沒錢辦活動了，全改成網路按讚，用不著我們了。」

「那現在怎麼辦呢？」

「社會救濟啊。我覺得，整個社會風氣有變好很多耶。很多社福團體真的不錯，看我們日子過得很辛苦，捐款、捐物資，還有地方可以洗澡、睡覺。真的想找工作，那更受歡迎——我是不行啦，我看很多人都不行，又麻煩又無聊。上流社會那一套，沒人受得了啊。有救濟，日子過得下去就好了啊。」

老柯把整碗湯喝完，發了一聲飽嗝。

「好吃。」他放下竹筷，抽了紙巾擦嘴。「照片給我看看。」

我點點頭，再次拿出照片。

「這個人……我有印象。我想就是他沒錯。」

「什麼時候見過他？」

「大概三個多禮拜，還是快一個月前了吧。」他一邊繼續端詳那幾張照片，一邊說：「他在公園裡晃了幾天。新來的，身上好像還有點錢，不用別人幫忙。」

「他來這裡做什麼？」

「找人。」

賓果。猜對答案的瞬間，是偵探這份工作最愉快的時刻了。

「很多人會來這裡找家人、朋友、臨時工、採訪對象，」老柯並未察覺我嘴角的笑意，自顧自地說道：「因為這裡啊，可是台北市最大的自由業活動區，要說是台北市最後的一線希望，也不為過。絕不誇張，沒在開玩笑的。」

「最後一線希望？怎麼說？」這個老柯，真的很會開支線。

「當這個社會的現實運作，把你排擠出局的時候，這裡接住了你啊。在這裡，你的名字、你的來歷，都不重要了，人人平等。每個人的際遇各有不同，為什麼會來到這裡，其實一點都沒有討論的必要。都已經來了，講什麼都沒意義啦。我們都懂，會互相體諒、互相幫忙的。以前的規則、以前的邏輯，現在都派不上用場，這裡是嶄新的現實、嶄新的世界。」

「他來找誰？」

「一個叫楊董的，也是街友。」

「楊董？」

「這個楊董啊，是一年前來這裡的。據說他十年前在上海做生意，連鎖餐廳之類的吧。原本年營業額上億人民幣呢，後來被合夥人騙得股份全沒了，一度流落街頭，差點回不了台灣。因為他曾經跟基隆的親戚、朋友借了很多錢，一塊錢都沒還，就算回來台灣，也不敢回老家。結果，還不是一樣？待在這裡，也是流落街頭啊。哈哈。」

「他為什麼找楊董？」

「誰知道？可能是楊董家人請託的吧。沒人對街友有興趣吧？」

「那他找到楊董了嗎？」

「沒有。因為楊董已經離開快半年了啊，沒有再回來過。」

「楊董去了哪裡呢？」

「這個嘛……記得是，有一輛黑色賓士把他接走了。嘿嘿嘿。」

「知道那輛賓士的來歷嗎？」

「你問的問題，怎麼跟那人一模一樣？我怎麼可能知道？黑色賓士耶，從來沒坐過。跟你說真的，楊董以前本來就是個有錢人。他認識很多有錢人，也是很合理的啊。說不定，是他某個有錢的朋友來救他了。」

「是嗎？」

總覺得，事情沒有那麼單純。

「誰知道？」他聳聳肩。「這種事很正常。我跟你說，去年有個街友，因為寒流來襲，睡在路邊的隔天就心肌梗塞過世了。還滿年輕的。社會局派人來清理他的行李箱，結果，竟然發現裡頭藏了好幾百萬耶。後來有謠言在傳，他是牛埔幫的幹部，原本負責保管贓款，後來老大被抓，整個堂口被警方瓦解，他走投無路，最後躲在這裡，這麼多鈔票，一毛錢也不敢花。你說，這個故事到底是真的還假的？總之很扯啦。」

「那麼，找楊董的人也離開了？」

「是啊。他也是對那輛黑色賓士有興趣，一直問。但人沒找到，留在這裡做什麼？我看他有點失望。」

「知道他後來去了哪裡嗎？」

「他才來沒幾天，又不是街友，沒人認識他啊。誰知道？」

我內心忖度了一陣子。看來線索斷了。

「其實，」老柯補充：「就算有黑色賓士來接，也沒什麼好開心的啊。」

「怎麼說？」

「很多人來這裡找臨時工啊。有當清潔工的、舉牌的、出陣頭的、當臨時演員的，都很多。就算有點壓榨勞工，這些都還算是合法範圍啦。比較慘的，就是作黑的了，自己還不知道。出借身分證、存摺，當人頭幫忙辦手機門號換點錢，結果被詐騙集團拿去當犯罪工具，跑法院不說，還有人被通緝、被關、背前科。

「不過，這可能還不是最慘的。更慘的啊，有人被找去創業，聽起來很棒對吧？他們出錢給你開公司當CEO，同時找銀行幫公司貸款，說是創業維艱嘛。結果，講得好聽，他們拿到錢就不知去向了。遇到這個，就不是詐欺罪這麼簡單了，偽造文書罪、背信罪，警察找上你時，都是幾百萬、幾千萬在欠的，很恐怖。為了騙你，一定先給你看跑車、看辦公室大樓啊。通常啦，走到這一步就沒救了，永遠無法翻身。社工小妹常耳提面命，要大家小心。但有什麼用？沒錢就是沒錢，知道被騙也得去。」

雖然，顏仁璽尋找那位楊董究竟是出於什麼目的，現在猶未可知。然而，兩個人都曾經是公司管理階層，這是他們的共通點——難道說，顏仁璽認識楊董？不太可能，因為連文韻給我的名單裡，並沒有條件相符的人。

此外，顏仁璽來找楊董，距離楊董離開已經將近半年了。而，顏仁璽已經失業一年，半年前開著黑色賓士來接楊董的人，也不可能是他。

「你有去過嗎？」

「我不去。這種事常有。有些人以為可以就此翻身，什麼都答應，滿懷希望離開這裡。結果咧？幾個月後又回來這裡。搞什麼？浪費時間嘛。我跟你說，一旦來了這裡，未來就定了，什麼都不會再改變了。我從來不羨慕他們，因為我屬於這裡。我不去。」

「這裡是你的家。」

「沒錯。我希望這裡永遠不要改變，不變好，不變糟，就像現在這樣。」

看來，無法直接找到顏仁璽，只好調整方向，改追楊董了。

「那麼，你知道楊董的本名嗎？」

「知道啊。」老柯張著嘴開心地笑，「再一碗餛飩麵就好。」

5

次日，我與顏心依一起吃晚餐。

這是她委託我以後，我們約定好的定期會面。我必須確定她有好好上學；對她來說，顏仁璽的下落，是她唯一關心的事。

我們碰面的地點，都是從她去過的餐廳裡挑的。當然，絕不是普通餐廳。但我希望能給她一點安全感。而且，連文韻會買單。

「算是好消息吧。」我告訴她：「有人在艋舺公園裡見過妳父親。」

「你已經找到他了？」

「還沒有。不過有找到一點新線索，只是還需要作確認。」

我避免在她面前提及，顏仁璽正在找一位街友楊董。他也許想搶銀行、也許當了人頭，或涉入其他更危險的事。還不確定。然而，透露過多不確定的猜想，只會引發委託人的恐慌。

「你一定要找到他。」顏心依的神情迫切，「我每天都打電話給媽媽。媽媽已經漸漸被我說服了，她說她其實也過得不快樂，但是跟對方還有一些事要解決，暫時無法離開。我相信她很快就會回家的。」

真有毅力。

連文韻願意幫我，也許是顏心依在背後推波助瀾。

「妳知道妳父親到龍山寺去做什麼嗎？」

「我不知道。」她沉默了一陣子，「我們從來沒去過那兒。」

「半年前，有妳父親的朋友到家裡作客嗎？」

「沒有。」她輕輕搖頭，「爸爸他失業後，就不跟任何人往來了。」

開車來接楊董的人，果然不是顏仁璽——老柯說，社福團體「芒草心」幫楊董找過工作，他們那邊應該有他的名字。於是我跑了一趟。楊董本名是楊金澤。台灣人在海外投資，生意失敗時有所聞，網路上並無相關的新聞報導。於是，我請廖叔幫我打聽了一下，楊金澤確實曾經在上海開了一家叫「奔牛堂」的連鎖餐館。

「為什麼對我這麼好？」她突然問。

「妳是我的客戶。」

「我不是。你的客戶是媽媽。」她的態度有些氣惱。「簽約的時候，我注意到了。合約上有一條，未成年人簽約是無效的。」

「妳真細心。」我笑了笑。「妳爸爸不在身邊，妳媽媽交代我照顧妳。」

「她才沒有。她是個自我中心的人，才不會對我那麼好。那可惡的賤女人，也在騙我。」

「說話不必這麼毒吧？」

「我實話實說。偵探大哥，你為什麼要說謊？」

「好吧。我只是透過這種方式，來保有思考的空間。」

「你不想讓人知道你的想法？」

「可以這麼說。」我嘆口氣。我也不知道自己這麼回答，是一種敷衍，還是一種坦承。

「沒有人這麼問你嗎？」

「沒有。」

「男人好奇怪！爸爸也是這樣，總是不說實話。」

「妳才幾歲，講得自己多瞭解男人似的。」

「你太小看我了！我小五就交過男朋友了哦。」儘管她的聲音仍然稚嫩，但不知為何，總透露著一種似有若無的滄桑。「我可從來沒有騙過你。只此一次，以後不可以再騙我了。可以答應我嗎？」

「我答應妳。」

「而且，你還沒有回答我的問題。你為什麼對我這麼好？」

「好吧。等甜點上來，我再告訴妳一個故事。」

甜點是焦糖布丁、蘋果派各一。兩份都是外觀華麗炫目、宛如寶石的奢侈品，但都是顏心依決定的，我只是陪吃。她先後品嘗了兩份甜點幾口以後，就說夠了，要我把剩下的全吃完。這倒不是難事。

「我的初戀情人，是在國小四年級認識的。」用完甜點後，請服務生收走空盤，桌上只留下飲品時，我輕描淡寫地說。

「四年級！比我早耶。」她顯得有點意外。

「不，那時我們剛認識。我們直到小學快畢業的時候，才開始交往的。她是個很早熟的女孩子，爸爸媽媽都不在了，照顧她的是她哥哥。她喜歡看一些稀奇古怪的書，腦袋裡裝滿一大堆不切實際的空想，但也許這就是她吸引我的地方吧。

「她說，她一直很嚮往當偵探。她長大以後，一定要找到她的爸爸媽媽。她不相信她哥哥告訴她的話，爸爸媽媽已經過世了。後來，她哥哥也失蹤了。我們國中後不同校，戀愛慢慢變淡，和平分手了。我聽說，她後來去讀了新聞系，志願當個記者。畢竟，大學沒有偵探系。記者大概是最接近一種了，我猜。」

「那你們現在還有聯絡嗎？」

「沒有。她已經過世了。」

「哦。」

「我現在會成為偵探，我猜想，也許是受了她的影響。我原本希望，可以一直陪伴她、幫她調查她的家人的。可是，她現在不在了，所以呢，我想我能做的，也只有代替她，繼續當個偵探了。也許在某一天，只要我還是個偵探，我能找到她家人的去向。」

「爸爸失蹤了。跟她一樣，對吧？你在我身上，看到了她的影子？」

「嗯。」

「好羨慕她哦！」

「她已經過世了，沒什麼好羨慕的。」

「她叫什麼名字？」

「非知道不可嗎？」

「對。」

「好吧。她叫周夢鈴。」

「把她忘了。」

「怎麼可能？」

「所以你現在沒有女朋友嗎？」

「沒有。」

「妳現在沒有男朋友嗎？」

「沒有。」

「……那麼，我可以跟你在一起嗎？」

「那可以。」我點了點頭。「等妳成年。」

「偵探大哥。我把你的回答，」她嘴角浮現一抹笑意。「當成一種拒絕囉。」

「我沒拒絕妳。」

「你有。」

說不過她。

「不然，你現在告訴我一個，沒有任何人知道的小秘密。」她不放棄地繼續糾纏，「男女朋友都是這樣的。」
「剛剛我已經告訴妳了。」
「……好，我相信你。那我也可以告訴你一個小秘密哦。」
「說吧。」
「嘻，不是現在。」她古靈精怪地扮了個鬼臉，「總有一天啦。」
我結了帳，先送顏心依回大安區的家，再打了通電話給連文韻，向她報告調查進度。時間已經接近十點，我發現有人在顏心依家大樓外的門口等我——是個穿著學校制服的男生，而且也是聖永國中。我不禁疑惑，難道這陣子這所國中的學生家長全失蹤了？
「你跟心依到底是什麼關係？」聽得出來，他生氣生很久了。
雖然是國中生，他的身材倒是十分高壯，這種鶴立雞群的體格，想必是學校校隊競相爭取的可造之材吧。
「我不知道你是誰。」我轉身，準備離去。「沒辦法回答你任何問題。」
「我是……我是……」他大聲叫住了我，我一回頭，他卻遽然辭窮，變得吞吞吐吐。「我是心依的……前男友。」
「名字呢？」
「……我叫張書燁。」
「我叫張鈞見，很高興認識你。」我伸出手來，但他好像不想跟我握。「既然已經是前男友，她想做什麼就與你無關了吧。」

「這個……唔……」

「不過我還是可以告訴你，她請我幫她尋找失蹤的父親。我是個偵探。」

「心依的父親失蹤了？」

「嗯。」

「……那麼，你收了心依的錢？」他的火氣好像再度攻上心頭。

「我沒有收她的錢。」

「可惡！你這個混蛋！」

張書燁突然衝向前來想出拳揍我。不過，他的行為很容易預測，所以我輕鬆地避開了。

「你以為她跟我上床了？」

「對！沒有嗎？」

「沒有。」我平靜地回答。「錢是她的母親付的。」

「可是，心依說她父母已經離婚了……」

「她正在設法讓她父母復合。」我想，張書燁的反應激烈，他也許知道一些什麼。「你一直在這裡等她？」

「我很擔心她。」張書燁垂著頭，說：「兩週前，心依突然跟我提出分手。她說，我們不必再見面了。也就是所謂的永別。她還把我曾經送給她的禮物全還給我。我一直想找她，跟她好好談談，但是她在學校，對我完全視而不見。我不知道我做錯什麼了。

「她以前常說，我對她最好了，我們要永遠在一起。所以我完全不能理解，為什麼她的態度會一百八十度大轉變……原來如此，現在我終於知道了。」

「知道什麼？」

「她離開我，是因為她一心一意只想找到父親，所以其他什麼事都不顧了。她不希望我承擔她的悲傷。」

在這個壯碩的軀殼裡，竟然住著一個感性、細膩的靈魂。

「她說她有錢付委託費。她的錢從哪來的，你知道嗎？」

「……上網找援交對象。」

「你剛才會這麼生氣，就是這個原因？」

「嗯。」

「但是，你是怎麼知道她上網援交的？」我繼續問。

「我們有共用的帳號。她改了密碼，但被我猜到了。我發現她跟幾個男人傳了很多訊息，在談見面時間、金額的事情……還有很多不堪入目的對話。」

「現在不可能了。我每天都會盯著她。」

「沒有用。擋不了她的。她還在網路上拍賣自己的貼身衣物。她可以請快遞到家裡收貨，管理員會替她處理那些包裹。可是，我不敢把她的密碼改掉。我怕她會另外再申請新的帳號，這樣我就完全不知道她在做什麼、一點辦法也沒有了。」

顏心依的做法，真是太極端、太危險了。

我想起她第一次來到徵信社，那刻意撩高的裙襬。在成人的世界裡該怎麼賺錢，她顯然瞭若指掌。也許，這就是為什麼她不願意向警方求助的原因。

「你繼續盯著這個共用帳號。她一有動靜，隨時告訴我。」

「拜託你，請你一定要幫心依，讓她一家團圓。我去過她家好多次，真的很羨慕，她的爸爸媽媽好愛她，她就像是童話世界裡的小公主一樣。現在的生活，她一定無法忍受的。我希望她身邊的一切都能恢復正常，不管她是不是還願意跟我在一起……我真的很愛她……」

他跪坐在地上，純情地痛哭著。

6

「鈞見，廖叔剛回來。你現在在哪？」

沒錯。如紋會主動打電話給我，唯一的原因就是廖叔回來。

廖叔——廖天萊，是本社「廖氏徵信諮詢協商服務顧問中心」的實質老闆，在我剛進徵信社的時候，他還算常出現在辦公室。在我獨立偵破了幾個委託案以後，不知不覺，廖叔就開始行蹤不明了。對此，我的解釋是，他信任我的工作能力，放心把案子交給我處理；但如紋卻認為，這家徵信社只是廖叔的興趣之一，他另有謀生之道——至於是什麼，沒人知道，反正跟他經常不在有關、跟很多很多錢有關，我們也不必管。公司開著，有人顧、看起來正常營運即可，委託案破不破，一點都不重要。是啊，廖叔做什麼不重要，她想損我兩句，才是重點。

廖叔不在公司，他聯繫我們的方式是靠E-mail。大多數的時候，是跟如紋要調查報告——出給客戶的最終報告，都是如紋寫的。因此，也只有這個時候，如紋才會焦慮。而她處理焦慮的方法，就是催我趕快把調查報告的初稿寫給她。

除此之外，他偶爾也會寄幾張明信片、幾盒甜點回來。有時近自國內、有時遠自海外。這是比較清閒的狀況。有幾次，他轉寄客戶的委託回來，全都是非常棘手的case，我必須跟他分頭並進地辦案，再匯流雙方的線索。其實，這種辦案方式滿有趣的，對此廖叔顯然也活力十足，唯一不開心的人，應該只有如紋了。

「我立刻回去。」

廖叔的人脈非常廣，遍及各個領域。我甚至懷疑他可以聯絡得上全台灣所有人。但他只謙稱地說，他入行早，年輕時辦過不少案子，才讓他得以認識各界人士。這一回，我沒辦法迅速挖掘楊金澤的線索，只得麻煩他了。

他出現在公司，自然不會單是因為這件事。這件事只是順便。

半小時內，我進了辦公室。如紋沒有說話，只使了一個充滿怨念的眼色，讓我知道廖叔正在社長室裡，便回頭繼續去打報告了。

「廖叔。」

「嗨。鈞見，坐！」廖叔替我倒了杯茶，「顏仁璽的案子狀況怎樣？」

「老實說，不太好。」我搖搖頭，「他最後現身的地點在龍山寺，那是三週前的事了。沒有人知道他去了哪裡。我才剛從那裡回來，一直沒找到新的目擊者。」

「那麼，楊金澤跟他的失蹤有關？」

「還不知道。但可以確定的是，他失蹤前，正在尋找楊金澤的下落。」

廖叔遞給我一份文件。我翻開一看，是楊金澤的背景資料。

「楊金澤，原籍基隆，現年六十三歲。大約二十幾年前，與剛結婚的妻子林麗瑜共同了創立『極味家』，這是一間物美價廉的海鮮熱炒店。幾年下來，生意做得不錯，他們轉攻高級餐廳，做了以美式排餐為主的品牌『洛斯特比福』。不過，夫妻倆賺了錢，也育有一個女兒，卻反而愈來愈貌合神離。

「十年前，楊金澤想進攻中國市場，與林麗瑜理念不同，兩人鬧翻決裂，對簿公堂，走向離婚一途。同一時間，他遊說了幾個大股東出資，準備買下『洛斯特比福』這個品牌，獨立經營，結果楊金澤竟然暗中捲走他們的錢，到上海另創『奔牛堂』。這家連鎖餐廳，在上海、杭州一帶，全盛時期共開了八家分店。

「兩年前，『奔牛堂』因為經營不善，股權重整而易主。沒多久，楊金澤就回台灣了。回台灣後，下落不明，沒聽說他另起爐灶。」

「他沒有回基隆，成了萬華艋舺公園的街友。」我毫無把握地推測：「廖叔，有沒有一種可能——楊金澤在離開台灣、進駐中國之前，曾經與銀行接觸過？比方說，是為了處理匯款、投資事宜等。而，對口的人就是顏仁璽？」

「就算有可能，目前也想像不出顏仁璽尋找楊金澤的理由。畢竟，楊金澤在上海的發展並不順利，甚至他不敢讓人知道他回了台灣。假設，顏仁璽多年前曾幫過楊金澤——無論那是合法或非法手段——現在他失業了，想向對方要求回報，那也得是楊金澤的處境仍然富有、仍然風光，才有實質的意義。但是，既然顏仁璽知道要往龍山寺跑，就表示他很清楚，楊金澤已經是街友了。如此一來，即使找到人，又怎麼能解決自己的經濟問題呢？」

廖叔說得沒錯。與對方有一面之緣，跟認真尋找對方是兩回事。

看來，只能跑一趟「洛斯特比福」了。

我請如紋幫我聯絡，當然，依照慣例，是不能直接告知對方來意的。如紋替我挑了一個海外財經雜誌中文版的特約記者頭銜，還做了幾個有模有樣的虛構網站，看起來可信度很高。我寄給林麗瑜秘書的採訪邀約，則是「亞洲地區企業未來之星特輯」的專題報導。

果不其然，我很快地就收到了林麗瑜秘書的回覆。林麗瑜很樂意接受採訪。

兩天後，我在約定的下午，準時抵達「洛斯特比福」總店。她選的這天是餐廳的公休日。

林麗瑜是個六十上下的婦人。為了今天的會面，穿著相當講究。但，也許是事必躬親、長期操勞，濃豔的妝扮也難以掩飾其老態。不過，見到國際媒體來訪，喜上眉梢的容貌，稍微讓她整個人有精神了些。

「張先生，歡迎。」

「林董事長，可以叫我Ray。」

「好的，Ray。」

經過一番簡短、客套的寒暄，林麗瑜提議，先帶我參觀這家旗艦店，讓我多拍些照片。她熱情地介紹外場人員怎麼配置，如何讓客人賓至如歸。看來，她以為所謂的國際財經雜誌，是給觀光客看的旅遊情報。無妨。拍就拍。反正沒有要登。

我們繞了餐廳客席、廚房一大圈，林麗瑜的熱情稍退，有點累了，秘書便建議回董事長室坐坐。她會準備幾份少量的公司招牌排餐讓我品嘗一下，希望我幫忙美言幾句。無妨。吃就吃。反正沒有要寫。

折騰了一個多小時，我總算能與林麗瑜坐下來對談了。我拿出事先準備好的訪稿——同樣一份文件，稍早我也寄給秘書了。

「林董事長，能請您談談當時創業的過程嗎？」終於進入主題。

「好的。正如你看到的，『洛斯特比福』進駐台北市已經……」

「不好意思，」我故意打斷林麗瑜，「根據我手上的資料，『洛斯特比福』的前身，是『極味家』，對吧？那是您與前夫楊金澤一起創立的。」

林麗瑜的臉色一變。「今天的會面，我們只談本店『洛斯特比福』！」

「不。訪綱裡的第一個問題，問的就是創業的起點。」

「Ray，你來這裡，到底有什麼目的？」

顯然，林麗瑜不愧是閱歷豐富的商場老將，敏銳度極高，馬上就知道我的來意不單純。

「林董事長，我的目的是想請教您，您的前夫楊金澤。」

「那個人，沒什麼好談的。」

「我有非常重要的事，想請教楊金澤。」

「你不是記者。」

「對。其實我是個偵探。」

她大感詫異，一時語塞。「……偵探？你為什麼要調查他？」

「我受客戶之託，要尋找她失蹤的前夫。他已經失蹤將近一個月了。在失蹤前，他一直在追查楊金澤的下落。」

「我不懂。」

「我認為，只要能找到楊金澤，就能找到我客戶失蹤的前夫。」

「那……跟我又有什麼關係？」

「楊金澤在上海做生意失敗，去年低調回到台灣，在龍山寺艋舺公園當街友。半年前，有一輛黑色賓士接他離開。我不得不推斷，那輛黑色賓士可能是妳派的。」

「不是我派的。」

「是嗎？」在我目前掌握的人際關係網絡中，林麗瑜是唯一一個會收留楊金澤的人。找不到其他人了。然而，她卻極力否認了。

「更何況，你不要胡說八道。他怎麼可能去當街友？」

「我有其他的街友人證。」

「不，絕對不可能！」

林麗瑜從沙發站起身來，惱怒地走回那張檀木質感的辦公桌。

「半年前，他曾經主動打了一通電話給我。他在上海創業失敗，這件事我確實也有聽說，但他在電話裡說，他在台灣又開了新公司了。」

「……他為何主動跟您聯絡？」

林麗瑜打開抽屜，翻找了一陣，最後搜出一張便條紙。她走了回來，把便條紙遞給我。

——北心實業／亞洲區總裁／楊金澤

「他是來告訴我，他已經開了公司，總有一天他會還錢。」她忿忿不平，「我等著看！」

「林董事長，您離婚後，沒有再見過楊金澤了？」

「沒有。他騙走我娘家親戚一千多萬，更重創了我的餐廳品牌。我不會原諒他的。除非他帶著錢來清償，否則我不可能見他。」

「一個月前追查楊金澤的人，名叫顏仁璽。您聽過這個名字嗎？」

「沒有。他是誰？」

「一位外資銀行的高級主管。一年前被裁員了。」

「我們公司不曾跟外資銀行打過交道。」

除了楊金澤半年前主動打來的電話之外，林麗瑜與這個案子彷彿渺不相涉。

我陡然陷入沉思。

楊金澤自上海回到台灣後，即淪落街頭，成了遊民。在大約半年後，一輛黑色賓士來將他接離艋舺公園，自此下落不明。同時，他成了一家不知名的公司「北心實業」的亞洲區總裁。再過數月，顏仁璽開始調查楊金澤的行蹤，不久後也跟著失蹤。

而這一切，又跟顏仁璽的失智症有何關聯？

我一度認為，林麗瑜念在過去的夫妻情分，得知他成為遊民後，於心不忍，會暗中接回他，替他安排一些差事。在這種情況下，顏仁璽尋找楊金澤、請求他協助解決經濟困境，也才有其意義。顏仁璽之所以會往龍山寺跑，也許是因為當楊金澤落魄之際，在那裡留下了某個把柄，顏仁璽得弄到手，才能藉以要挾楊金澤。

然而，真相並非如此。不，真相縱使並非如此。我的胸口卻湧現起一股抵擋不住的直覺——距離真相，我僅有一步之遙。林麗瑜提供了通往真相的關鍵資料。

我立刻拿出手機，連上經濟部商業司。進了網站，我輸入「北心實業」。

果然，真的有這家公司。而且這家公司至今仍然存在。

但，負責人的名字並不是楊金澤。

——而是顏仁璽。

7

北心實業，只是一家紙上公司。

由於房租高漲，現在盛行所謂的「行動辦公室」。公司平常沒有例行業務，只在接到案子時才會運作，或者員工們全部可以在家上班，僅透過網路、電話會議聯繫。為了樽節開支，許多人會把公司登記在「商務中心」，與其他公司共用營業地址、共用辦公空間，並有專人代為處理郵件、來電。

商務中心大多位於交通便利、大樓林立的黃金地段，讓公司的所在地，看起來比較氣派。但說穿了，那裡就只是個收發中心。

北心實業正是如此，社址是登記在一家商務中心，平常根本沒人去公司。龍山寺的老柯曾說，某些詐騙集團，會找街友去創業。說是出錢給你當老闆，實際上是利用你的信用去貸款，洗劫你的身分所僅存的最後一點殘餘價值。我認為，這家公司的背後，必然有某個詐騙集團在主導。

這個詐騙集團，一開始鎖定的目標，即是曾在職場上所向披靡、如今失勢潦倒的街友。起初他們選擇了楊金澤，讓他出任北心實業的負責人；幾個月後，他們再找上顏仁璽，如法炮製。楊金澤擁有曾在上海展店的經驗、顏仁璽則曾是外資銀行的高階主管，他們的資歷如此耀眼，當了人頭以後，向銀行拿到更多貸款，也是探囊取物之事。

那麼，接下來的工作，就是找出這個詐騙集團的本體。

首先，我寄了一個裝了新款智慧型手機的包裹給北心實業，偽稱是百貨公司的週年慶VIP特獎，收件人隨便寫個名字。商務中心收到包裹，會立即通知取件。

為了取信於敵，所謂的新款智慧型手機，當然是真的，但事實上，我已在裡頭預先安裝了一個追蹤程式，手機一開，我就能鎖定對方的位置。在手機盒內，我還放了一張貼心的提醒卡，要對方一拿到手機，請立即開機確認手機運作正常。

這一招，每次都行得通。也許這就是人性的陰暗面。一份不屬於你的禮物，寄件人難以追查你的身分。絕大多數的人，不會退回這份禮物。其後，如果對方決定賣出換錢，那便罷了；但，若決定歸己所用，那我還能夠取得更多情報。

我在商務中心附近盯梢，等待手機的電源開啟。

現在，張書煒會定期向我回報，他對顏心依的監控狀況。現在的顏心依，正處於一種在學校必須設法偽裝出自己仍然受到父母寵愛、實則已被父母捨棄的撕裂狀態。她的行為變得異常偏激，但在他人面前，卻又過度冷靜。尋回顏仁璽一事，我的時間所剩不多。

兩天後，手機電源被打開了。我循著追蹤器的方向，發現了那輛車。

——黑色賓士。

賓士車上有一對年輕男女，年紀看起來都不超過三十。

「如紋，幫我查一輛車。」我一邊尾隨著黑色賓士，一邊告訴如紋車號。

「知道了。」

我還沒回話，如紋已經掛上電話。掛我電話，她總是那麼有效率。

一路跟著黑色賓士的路線，我們一前一後離開了萬華區，逐漸接近信義區。

曾擁有世界第一高樓台北一〇一的信義區，是台北市的新城區，與龍山寺所屬的舊城區，有著極大的反差，楊金澤、顏仁璽兩人在這兩個城區往返，不知作何感想？兩城區的璀璨、繁華，相差了兩百餘年，但此刻在雨中，兩者的落寞感並無太大不同。也許某天，這裡也會變成遊民、流鶯、賭客聚集處；也許已經是了，只是我們現在不這麼解釋。

黑色賓士轉進松勇路後，車速放緩，駛進了一座豪宅的地下停車場。在我眼前，是一座外觀刻意模仿巴洛克風格、二十多層樓的社區大廈。

——這裡必然是詐騙集團的巢穴。

我打開google map，記下豪宅的地址。目前，暫時先知道這些就夠了。

從車牌查到車主身分，每個偵探的做法不太一樣。我的方法最簡單，交給如紋就行了。要是她心情好，兩分鐘可以幫你搞定，甚至連手機號碼都弄得到。至於她怎麼做的……反正她做得到就對了。

轉回辦公室，我期盼如紋能立刻給我新的情報。給她一個小時，綽綽有餘了。

「鈞見，你要的資料在這。」

我一進門，如紋已經好整以暇地印了一疊資料給我。

「這輛黑色賓士的車主叫王百劭。」

我跟監黑色賓士的同時，趁著紅燈空檔也拍了幾張車內那對男女的照片。比對一下，那男的的確是同一人。

「這個王百劭，是什麼背景啊？」

「台北人，今年二十七歲。雖然滿年輕的，資歷可是非常豐富哦。」

我一翻開資料，就發現王百劭的資歷有滿滿十幾頁，全是從網路上下載的法院公文。看起來非常難讀。我只得交還給如紋。

「妳用講的吧。」

「簡單來說，」如紋拿了螢光筆，坐到我身旁，一邊翻閱這疊法院公文、一邊說明，並且在上頭畫重點。對於這種艱澀造作的文章，她似乎特別在行。「比方說這件。他跟兩個朋友共謀，開了一輛罕見的歐洲車，刻意在路上跟人發生擦撞，再向對方獅子大開口，以接近恐嚇的方式要求高額的烤漆、板金修理費。其實，這根本就是一輛爛車，請款單也是假的。」

「假車禍。」

「嗯。再來是這件。以購買夾娃娃機的商品為由，向幾個代理商進貨，開了三個月後到期的支票。結果，進貨的這家公司根本不存在，支票也是假的。」

「虛設公司行號，空頭支票。」

「他還向那些代理商聲稱，針對他們手上的滯銷貨品，他有秘密管道可以幫忙買空賣空，說服他們他操作，盜刷了他們的信用卡。從法院審理紀錄來看，他的犯案時間超過十年。」

「意思就是，他是個詐欺犯，而且前科累累。」

王百劭現年二十七歲，那表示他高中就開始行騙了。

「在這些案件裡，他都不是單獨行騙。其中，有個經常被共同起訴的從犯，大他一歲，名叫江思娣。應該就是他的搭檔。」

沒錯。比對照片，江思娣正是黑色賓士上的女性。

「關於江思娣，我還查到一些有趣的事。」如紋翻了下一頁，「她的婚姻紀錄。」

江思娣結婚的年齡是十九歲，丈夫原來就是王百劭。也就是說，王百劭一成年，兩人就立刻結婚。可以稱之為詐騙夫妻檔了。

「他們的婚姻只維持了兩年多。對照了一下法院訴訟公文，看起來，似乎是因為王百劭遭到起訴，兩人是為了避罪、脫產才會離婚的。自此，兩人沒有再復合。但有趣的是，江思娣半年前又再婚了。」

「如紋，難道說……」

「她的第二任丈夫，是楊金澤。」

王百劭、江思娣在艋舺公園鎖定了楊金澤以後，開了黑色賓士接他離開，還讓他擔任北心實業的負責人；江思娣甚至更進一步地以身相許。楊金澤現年六十三歲，而江思娣則是二十八歲。這一場老遊民與女騙子的父女婚，實在可疑至極。

「江思娣……該不會有第三段婚姻吧？」

「你怎麼知道？」

「第三段婚姻的對象，一定是顏仁璽。」

「你還真的說對了！」

「這不但是創業詐欺，同時也是結婚詐欺。」遽然，一個極端惡劣的聯想，浮現在我的腦海中。「坦白說，我現在非常擔心楊金澤的安危。」

如紋睜大雙眼，不安地看著我。她顯然知道我在想什麼。

「楊金澤有沒有保險，妳有調查過嗎？」我問。

「我需要多一點的時間。」

「沒關係，我來問。」

我立刻打了一通電話到「洛斯特比福」，說有急事希望能跟林麗瑜談談。秘書遲疑了一下，請示過林麗瑜後，才轉接到董事長室。

「林董事長，抱歉打擾。我是張鈞見。」

「有什麼事？」

「我想跟您確定，您是否還在乎楊金澤這個人。」

「不在乎。我只在乎那個人的錢。」

「好。那麼，楊金澤現在是生還是死，會決定您能不能拿到他的錢。」

「……什麼意思？」

「他投保過什麼險，您知道嗎？」

林麗瑜聽了我的問題，頓時沉默了好一陣子。「我會去查。」

「我想告訴您，我目前查到的情報。成了街友的楊金澤，在半年前，被某個詐騙集團盯上。正如您所知道的，他成了『北心實業』這家公司的負責人。我認為，這是貸款詐欺案。然而，楊金澤還遇到了更複雜的狀況。在同一時間，他再婚了。」

「再婚……」她的聲音透露出不可置信。

「結婚詐欺。他的結婚對象，是個詐欺前科犯。我有理由相信，他在對方的慫恿下，投保了高額保險。如果，他過去曾經在某家保險公司投過保，他有可能選擇相同的保險公司，簽訂新的保險契約。而，最關鍵的是，這筆高額保險，很可能已經獲得理賠。」

「你是說，他已經過世了？」

「是。很有可能，詐欺犯已經以非法手段置他於死，並偽裝成意外事故。」

「就算他死了，」林麗瑜的態度冰冷，彷彿楊金澤是個徹頭徹尾的陌生人。「那跟我拿不拿得到錢又有什麼關係？我跟他已經離婚了！受益人又不是我，是他那個詐欺犯的老婆！更何況，保險理賠不屬於特留分，我們的女兒也是拿不到的。」

「沒錯。但您可能忘了一件事。」

「什麼事？」

「楊金澤是個經驗豐富的公司老闆，而在上海有受騙、股權全失的慘痛教訓。因此，他也許已經注意到詐欺犯的陷阱，但他已經窮愁潦倒，只能飛蛾撲火。然而，他很可能會把某幾張保單的受益人改成了您的女兒。他之所以會打電話給您，說總有一天他會還錢，也許是這個意思。他在臨死前已經一無所有，才終於反省、悔悟了。」

「我不相信……」她的聲音顫抖。

「坦白說，這只是我的推測，我也沒有十足把握。我需要您幫我證明這件事。」

8

林麗瑜答應幫我。她查到了楊金澤在離婚後換了保單，半年前再婚後，受益人果然改成了江思娣。數月後，這張保單因為楊金澤身故，保險金已經理賠。向受理這份保單的業務員詢問，才知道楊金澤是在與妻子前往中國蜜月、發生旅遊意外才猝逝的。由中國醫院那方提供的死亡證明，查核後沒有問題，理賠便通過了。

然後，如紋又繼續追查，才知道楊金澤秘密地買了另一張高額意外險，受益人正是他的獨生女。顯然，楊金澤對這個死亡陷阱，已有心理準備。但，江思娣並不知道這張保單的存在，負責的業務員也不同，所以，她無法告知楊金澤的死訊以取得理賠。

無論如何，楊金澤之死一事，已經真相大白。而，王百劭、江思娣對待顏仁璽，必然也將故技重施。他們一定會盡速安排顏仁璽前往中國的蜜月旅行。

我跟蹤了黑色賓士多次，但並未發現王百劭與江思娣兩人另有其他巢穴。也就是說，他們藏匿顏仁璽的場所，極可能就在那棟松勇路的豪宅中——顏仁璽被軟禁了。然而，這棟豪宅的出入人員一律記錄，均無例外，門禁森嚴、安控設施完善，直接與鄰近警局連線，是無法以任何方法潛入的。

再者，顏仁璽罹患失智症，他恐怕無法像楊金澤那樣意識清醒，只能任憑兩人擺布。

最後只剩下一個辦法了——說服王百劭與江思娣，答應讓我進去。

——該怎麼做？

「如紋，幫我一個忙。」

「我不要！」

「我又還沒說……」

「每次你說這句話就沒好事！而且，這次還不是用電話，是直接在我面前說。我不要。」

「先聽聽看嘛。王百劭與江思娣有兩個人，我一個人應付不過來。」

讓如紋願意幫忙的方法，就是暫時示弱，承認自己力有未逮，再稍微捧捧她。絕對不能提到廖叔來壓她，會有反效果。總之，整個過程大約需要十分鐘。

「好啦好啦！怎麼幫？」

「根據我的監控，王百劭現在正在處理顏仁璽的機票，目的地一樣是中國。當然，旅遊意外險的部分，已經處理得差不多了。」

那支手機，後來被江思娣納為己用了。他們在搞什麼把戲，可以看得一清二楚。

「他們是詐騙集團，行事非常小心，沒有那麼容易上鉤。我需要妳幫忙聯絡王百劭，想辦法纏住他，讓我有機會能進那棟豪宅。」

「你要怎麼進去？」

「我向林麗瑜借了楊金澤女兒的保單，動了一些手腳。」

「然後呢？」

「江思娣不知道這份保單的存在。」我把偽造過的保單遞給如紋。上頭的受益人，已經竄改成江思娣了。「我已經傳真給她了，還提醒她說這張保單尚未申請理賠，需要她審閱後簽名。她聽了很訝異，但沒有起疑。」

——名之為「貪婪」的捕獸夾，就連詐騙者自己也逃脫不掉的。

「她說，她會一直在家，可是，大後天就要出國了，請我盡快。我告訴她，我最近這兩天會隨身攜帶文件，只要經過信義區，一定會去拜訪。」

如紋點點頭。「哦，這樣啊。」這個聲音，表示她認為可行。

「可是，我一個人恐怕沒辦法對付王百劭。」

「他被關過，看起來有在練重訓。不像某人。」如紋瞄了我一眼，然後冷笑。

「妳打算怎麼拖住他？」

「跟他說機位有問題，請他改票。」

「他用手機就能改了吧？」

「我趁他開車時打啊。」原來如此。好吧，也只能這樣了。如紋很容易不耐煩的，我跟她講電話，很少超過五句。她到底能用電話纏住王百劭多久，我實在沒概念。只能相信她啦。

不過，在執行這個計畫之前，我還有事情要處理。

——張書燁的簡訊。

他告訴我，地點在中山捷運站。時間差不多了。我得立即動身。

現在時間接近晚上六點。雨勢所及，天光已然黯淡。但這並不妨礙我立即認出那件粉色的絲質小外套。顏心依在等人。她正準備與援交的對象見面。

事實上，我是無法阻止顏心依援交的。

我對張書燁說，我會盯著她，不讓她有機會進行援交。但，那是謊言。

我的目的，僅僅是不希望張書燁光憑著一股愚昧的熱誠，貿然衝進來攪局。顏心依見面的對象都是中年人，不過，那並非為了錢，而是為了填補她被父親遺棄的空洞。終究，偵探只能定期報告調查進度，沒辦法阻止委託人做什麼的。更甚者，一旦我阻止她填補內心的缺口，她恐怕會更加自毀、更加自暴自棄。

也許，只有這一次，我能夠阻止她。

「嘿，真巧。居然在這裡遇見妳！」我故作驚訝地說。

「……偵探大哥。」看得出來，她的表情有些扭曲。

「在這裡做什麼？等朋友？」

「嗯。」她不情願地回答。

「哈哈，是男朋友對不對？」

「才不是啦。我跟你講過，我現在單身啦。」她扮了個鬼臉。

「是嗎？好奇怪啊。有次送妳回家的晚上，有個跟妳同校的男生來堵我耶。他說他是妳的男朋友，好說歹說，一直叫我別纏著妳。」

「他是個白癡、智障啦，聽他在亂講，我們早分了。你不用理他。」

「他好像很愛妳。」

「那是他家的事，跟我無關。難道，你吃醋了？」

「我沒有。」

「你有！」

「好吧。對了，本來我是想跟妳一起吃飯那天再說的，」我走進捷運站的遮雨棚，收了雨傘，與她並肩。「既然碰巧遇到妳了，那不妨先告訴妳這個消息吧。」

「什麼消息？」

「我找到妳的父親了。」

顏心依的眼眶在一瞬間泛紅了。我無法確定她是否流淚，她臉頰上的雨滴尚未乾涸。

「那他在哪裡？」

「他現在人在一棟大樓裡，被某個詐騙集團軟禁著。不過，目前他暫時沒事。」

「你什麼時候能帶他離開那裡？」

「妳希望我報警嗎？」我給她一個寬容的眼神。「我想，我手上已經有足夠的證據了。我們通報警方，處理速度可能會比較快。」

「我……」她的神色遲疑。我知道，她不願意。

「沒關係。不報警也行，我尊重妳的意願。其實，我已經有想到解決方案了，這兩天，一定可以救他出來。」

「爸爸……他不會死吧？」

「妳放心。」

「偵探大哥，謝謝你。」

這時，如紋來電。

「等我一下，」我對顏心依說，「我接個電話。」

「嗯。」

「如紋，怎麼樣？」

「王百劭開車離開松勇路了。他一個人。我們照計畫進行？」

「當然。」我掛了電話。

「偵探大哥？是不是爸爸有消息了？」

「對。我得走了。讓妳爸爸安全的時候，我再立刻跟妳聯絡。」

顏心依露出燦爛的笑容。「好！」

我看了看錶，六點五分。我沒有理由繼續待著，必須即刻執行計畫，馬上往松勇路出發。從江思娣手機上的情報判斷，他們三天後就會離開台灣。錯過這次機會，他們兩人恐怕再也不會落單了。

我離去前，回頭看了看顏心依。她發現我回頭，再度朝我微笑。

原來，她根本沒有離開這裡的意思。

——最終，我帶來的好消息，依然阻止不了她。

9

我來到松勇路，停好車，傳了簡訊，告訴如紋我已經就定位了，才撐了傘、下車往那座社區大廈走去。

我在玄關的玻璃門前，再確認一下這身不習慣的西裝、領帶，好讓自己看起來更像個保險業務員。氣派的一樓大廳裡，空蕩蕩地，擺了幾顆造型奇趣的石雕，在間接照明的映射下，顯得氣勢不凡。一位管理員發現了我，請我止步，詢問我的來意。

「我跟江思娣小姐約好了。」

「哪一戶？」

「十六樓A。」

「請你在訪客登記簿上簽名。有證件嗎？」

「有。」沒問題。簽名、證件全是假的。

管理員與江思娣通過電話後，再三確認後，才領著我走向電梯前，並替我按電梯樓層，一貫緊迫盯人、小心翼翼的態度。

「張先生？」

電梯門一打開，等在眼前的是一位面容姣好、氣質優雅的美女。她身穿一件剪裁典雅大方、香肩微露的紫色洋裝——彷彿隨時都準備赴宴，以略施薄妝的臉蛋對我微笑著。很可惜，眼前的一切美好，全部都是詐騙而來的。

沒錯，是江思娣。我想她是為了我的造訪，特別精心打扮過。

「是。您好。請問是江小姐？」我遞出名片。

「你可以叫我顏太太。」她的回答輕聲細語，企圖表現出雍容脫俗的貴婦風範。

「哦？您再婚了？」

「是啊。不然怎麼住得起這裡？」

真是坦白。好一位femme fatale。

她帶我走進大得開家電影院也沒問題的客廳，請我坐下。

「張先生，想喝什麼？」

「都可以。」

「不如，陪我喝杯紅酒吧？」

「好啊。」

「我先生最近工作忙。」江思娣輕輕地拔起軟木塞，在高腳杯裡注入紅寶石般的酒液，她的紫色洋裝在如此映襯下，顯得更加魅惑、撩人。她的動作非常熟練，一氣呵成，想必是從來不缺錢，才能常常練習這種事吧。接著，她放下酒瓶，對我嫣然一笑，捧起酒杯遞給了我，順勢坐在我身邊，讓長髮自然垂落，不著痕跡地傳遞身上甜美的體香。

「理賠的申請，要麻煩張先生你了。」

「……好、好、好。」我呆呆注視著她的柔光閃爍、軟波蕩漾的美目，手腳慌張地從公事包翻找合約。我希望我沒有演得太油膩，能讓她以為我渴望臣服在她的裙下。

「別急。」她捏了捏我的手背。真會得寸進尺。

理賠申請的條文其實沒什麼好介紹的。江思娣真正在乎的，只有申請有沒有期限、可以拿到多少錢，文件哪些地方需要簽名，以及需要什麼證明文件。她專注地聆聽著我的說明，眼中散發出美麗的光彩，照耀著她內心被金錢腐蝕的程度。

「關於申請事宜，不知道顏太太還有沒有什麼問題？」

「鈞見哥……我可以叫你鈞見哥嗎？」

「好啊。」

「鈞見哥，你有女朋友嗎？」

「目前沒有。」

「怎麼可能？你長得這麼帥……那，我以後可以打電話給你嗎？」

「可以啊，但是……」

「我老公工作忙，又常常出國，回台灣也在調時差，平常我好無聊哦。」她見我沒答話，又補充：「我老公在閣樓上的臥房睡覺，我們說這個他不會聽見的。」

這棟豪宅是樓中樓，閣樓上有間臥房。

花了那麼多時間，說了那麼多廢話，總算確定顏仁璽人在這裡。

「好啊、好啊。我也想……跟顏太太多聊聊。」

「以後叫我小娣就可以了，這樣比較親密嘛。」她身體朝我傾倒，「那我們勾勾手指！」

我沒有跟她勾勾手指——我用膠帶封住她的嘴，將她四肢綁住，甩她兩個耳光，再拉到廁所裡關起來。這一連串的動作，我做得乾淨俐落、細膩謹慎。不能讓江思娣碰翻酒杯、踢倒沙發。整個過程，都必須安靜無聲。

客廳沙發區的地毯，此時幫忙緩衝不少。

平常我對女孩子是很溫柔的，但這個江思娣，實在太讓人氣不過了。這幾個禮拜，我得每天冒雨在台北市到處跑的這一股怒意，全發洩在她身上，真的只是剛好。如紋替我拖住王百劭，讓這件差事變得比較輕鬆。原本，我還想在她身上潑一桶水，看看她全妝被卸了是什麼模樣，但擔心時間不夠，只好將洗衣袋套上她的臉蛋後便罷。

我帶著從江思娣身上找到的鑰匙，上了樓中樓，打開臥室房門。

10

一個滿頭灰髮、身材清瘦的男人坐在床沿。他的表情沒有驚慌，僅僅表露著萬事枉然的無力感。他就是照片裡的顏仁璽，只是長得更衰老、更疲憊。

——看了看錶，花了十一分鐘。我想時間不多了。

「我不知道王百劭什麼時候會出現，」我省了寒暄，「我們必須盡快離開。」

「……你是誰？」

「張鈞見，廖氏徵信諮詢協商服務顧問中心的偵查員。你的女兒顏心依委託我來找你。」

「不。」他搖搖頭，「我不會走的。」

「顏先生，你應該知道王百劭、江思娣兩個人不是好東西吧？」

我沒辦法硬是把他拖走，樓下的管理員可不一定會幫我，我只好耐著性子說服他了。

「那又如何？」

「江思娣跟你結婚，實際上是為了把你帶到中國去，在那裡殺了你，偽造成意外事故，再回台灣領保險金。在中國發生事故，台灣的保險公司很難查證。另外，讓你當公司董事長，是因為這樣比較容易通過保險公司審核，還順便可以拿你的公司開些空頭支票。我作過調查──在半年前，已經有另一位叫楊金澤的街友，被他們以同樣的手法殺害了。」

「不必說了，我全知道。」顏仁璽舉起手，阻止我繼續說。「我知道我會死。」

其實我也稍微心裡明白，顏仁璽不會因為我說了這些話而改變初衷。

「既然知道……」

「可是，這就是我的目的。我想死。」

「你的心情，」我回答：「我也不是不能體會。」

顏仁璽打算循著楊金澤的方式，被王百劭、江思娣殺害。這是一種「加工自殺」。顏仁璽不但知道這兩人會殺他，還知道他們殺人的目的，是為了保險金。因此，他決定和楊金澤一樣，在被殺之前，設法保留一筆秘密的保險金給自己的女兒。

「我的家庭，再也無法復原了。這一切，都是我造成的，我被裁員、失去了工作，無法再養活這個家了。我對不起我的妻子、對不起心依。當我的妻子離我而去、拋下心依時，其實我很感謝她給我的最後一絲慈悲。她知道，我不能失去心依。

「但是我心裡清楚得很。我的存款不多久就會用盡。台灣金融業的前景，也絕無可能再讓我重回過往的時光了。總有一天，我會與心依一起失去眼前的一切。我必須想一個辦法，讓心依沒有我也能有美好的生活，毫無後顧之憂。」

眼前的這個男人，偏執地把家庭幸福與金錢劃上等號，並頑固地、不必要地攬下維持家庭的所有責任，承擔了過剩的愧疚感。但我不能說他錯。

「幾個月前，我去醫院做健康檢查。那是面試要用的，一份書面證明，讓老闆知道我還能在職場上全力馳騁。那時，我在醫院等待診療時，偶然間聽說了王百劭詐騙遊民、帶到中國殺害，以詐領保險金的傳聞。因為從來沒留下確實證據，警方並未介入。」

「於是你想到一個辦法，利用詐騙集團來自殺，並且留下保險金給女兒。」

「我是個失敗的丈夫、失敗的父親。我只能以死謝罪。將我的生命換成足夠的金錢，是我唯一能替心依做的了。」

「你離開心依，事情並不會變好。她非常想你。」

「不。你不瞭解。她所理解的幸福家庭，其實只是一座海市蜃樓。沒有了金錢，殘酷的現實就會出現在她的眼前了。無論如何，我必須立即蒐集那個詐騙集團的情報。這個詐騙集團，專門尋找落魄潦倒、走投無路的街友。這樣的人，對他們才會徹底言聽計從。但我只是失業，在大安區還有房子。我並不符合這個條件。」

「因此，如果條件不符合，那麼就想辦法創造出來。」

「對。我原本在外商銀行的工作，涉及大量的精密計算。曾經有幾位前輩，因為罹患失智症而被迫退休、轉換職場跑道。我也可以這麼做。銀行業工作的高度壓力，使失智症有了足夠的說服力。因此，為了讓詐騙集團相信，我再也無法回到業界，我必須拿到失智症的證明。所幸——真是諷刺極了——我擁有罹患失智症的全部條件。我失業、失婚、中年危機，在金融危機席捲全球後，被社會的期望壓垮了。這個故事背景，天衣無縫。」

「你果然沒有失智症。」

「同時，我必須找出那個詐騙集團。他們的犯罪手法，一次需要三個月到半年的時間。錯過一次，就得再等好幾個月。我沒有那麼多時間可以耗。我不斷巡視台北市的街友聚集處，那些我聽來的，他們可能經過的路線、可能藏身的地點。我設法跟街友們打交道，讓他們成為我的情報來源，只為了找出詐騙集團的行蹤。」

原來顏仁璽逐巷逐弄地穿梭，不是為了找房子，而是為了找車子——那輛黑色賓士。在街友出沒的那些區域，黑色賓士有路邊停車的可能。而他不時離開計程車一段時間，是為了去附近的停車場調查。

只是找黑色賓士，記憶力不需要非常好。

「所以你才會從林森公園一直查到龍山寺？」

顏仁璽第一次瞪大眼睛。

「張先生，你調查得很清楚！」

「只是一點運氣。」

「我每天沿著公園、車站尋找——因為這是台北市遊民徒步遷徙的主要路徑。後來，我聽到一名街友說，他發現王百劭的車。我知道我必須立即採取行動。於是，我根據線報，搭了好幾天的計程車，終於在龍山寺發現了王百劭的車。

「我重建了他的行車路線，假扮遊民，製造偶然，設法讓他發現我。坦白說，我不知道我該怎麼辦、該待多久，說不定王百劭根本不會找上我。跟你一樣，也是一點運氣。」

「正如你所料，你百分之百會被王百劭看上。你的條件完全符合。」

「我接下來的遭遇，果然跟傳聞一模一樣。王百劭帶我來這裡，替我做了許多安排，不過，這時候我才知道，主謀者其實是江思娣，王百劭只是聽命行事。總之，我簽了許多文件，跟公司股權轉讓有關的、跟保險契約有關的、跟貸款支付申請有關的，什麼都簽了。畢竟我在銀行服務過很長一段時間，他們想幹什麼我很清楚，但我經常故意佯裝失智症發作，不讓他們起疑。

「在我還有工作時，我曾經保過很多險，全是為了我的家人。然而，一旦我自殺了，這些保險全都變得毫無用處，心依恐怕連一毛錢都拿不到。我必須被殺。但我不會像上一個人那樣，被判定為意外身亡，我會設法留下被殺的證據。這就是我人留在這裡、不能離開的原因。」

「你的想法，我完全明白了。」

「但是，張先生，你卻破壞了我的計畫。」
「真是抱歉。」
「他們會認為你是來救我的，不會再相信我了！」
「可是，我非來找你不可，就算我知道你想死。不過，請你把我的話聽完，再決定你想要怎麼做——如果你聽完，仍然想留下來，我也不會勉強。」
「江思娣現在被我關在廁所內，我離開以後，你一樣可以去救她出來，告訴她你趕走了我。你將成為一個保護妻子、擊退劫匪的好丈夫。我想，他們仍然會相信你的。」
「你到底想說什麼？」
「我來這裡是為了要告訴你，如果你死了，你的女兒、你的前妻，很可能也會死。」
「這……這是什麼意思？」顏仁璽的聲音顫抖。「……怎麼可能？你的意思是說，江思娣跟王百劭不會放過他們嗎？」
「跟他們無關。我指的是你女兒。」
「……心依？」
「對。顏先生，也許你沒有注意到，你的女兒有厭世的念頭。她認為，你們幸福的家庭之所以無法維持下去，她是最大的原因。在你離家以後，她開始不願意上學、跟男友分手，歸還他致贈的禮物，還上網找人援交。她這種自暴自棄的方式，很明顯是出於一種自我毀滅的偏執。」

「她的行為舉止，表現出極為強勢的控制欲，不斷提醒我一定要找到你、一定要找到你，言談之間憤世嫉俗，對未來充滿灰暗的想法。她不願意向警方求助，我認為，原因只有一個——她想要自殺。

「但是，她想要的並不只是自殺。她真正的願望是，父母親可以回到身邊，與她一起死。這是她認為最幸福的死法。正如你所說的，這是她對於家庭幸福的理解，一起共度快樂，一起承擔悲傷。她不容許任何人違背她的意念。我得說，這樣的心態相當罕見，一般舉家自殺的主導者通常是父親，但你們家庭的核心人物，是她，全家人是圍繞著她轉的。對於這個家的未來，她認為她才有真正的主導權。」

「我不相信……」

「你不是不相信，你只是不願意承認。你很瞭解你的女兒。你一手養大她，讓她學會了這種思考模式。某種程度來說，你是在逃避現實，逃避你一手製造出來的怪物。但你必須面對，立即採取行動。因為，你女兒正設法說服你前妻，一起回家等你。一旦你死了，你女兒很可能會憤而殺死自己的母親，再隨後自殺。你得設法挽救這一切。」

「我不相信……我不相信……」

他雙手抱著頭，陷入了苦思，不斷喃喃自語著。

——通話結束，請自求多福。如紋。

如紋傳了簡訊給我。這表示，王百劭隨時都可能回到這裡。

「我們的時間不多了，請你立刻作出決定。你必須回家跟女兒團聚，才能救你的家人。其他人是插不了手的。能夠阻止你女兒的，只有你一個人而已。」

11

台北市的雨，繼續下了一整個星期，卻仍然沒有停歇的跡象。

那晚，我確認過江思娣被繩索緊綑、依舊在浴室裡動彈不得後，才放心帶著顏仁璽離開。大樓的管理員見過幾次顏仁璽，主動向他打了招呼。儘管略帶狐疑，不解我們兩人為何同行，但還是把證件還給我，讓我們兩人離開玄關。

還不還其實無所謂。

我替顏仁璽叫了計程車。走出眼前這座金碧輝煌的豪宅，他的心理狀態似乎也回到現實，終於願意振作精神了。在臨別之前，他給了我一個堅毅的微笑。那是一個徵求信任的微笑。

「只有你們三人團聚，重建一個幸福的家庭，她才有可能放棄這個自殺計畫。」

「我知道。」

「要小心自己的安全。」

「好。」

他向我保證，他會設法阻止女兒輕生。他會成為一個好父親、好丈夫。

我們不會再見面了。我相信他。

我繼續在豪宅外逗留。這件委託終於結案，我需要休息一下，找點樂子。不多久，見到王百劭的黑色賓士平穩地駛進了地下停車場，我才心滿意足地離開。王百劭的行車速度，告訴我他還不知道江思娣發生了什麼事。

我先打了通電話給連文韻，告訴她顏仁璽已經安全，現在正在回家的路上。她鬆了一口氣，承諾明日就會把尾款匯出。掛了電話，我找如紋會合，感謝她配合加班。我知道她討厭加班，但她剛破了案，顯然心情還不錯。不過，也許是整個晚上講太多話，她累翻了，婉拒我請她喝杯酒的邀請。我向她道了晚安，與她告別。

我站在雨中，靜靜地看著大雨從傘衣的邊緣不斷墜落，思考了好一陣子，決定不再打什麼電話，也不再傳什麼簡訊了。我想，她的客人還沒有離開。就算她的客人走了，此時此刻，她需要的也是父親，不是我。

這應該就是這個案件最好的結局了。

是的。原本我以為——這件事已經到了結局。

兩天後的上午，我一進辦公室，收了傘，馬上被如紋叫住：「有你的包裹。」

「是什麼？」

如紋給了我一頓白眼，意思是「關我屁事」。

我拿了包裝有些溼漉漉的包裹，坐下來把它拆開。

上頭沒寫寄件人姓名、地址，沒有郵戳、送貨單據，看起來不像郵寄，也不是宅急便，而是直接送過來的。包裹裡有個沉甸甸的牛皮信封袋，是一疊鈔票。我沒有仔細去算，光從厚度來感覺，至少二十萬元跑不掉。

我的心跳不知不覺加快起來，仔細翻查袋內，找到一張信紙。

偵探大哥：

謝謝你為我做的一切，我的家庭終於團圓了。你曾經跟我說，錢的事情以後再說，但你已經找到我的父親，卻不再跟我聯絡了。你答應過我，找到爸爸後會立刻跟我聯絡的，結果你又說謊了。這筆錢我存了很久，請你不要再拒絕了，好嗎？

爸爸一見到我，就希望我別自殺，全家人一起好好地活下去。他說，你把真相都告訴他了。他向我保證，他會好好照顧我，不會再離開我了。我真的很驚訝，你居然連我心裡最微小、最私密的心願都猜得到。

但是，爸爸錯了。他的保證根本毫無意義。他在騙我，跟媽媽一樣。他上次離開我，也是騙了我，不是嗎？只不過，我看他終於願意回家，心情稍微變好了，才沒有當面揭穿他的謊言。事實上，他不在家的那段時間，我進過他的書房，把家裡的財務狀況全都查過了。完全沒有錢了，我的家，很快就會毀滅的。

沒有錢，我們全家人，是沒辦法好好活下去的。同樣的事情，未來還會一而再、再而三地發生。阻止了這一次，還會有下一次。這是一個被黑洞牽引、旋轉的無限循環。進了黑洞，時間就凍結了，化為荒漠般的虛無。我必須設法把時間暫停在這一刻，我們全家人團圓的這一刻。這是我能把握的、唯一的瞬間了。只有全家一起死，對我們才是最幸福的事。更重要的是，爸爸媽媽必須得到教訓，他們不該騙我，因為他們一直是這樣教育我的。

你已經沒辦法阻止我了。不需要想再為我做什麼，來不及的。因為，我是先殺了爸爸媽媽，才開始寫這封信的。我確認過，他們救不活的。在你讀到這封信時，我已經跟在他們的身後，離開了這個世界。張書煒完全不知道我的計畫，也從來不多問，但他會替我把這封信準時送到你的辦公室。然後，他會依照約定（我們說好要一起上學）來找我，並且發現我們一家人的屍體。他會見到死去的我，在我的屍體面前痛哭。

他總是那麼真誠、那麼善解人意，值得信賴。

你不必來。我不想再見到你。你不必看新聞、不必上網、不必知道我怎麼殺死爸爸媽媽、怎麼自殺的。輕而易舉，所以不重要。你不必再關心我，不必再想起我。我不需要。我們之間曾發生過的所有事情，包括我的名字，都請你徹底忘記。

整個死亡現場，看起來不會像是我殺了爸爸媽媽的。警方經過調查，會判定爸爸因為長期失業、窮途末路，於是殺了全家人再自殺。就像以前發生過的、所有的舉家自殺案那樣。

我只讓你一個人知道。請答應我，不要告訴別人。

現在，我們終於擁有只有彼此才知道的小秘密。

我贏了。不管你有多麼聰明、能破解多少謎團，全都於事無補了，你只能祈禱我們一家人在天國得到幸福。

最後再說一次，謝謝你為我做的一切。

我愛你。

我驀然想起，那天陪她一起吃飯的事。

我記得，我們談到我初戀女友。我不曾與任何人談過她。夢鈴過世後，我以為她將成為我心底永恆的禁忌。但，她卻有一種謎樣的魔力，能將我鎖死的心扉撬開。她不在乎別人怎麼看待自己，她只在乎自己怎麼看待別人。

她才是這個案子裡的femme fatale。

我不由得開始仔細回想著，她曾經對我說過的每一句話。儘管她要我徹底忘記。她對我未曾說謊。她沒有騙過我，她對我一直是誠實的。

因此，她也只在乎不會騙她的人。比方說我。

——偵探大哥。我把你的回答，當成一種拒絕囉。

她是這麼說的。

我相信，她的援交對象都不會拒絕她，於是，便成了她蔑視、不屑一顧的大人。

但我拒絕了她。

然而，當時如果我乾脆地答應她，她還會尋死嗎？她是否會找回被關愛的感覺，停止找人援交、停止自我毀滅？我的應允，有可能救回顏仁璽及連文韻的性命嗎？

不。我不會騙她。她是明知故問。她非常清楚，我的回答是誠實的。也許，她的魔力是來自於她知道誰在騙她。一旦我騙了她，她就會立即離開，就此消失。

若時光能再往前追溯，回到我們初次見面的那個深夜。

如果我接受了她的誘惑，像其他男人那樣抱了她，那麼，我仍然會成為一個她蔑視、不屑一顧的大人。在我破案後，她一樣會執行這項計畫。只是，她不會提出交往，那麼我就不會收到這封信了。我將永遠以為，在他們一家團圓後，她父親決定舉家自殺。

我將永遠無法知曉她的秘密。

——THE girl。未來，我會以這個代稱記得她，將她放在心底。

「鈞見，怎麼了？」如紋問。

我無聲地將信紙收進牛皮紙袋裡，沒讓她看見。

「沒什麼。雨下了好久。」

「是啊。好悶。」

「但不知道為什麼，我只是突然希望——這場雨，能繼續再多下一陣子。」

國家圖書館出版品預行編目資料

城境之雨／既晴著.
-- 初版 .-- 臺北市：皇冠文化 . 2020.09
面；公分（皇冠叢書；第 4881 種）
（JOY；225）

ISBN 978-957-33-3593-1（平裝）

863.57　　109013253

皇冠叢書第 4881 種
JOY 225

城境之雨

作　者—既晴
發 行 人—平雲
出版發行—皇冠文化出版有限公司
台北市敦化北路 120 巷 50 號
電話◎ 02-27168888
郵撥帳號◎ 15261516 號
皇冠出版社（香港）有限公司
香港上環文咸東街 50 號寶恒商業中心
23 樓 2301-3 室
電話◎ 2529-1778　傳真◎ 2527-0904
總 編 輯—許婷婷
責任編輯—蔡維鋼
美術設計—嚴昱琳
著作完成日期— 2020 年 5 月
初版一刷日期— 2020 年 9 月

法律顧問—王惠光律師

讀者服務傳真專線◎ 02-27150507
電腦編號◎ 406225
ISBN ◎ 978-957-33-3593-1
Printed in Taiwan
本書定價◎新台幣 350 元／港幣 117 元